rororo

Carolina Conrad ist das Pseudonym der aus dem niedersächsischen Oldenburg stammenden Autorin Bettina Haskamp. Die gelernte Journalistin hat ihre Basis in Hamburg, lebt aber seit mehr als zwölf Jahren in Portugal. Anfangs auf einem selbstgebauten Segelboot, inzwischen in einem kleinen Holzhaus im Hinterland der Ostalgarve. In der zweiten Heimat entstanden Bestseller wie «Alles wegen Werner» und «Hart aber Hilde». Nun legt sie den dritten Band ihrer beliebten Portugal-Krimireihe um die deutsch-portugiesische Journalistin Anabela Silva vor.

Stimmen zu den Vorgängern:

Richtig spannend. (Westfälische Nachrichten)

Ein echtes Lesevergnügen. (Für Sie)

Ein spannender und kurzweiliger Roman mit viel portugiesischem Flair. (Münchner Merkur)

Spannende Unterhaltung … die passende Urlaubslektüre. (Oldenburgische Volkszeitung)

Sympathische Figuren, eine spannende Geschichte und nicht zuletzt eine malerische Kulisse. (Radio Weser.TV)

Spannung mit unterhaltsamen Schilderungen von Land und Leuten. Die perfekte Sommerlektüre. (Hamburger Morgenpost)

Ein klug inszenierter Sommerkrimi mit viel Lokalkolorit, der mehrere interessante Themen anpackt. (Mokka)

CAROLINA CONRAD

TÖDLICHE ALGARVE

– Anabela Silva ermittelt –

KRIMINALROMAN

Rowohlt
Taschenbuch Verlag

Originalausgabe
Veröffentlicht im Rowohlt Taschenbuch Verlag, Hamburg, Juli 2020

Redaktion Heike Brillmann-Ede
Covergestaltung FAVORITBUERO, München
Coverabbildung Juampiter / Getty Images
Karte © Peter Palm, Berlin
Satz aus der Apollo MT
bei CPI books GmbH, Leck, Germany
Druck und Bindung GGP Media GmbH, Pößneck, Germany
ISBN 978-3-499-00323-3

Die Rowohlt Verlage haben sich zu einer nachhaltigen Buchproduktion verpflichtet. Gemeinsam mit unseren Partnern und Lieferanten setzen wir uns für eine klimaneutrale Buchproduktion ein, die den Erwerb von Klimazertifikaten zur Kompensation des CO_2-Ausstoßes einschließt.
www.klimaneutralerverlag.de

FSC www.fsc.org
MIX
Papier aus verantwortungsvollen Quellen
FSC® C014496

Für Detlef

Portugal
Odemira
Mira
Mira
Cabo Sardão
Serra
da Mesquita
Seixe
Serra de Monchique
Pta.
da Atalaia
Aljezur
Monchique
São Bartolomeu
de Messines
Silves
A L
Bensafrim
Portimão
Boliqueime
Vila do Bispo
Lagos
Pta.
da Piedade
Cabo
Carvoeiro
Albufeira
Sagres
Pta. de Sagres
Cabo de São Vicente
Atlantischer Ozean
Via Algarviana
0 10 20 30
km

Castro Verde
Mértola
Puebla de
Guzmán
Almodôvar
Vascão
Alcoutim
Balurco
de Cima
Martim Longo
Spanien
Vaqueiros
Guadiana
Cachopo
Cumeada
Foupana
Odeleite
Serra do Galdeirão
Salir
Barranco do Velho
Ayamonte
Algarve
Vila Real
de Santo António
Loulé
São Brás
de Alportel
Santa
Luzia
Tavira
Praia do Barril
Ilha de Tavira
Olhão
Faro
Cabo de Sta. Maria
N
W
O
S

VORAB

Korrekt müsste es «der» und nicht «die» Algarve heißen. Aber im Deutschen hat sich die weibliche Variante durchgesetzt, die auch ich in diesem Roman benutze.

Am Ende dieses Buches finden Sie bei Interesse ein Verzeichnis der verwendeten portugiesischen Sprichwörter und Redewendungen.

PROLOG

Ein Geräusch. Laut. Ein Knall? Mitten in der Nacht? Schlaftrunken setzt sie sich in ihrem Schlafsack auf, fährt sich mit den Handrücken über die Lider.

Das Mondlicht zeichnet die Büsche um ihren Schlafplatz mit scharfen Konturen. Sie lauscht. Bevor sie eingeschlafen ist, hat sie einen Nachtvogel gehört. Jetzt nicht mehr.

Den ganzen Tag über ist ihr kein Mensch begegnet. Sie hat zwischen jungen Pinien einige Bienenstöcke gesehen und auf einer Ebene am Bach seltsame Getreideanhäufungen, abgedeckt mit Steinen. Anscheinend von Menschenhand gemacht, wenn sie auch nicht weiß, wofür. Sonst gab es keinerlei Anzeichen dafür, dass außer ihr selbst jemand in der Gegend unterwegs war. Einmal, vor ein paar Stunden, war in größerer Entfernung der Motor eines schweren Wagens zu hören, aber das Geräusch ist schnell verstummt.

Jetzt knackt etwas, als würden Zweige brechen. Im nächsten Augenblick hört sie eine Art Schnaufen und Trampeln wie von Hufen. Ein riesiges Wildschwein bricht aus dem Gebüsch, direkt auf sie zu. Geistesgegenwärtig lässt sie sich zurückfallen und schützt ihren Kopf mit den

Armen, spürt das Tier über ihren Körper hinwegspringen, riecht Blut. Sie setzt sich wieder auf, verwirrt. Noch ein Knall. Dann herrscht Stille.

I

«Familie ist total wichtig, João!»

«Nicht jede Familie.»

«Was meinst du damit?»

«Ich sagte es schon: Ich will nicht darüber reden, Anabela.»

«Sie ist deine Schwester! Und sie wird vermisst. Das kannst du doch nicht ignorieren, ich versteh dich nicht.»

«Lass es einfach gut sein, ja?»

Nein! Aber João hatte so einen Stoppschild-Ausdruck im Gesicht. Also hielt ich den Mund – für den Moment. Dies war seit Wochen das erste Wochenende, das wir miteinander verbringen konnten. Ich wollte lieben, nicht streiten. João hatte dienstfrei, und ich selbst genoss den dreiwöchigen Besuch meiner Tante Paula aus Deutschland, weil ich mich ausnahmsweise nur wenig um meine Eltern kümmern musste. Selbst die Lernerei für meine Ausbildung zur Übersetzerin hatte ein Ende; die Prüfung war geschafft, es gab sogar schon erste Aufträge. Nur ein paar Immobiliensachen, aber immerhin. Bei den Justizbehörden in Faro stand mein Name auf einer Warteliste. Ich war seit kurzem Mitglied in der *Associação Portuguesa de Tradutores*, dem portugiesischen Übersetzerverband. Mein neues

Leben in Portugal nahm langsam die Form an, die ich mir wünschte. Und jetzt hatte ich zum ersten Mal seit langem so etwas wie Urlaub.

Auf dem großen Holztisch unter dem Kronleuchter in Joãos sparsam, aber stilvoll eingerichteter Altbauwohnung standen noch die Reste unseres Abendessens. Er hatte Presa vom Schwarzen Schwein gegrillt. Ein zartes Nackenstück, nur mit grobem Meersalz gewürzt, um den intensiven Eigengeschmack des Fleisches nicht zu überdecken. Himmlisch. Das Tier war noch vor kurzem glücklich in einem Eichenhain im Alentejo herumgelaufen. Sogar Nachtisch hatte João gemacht, in Honig gebratene Madeira-Bananen mit Zimt.

Nach dem Dessert dann – nun, dezent ausgedrückt war der Anruf in einem höchst unpassenden Moment gekommen. Es gibt Augenblicke im Leben einer Frau, da wünscht sie sich, der Mann, der sich gerade intensiv mit ihr beschäftigt, ginge nicht dran. Allerdings sollte diese Frau sich dann besser nicht mit einem Inspektor der Polícia Judiciária einlassen. João Almeida war Chef der Mordkommission in Faro, und sein Arm griff reflexartig nach dem Handy auf dem Nachttisch. Alles andere hätte mich auch sehr gewundert, dienstfrei hin oder her. Ich kannte das schon. Porra, fluchte ich dennoch leise in mein Kissen, verdammt. Warum konnten die Mörder der Algarve an diesem Wochenende nicht ebenfalls friedlich in ihren Betten liegen?

«Woher haben Sie diese Nummer?»

Joãos Ton ließ mich den Kopf vom Kissen heben. Seine eigentlich warme, weiche Stimme klang gepresst und gleichzeitig scharf. Er setzte sich auf die Bettkante, den

Rücken mir zugewandt, kerzengerade. Es konnte nicht sein Freund und Kollege Paulo Pinto sein, der da anrief.

«Aha. Und?»

Ich rückte näher an ihn heran, hoffte, hören zu können, was der Anrufer sagte. Korrigiere: die Anruferin. Es war eine aufgeregte Frauenstimme, die ich tatsächlich verstehen konnte, da sie fast schrie.

«Seit vier Tagen kein Wort! Und sie ist ganz allein auf der Via Algarviana, nicht mal ihr Telefon hat sie mitgenommen. Ich mache mir solche Sorgen!»

«Ich wüsste nicht, was mich das angeht», sagte João.

Die Stimme wurde noch lauter. «Sie ist Ihre Schwester, Sie müssen etwas unternehmen! Schließlich sind Sie bei der Polizei!»

Schwester, was für eine Schwester?

João war meines Wissens ein Einzelkind. Die Eltern lebten nicht mehr. Sein Vater war vor zwei Jahren gestorben, seine Mutter Jahre früher. Viel mehr wusste ich nicht über die Familie des Mannes, mit dem ich seit ein paar Monaten liiert war. João gehört nicht zu den Menschen, die viel von sich preisgeben.

«Wenden Sie sich an die Polizei in Tavira, die Kollegen dort sind die erste Anlaufstelle. Und rufen Sie mich nicht wieder an!» Beim letzten Satz war sein Ton nicht mehr scharf, sondern eisig. Er ließ den Arm mit dem Telefon sinken und blieb reglos auf der Bettkante sitzen.

«Was war das denn?»

Er schrak zusammen, drehte sich zu mir um. Die Miene so düster wie ein Gewitterhimmel kurz vor dem ersten Blitz.

«Nichts.»

«Du hast eine Schwester? Wie heißt sie, wo lebt sie?»

«Ich will nicht darüber reden.»

«João!»

Er stand auf und verschwand im Bad, während ich dalag und nicht wusste, was ich von dem halten sollte, was ich gerade gehört hatte. Als Nächstes drang das Rauschen der Dusche an mein Ohr, nicht lange danach das Zischen der Kaffeemaschine. Ich streifte mir ein langes T-Shirt über und ging ins Wohnzimmer, vorbei am Tisch mit dem schmutzigen Geschirr zu der Theke, die die offene Küche vom großen Wohnraum trennte. João stand in einem grauen Bademantel dahinter. Das sonst silberweiße Haar war dunkel von Feuchtigkeit. Ohne seine Brille sah er verletzlich aus.

«Machst du mir bitte auch einen?»

Er antwortete nicht, holte aber eine weitere Espressotasse für mich aus dem Schrank. Und ich machte den schon erwähnten zweiten Versuch, mit ihm über diese aus dem Nichts aufgetauchte Schwester zu sprechen, die anscheinend vermisst wurde. Als der Kaffee fertig war, hatte sich an seinem Stoppschild-Gesicht nichts geändert. Wir tranken schweigend. Vielleicht, dachte ich, braucht er nur ein bisschen Zeit. Besser nicht weiter bohren, nicht drängeln.

Ich räumte den Tisch ab und ging auch duschen. Kein Wort kam mir mehr zum Thema Schwester über die Lippen – eine nahezu unmenschliche Anstrengung für mich, wie ich anmerken möchte. Wenn ich etwas wissen will, bin ich kaum zu bremsen. Deshalb bin ich vor vielen Jahren Journalistin geworden. Und auch wenn ich in dem Beruf nicht mehr arbeite, hat sich an meiner – übrigens genetisch bedingten – Neugier nichts geändert. João wusste das sehr genau. Immerhin hatte er mich im vergangenen Jahr auch deshalb gebeten, für ihn in dem seltsamen Fall um eine tote Dänin zu recherchieren. Mit Erfolg, wie ich ebenfalls erwähnen möchte. Jedenfalls sahen wir uns an diesem Abend im Fernsehen noch einen Spätfilm an und gingen schlafen. João wälzte sich die halbe Nacht unruhig im Bett.

«Wegen deiner Schwester ...», setzte ich beim Morgenkaffee neu an und erntete einen langen Blick. Keinen besonders freundlichen Blick, eher schicksalsergeben, würde ich sagen. Ich fragte mich kurz, ob João gerade bereute, mir je begegnet zu sein, und schenkte ihm ein Lächeln. Tatsächlich hob sich auch sein Mundwinkel, der linke, ein bisschen. Mehr konnte ich im Moment kaum erwarten.

«Du wirst nicht lockerlassen, richtig?»

«Richtig.»

Er hob seine Kaffeetasse und setzte sie wieder ab. «Mein Vater ...» Er brach ab. Trank jetzt doch einen Schluck, stellte die Tasse zurück auf den Tisch. Räusperte sich. Weitere Sekunden verstrichen, ehe er weitersprach. «Mein Vater hatte eine zweite Familie.»

«Wie meinst du das? Er war zweimal verheiratet? Diese Schwester ist aus erster Ehe? Das ist doch nicht schlimm.»

João zog seine Augenbrauen zusammen, die so dunkel sind wie sein Brillengestell. Sein etwas rundliches und meistens freundliches Gesicht war so grimmig wie am Abend zuvor, das Minilächeln verschwunden. «Nein, er war nicht zweimal verheiratet. Er hatte eine zweite Familie, bei der er immer dann war, wenn meine Mutter und ich ihn auf Geschäftsreise wähnten oder bei Treffen mit seinen Fußballfreunden, was weiß ich. Eine andere Frau und ein anderes Kind. In Tavira. Mehr als zwanzig Jahre. Ich bin nur froh, dass meine Mutter das nicht mehr erfahren hat.»

Ich schluckte. Das war ziemlich harter Tobak.

«Ich selbst habe es am Tag seiner Beerdigung erfahren. Da hat sie sich mir vorgestellt. Als Liliana, meine Schwester.» Er spuckte das Wort Schwester förmlich aus. «Und als Miterbin. Sehr feinfühlig, findest du nicht?»

«Das ist ja …»

«Sie ist mit ihrer Lebensgefährtin auf den Friedhof gekommen. Die hat dann die ganze Zeit geredet: Sie hätten sich vor kurzem gemeinsam in Tavira mit einer Snackbar selbständig gemacht und könnten es sich nicht leisten, auf das Erbe zu verzichten.»

«Die Frau, die angerufen hat?»

Er nickte. «Inês. Die dachten wohl, mein Vater sei ein reicher Mann gewesen. Keine Ahnung, was er seiner anderen Familie noch alles erzählt hatte. War er aber nicht, viel gab es für die Damen nicht zu holen. Kein Wunder, wenn er zwei Familien versorgen musste.»

Die Bitterkeit in Joãos Worten tat mir weh. Ich strich ihm über den Handrücken, er schien es gar nicht zu bemerken. «Konntest du denn nichts dagegen tun?»

«Was denn? Auch uneheliche Kinder sind erbberechtigt. Und sie hatte stapelweise Fotos von ihrer netten kleinen Familie mit meinem Vater mittendrin. Außerdem sieht sie ihm ziemlich ähnlich.»

«Was ist mit der Mutter?»

«Die ist tot.»

«Bist du mit dieser Liliana noch in Kontakt?»

«Natürlich nicht! Ich hab alles einem Anwalt übergeben und nie wieder ein Wort mit ihr gesprochen. Für mich existiert sie nicht.»

«Verstehe.»

Jedenfalls ein bisschen. Wie grausam musste es sein, von dieser Schattenfamilie zu erfahren und den Vater nicht einmal mehr mit seinem Betrug konfrontieren zu können? Ich versuchte, mir vorzustellen, wie ich in einer solchen Situation reagiert hätte. Vielleicht hätte auch ich versucht, die Existenz dieser Halbschwester zu verdrängen. Vielleicht. Mein Familiensinn ist schon ziemlich ausgeprägt. Deshalb bin ich ja überhaupt nach Portugal gezogen. Meine Eltern sind Portugiesen, ich selbst bin in Hannover geboren und aufgewachsen. Und ich bin auch in Deutschland geblieben, als sie vor vielen Jahren in ihre Heimat zurückgingen. Damals stand ich kurz vor meinem Abitur und zog erst einmal zu Tante Paula, der jüngeren Schwester meiner Mutter. Aber jetzt waren meine Eltern alt, und mein Vater litt an Alzheimer. Sie brauchten mich. Ach ja, und ich bin diejenige, die lange Zeit nach einem verschwundenen Cousin gesucht und ihn in die Familie zurückgebracht hat. Ein Cousin, den niemand von uns vorher kannte. Wäre in meiner Familie eine Schwester aufgetaucht, und sei es auch nur eine halbe, ich hätte mich nach dem ersten Schock wahrscheinlich gefreut.

«Irgendwie tut sie mir leid.»

Das hätte ich vielleicht nicht sagen sollen. Joãos braune Augen sprühten Funken.

«Die tut dir leid?»

«Ich meine, sie kann doch auch nichts dafür, wie sie entstanden ist.»

«Aber sie kann sehr wohl etwas für ihr Verhalten! Ich bitte dich, sie hat mich auf dem Friedhof angesprochen, an der offenen Grabstelle.»

«Das war wirklich furchtbar von ihr. Ich frage mich, was sie dazu gebracht hat.»

«Offensichtlich Geldgier.»

«Hm. Woher wusste sie überhaupt vom Tod deines Vaters?»

«Das ist mir herzlich egal.»

«Gab es eine Anzeige in der Zeitung?»

An der Algarve ist das nicht oft der Fall. Meistens informieren sich Freunde und Bekannte gegenseitig, wenn jemand gestorben ist. Innerhalb von Stunden wissen alle Bescheid. Zumindest bei uns auf dem Land. Meine Eltern und ich leben in einem kleinen Dorf im Hinterland der Ostalgarve. Die meisten Menschen sind alt, und die Trauer um Verwandte, Freunde und Nachbarn ist ein ständiger Begleiter. Aber Joãos Vater hatte in Faro gelebt, soweit ich wusste. Hier mochten Todesanzeigen üblich sein.

«Anabela. Es reicht.»

Da war er wieder, dieser scharfe Ton, den ich so von ihm nicht kannte. Offensichtlich ging ihm das alles bis ins Mark, und ich hätte es für den Moment wirklich gut sein lassen sollen. Andererseits glaube ich fest an die klärende, um nicht zu sagen heilende Wirkung von Gesprächen. Und um mich von einem scharfen Ton beeindrucken zu lassen, hätte ich schon in einer anderen Familie aufwachsen müssen. Casa que não é ralhada não é bem governada, sagt meine Mutter. Ein Haus, in dem nicht gezankt wird, ist nicht gut geführt.

«Aber wenn ihr nun etwas zugestoßen ist? Du wirst dir ewig Vorwürfe machen, wenn du dich dann nicht gekümmert hast, meinst du nicht? Du hast doch nicht ohne Grund schlecht geschlafen.»

«Verstehst du plötzlich kein Portugiesisch mehr? Zum letzten Mal: Es interessiert mich nicht, was mit dieser Frau los ist. Sie geht mich nichts an und dich erst recht nicht!»

Er knallte mit der flachen Hand auf den Tisch und sprang auf. Sekunden später stand er an der Wohnungstür und griff sich seine Lederjacke vom Ständer daneben. «Ich bin eine Weile weg.»

Und schon schlug die Tür zu.

João hielt von heilenden Gesprächen wohl nicht so viel wie ich.

Da war er nun doch, unser erster Streit. Neuland, das ich wirklich lieber nicht betreten hätte, schon gar nicht mit einem derart schwerwiegenden Thema. Ich hatte ihn schon wütend erlebt, zum Beispiel auf einen unfähigen Staatsanwalt, und einmal auch auf mich. Aber das war anders gewesen, nicht so persönlich. Die Existenz dieser Schwester ging ihm offenbar näher, als er zugeben wollte. Vor allem sich selbst gegenüber.

Ich stand ebenfalls auf und trat an eines der bodentiefen Fenster der Wohnung, die auf die Straße vor dem Haus gingen. João bog gerade mit langen Schritten in Richtung Palácio de Estói um die Ecke. Vielleicht, dachte ich, vielleicht trinkt er im Palácio noch einen Kaffee und beruhigt sich schnell wieder. Der Palast stammt aus dem 18. Jahrhundert, ist jetzt aber ein aufwendig renoviertes Luxushotel, dessen Café auch gewöhnlich Sterblichen offen steht. Wir waren einmal abends zusammen dort gewesen und hatten mit Blick auf die französisch angehauchten Gärten ein Glas Wein getrunken. Ob wir heute noch irgendwo entspannt zusammensitzen würden – eigentlich hatten wir vor, in der Altstadt von Faro essen zu gehen –, war die Frage. Meine Schuld. Würde ich denn nie lernen, mich im richtigen Moment zurückzuhalten?

Ich seufzte, machte mir noch einen Kaffee und nahm ihn mit zu dem Lehnsessel, der vor einem der Fenster stand. Meine Gedanken gingen zurück zu Liliana, der ungeliebten Halbschwester. Ob sie wirklich so kaltherzig war, wie es schien? Oder nur sehr verletzt und von der Situation überfordert? Es war ja auch ihr Vater, der an jenem Tag zu Grabe getragen worden war. Ein ziemlich guter Grund, um auf dem Friedhof zu erscheinen, fand ich. Aber natürlich nicht für die Erwähnung von Erbansprüchen ausgerechnet dort. Was hatte João gesagt? Es sei die Freundin gewesen, die die ganze Zeit geredet habe. Die Freundin, die gestern angerufen und um Hilfe gebeten hatte. Gefordert traf es wohl besser. Sie schien auf jeden Fall ein resoluter Typ zu sein. Wenn ich doch nur mehr über diese beiden Frauen wüsste. Joãos Handy lag auf dem Küchentresen. Er hatte es nicht eingesteckt. Die Nummer dieser Inês musste noch in der Anrufliste sein. Nein, Bela Silva. Kommt gar nicht in Frage. Wirklich nicht. Du hast doch gehört, was er gesagt hat. Es geht dich nichts an. Schlag dir diese Frauen aus dem Kopf. Und lass João mit dem Thema in Ruhe.

Es fing an zu regnen. Zwei Stunden lang sah ich den Regentropfen zu, die in kleinen Kurven die Scheibe herabliefen, und wartete. Dann drehte sich der Wohnungsschlüssel im Schloss. Ich stand auf. Sekunden später nahm João mich in die Arme.

«Tut mir leid, Anabela. Es ist nur so, dass ich mit dieser Geschichte nicht gut klarkomme.»

«Mir tut es leid.»

Ich roch das feuchte Leder seiner Jacke, spürte ganz leicht seinen Herzschlag und war ungeheuer erleichtert. Engumschlungen standen wir mitten im Raum. Nah an meinem Ohr sagte mein Lieblingskommissar: «Montagvormittag nehme ich mir frei, fahre nach Tavira und rede mit Inês, okay? Und jetzt möchte ich für den Rest des Wochenendes wirklich nicht mehr darüber sprechen. Einverstanden?»

Ich nickte in seine Jacke.

Mein zufriedenes Lächeln konnte er zum Glück nicht sehen.

2

«Beste Lage, das muss ich schon sagen. Und ganz schön edel.»

João nickte. Durch eine der beiden weit offenen Eingangstüren der Tavira Lounge, die Liliana und Inês betrieben, konnten wir durch den gesamten Gastraum bis zu einer Tür sehen, die am anderen Ende auf einen Balkon über dem Fluss führte. Helle Polsterstühle, kleine quadratische Tische und marokkanisch angehauchte Dekoration. Mit meiner Vorstellung von einer Snackbar hatte der Laden in etwa so viel zu tun wie die Kittelschürze meiner Mutter mit einem Kleid von Kate Middleton. Verzeihen Sie den Vergleich, aber manchmal kommt in mir eben noch die ehemalige Kolumnistin für Frauenzeitschriften hoch.

Neben den Glastüren standen an diesem sonnigen Aprilvormittag runde, niedrige Sessel aus Kunststoff-Rattan mit dicken roten Polstern und mit Sand gefüllte Blumentöpfe, in denen vereinzelte Zigarettenkippen steckten. Von der Tavira Lounge bis zur Praça da República, dem zentralen Platz der Stadt, waren es kaum zwanzig Meter. Gleich um die Ecke wölbten sich die Bögen der jahrhundertealten römischen Brücke über den Rio Gilão und verbanden die beiden Teile der Stadt. Ich liebe Tavira, diese Stadt hat unglaublich viel Charme, den nicht mal die Touristenschwärme im Sommer ganz verderben können. Die Pacht für die Bar musste immens hoch sein.

«Was hast du gesagt, wie alt Liliana ist?» Ich hatte mir vorgenommen, das Wort Schwester zu vermeiden.

«Knapp sechsundzwanzig, aber ihre Freundin ist älter.»

Wir steuerten den rechten Eingang an. Die Lounge hatte eben erst aufgemacht, der Gastraum war noch leer. Hinter einer langen Theke polierte eine kleine, drahtige Frau mit kurzem, lockigem Haar und strengen Zügen Gläser. Sie trug ein schwarzes Shirt mit dem roten Namenszug der Bar. Rechts von ihr führte eine angelehnte Tür in einen anderen Raum, vielleicht die Küche.

«Das ist sie», murmelte João.

Noch standen wir auf dem schmalen Gehsteig, hatten sie aber bestens im Blick. Ich griff nach seiner Hand, aber er zog sie zurück. Okay, okay. Immerhin hatte er zugelassen, dass ich mitkam. Inês schien in Gedanken vertieft und bemerkte uns nicht. «Weiß sie, dass du kommst?»

Er schüttelte leicht den Kopf, straffte die Schultern und ging durch die Tür. Ich folgte ihm mit ein bisschen Abstand. João wartete, bis die Frau hinter der Theke ihn bemerkte und erstaunt die Augen aufriss.

«Sie?!» Einen Moment lang stand ihr der Mund offen. «Nun doch?»

Mehr sagte sie nicht, und ich glaube, das war auch ganz gut so. Joãos steife Körperhaltung zeigte mir an, wie angespannt er war. Ein falsches Wort und er würde wieder gehen, jede Wette. Ein Klappern in dem Raum hinter der Theke beendete den seltsamen Moment der gereizten Ruhe.

«Rosa, kommst du mal und machst hier weiter?», rief Inês über die Schulter und legte das Poliertuch aus der Hand.

«Aber ich muss noch ...» kam eine jung klingende Stimme aus dem Raum hinter der Theke.

«Jetzt!»

Ein Mädchen von vielleicht achtzehn Jahren erschien mit einem genervten Ausdruck im Gesicht und warf in einer trotzigen Geste die langen schwarzen Haare über die Schulter. Auch sie trug das Shirt mit dem roten Aufdruck und dazu grellrote Fingernägel, die an den Rändern glitzerten. Ohne ein weiteres Wort an sie kam Inês hinter der Theke vor und ging durch den Gastraum auf den Balkon zu. Wir folgten ihr.

Draußen, im hellen Licht, waren die Zeichen von Kummer in ihrem Gesicht nicht zu übersehen. Die Haut hatte einen fahlen Grauton, ihre Augen waren leicht gerötet und geschwollen, als hätte sie vor kurzem geweint. Was die seitlichen Falten um ihren Mund anging, tippte ich allerdings eher auf einen längeren Entstehungsprozess als ein paar Tage. Dennoch war sie durchaus attraktiv, wenn man den sportlichen Typ mag. Neben Frauen wie ihr komme ich mir immer dick vor. Ich schätzte sie auf Mitte dreißig. Sie sah João an.

«Also, was werden Sie unternehmen?»

Ihr Ton lag irgendwo zwischen aggressiv und müde. Wer ich war, schien sie nicht im mindesten zu interessieren, sie ignorierte mich völlig. Ich sah meinerseits demonstrativ an ihr vorbei auf die römische Brücke. Wirklich, ein toller Ausblick.

«Vermutlich gar nichts», sagte João ruhig. «Am besten erzählen Sie einfach erst einmal, was genau passiert ist. Sie sagten am Telefon, Ihre Freundin sei auf der Via Algarviana unterwegs. Eine schon länger geplante Wanderung?»

«Nein, sie hat zwar immer mal davon geredet, den Weg wandern zu wollen. Aber nie konkret.»

Ich kannte diesen Wanderweg. Nicht, weil ich selbst eine Freundin des Wandersports wäre. Aber die Via Algarviana beginnt in Alcoutim und die zweite Etappe der Strecke verläuft durch Balurcos, also quasi an meiner Haustür vorbei. Soweit ich weiß, muss man insgesamt ungefähr dreihundert Kilometer laufen, bis man beim Cabo de São Vincente ankommt, dem südwestlichsten Punkt Europas.

«Und dann?»

«Dann habe ich diesen Zettel gefunden.»

Sie griff nach hinten, zog einen Zettel aus der Tasche ihrer engen schwarzen Jeans und reichte ihn João.

Er las laut vor.

Ich muss nachdenken und brauche Ruhe. Laufe
die Via Algarviana. Melde mich von unterwegs.
Ich hoffe, Du verstehst mich und kommst klar.
Kuss, Liliana.

«Ja und?» João und ich tauschten einen fragenden Blick. «Das klingt doch in keiner Weise besorgniserregend.»

«Aber sie hat sich nicht gemeldet! Nicht ein einziges Mal! Sonst telefonieren wir mehrmals am Tag miteinander, wenn wir nicht sowieso zusammen sind. Jetzt sind es schon sechs Tage!»

Na ja, dachte ich. Für dreihundert Kilometer braucht man zu Fuß schon eine Weile.

«Und ihr Handy hat sie nicht mitgenommen?»

«Nein. Sonst hätte ich ja wohl kaum Ihre Nummer in der Kontaktliste finden können.»

«Was, sie ist ohne Telefon unterwegs?» Eigentlich wollte ich mich nicht in das Gespräch einmischen, aber diese Frage rutschte mir dann doch raus. Ohne Telefon, das erschien mir mehr als merkwürdig. Und dumm. Wenn Liliana nun unterwegs verunglückte und niemand in der Nähe war? Wie sollte sie Hilfe rufen?

João schien weniger überrascht. «Sie schreibt doch, dass sie ihre Ruhe braucht.»

«Und ich stehe hier mit der ganzen Arbeit!»

«Hatten Sie Streit?», fragte ich. Ich jedenfalls hätte mich mit dieser Frau dauernd gestritten. Konnte sie eigentlich auch ohne Ausrufezeichen sprechen?

Sie sah mich zum ersten Mal direkt an. «Wer sind Sie überhaupt?»

«Anabela Silva.»

«Also, hatten Sie nun Streit?» Ich konnte Joãos Stimme anhören, dass seine Geduld nicht mehr lange anhalten würde.

«Nein! Im Gegenteil. Ich habe ihr am Abend, bevor sie weg ist, einen Heiratsantrag gemacht.» Selbst das sagte sie patzig.

«Hören Sie, Inês, Sie glauben gar nicht, wie wenig mich Ihre Beziehung interessiert. Und ich sehe auch nicht den leisesten Grund für die Polizei, nach Ihrer Freundin zu suchen. Offensichtlich hat sie sich eine Auszeit genommen.

Ich nehme an, das Gleiche haben Ihnen die Kollegen von der PSP gesagt?»

In größeren Städten ist die Polícia de Segurança Pública, kurz PSP, für polizeiliche Aufgaben zuständig. Anders als bei uns auf dem Land, da ist es die militärische Guarda Nacional Republicana, kurz GNR, für die mein Cousin Luís arbeitet.

«Die waren sehr unfreundlich da auf der Wache», sagte Inês.

«Die Kollegen können nur dann nach ihr suchen, wenn es Hinweise auf ein Verbrechen gibt. Oder wenn Selbstmordgefahr bestünde. Halten Sie Ihre Freundin für selbstmordgefährdet?»

«Natürlich nicht! Ich sagte doch gerade: Wir wollen heiraten!»

Du willst heiraten, dachte ich. Und wenn ich deine Auserwählte wäre, würde ich durchaus an Selbstmord denken. Okay, das war jetzt bösartig. Ist eigentlich nicht meine Art. Aber die Frau war mir mehr als unsympathisch.

«Komm, Anabela, lass uns gehen.» João drehte sich zur Tür. Auch ich verließ meinen Platz an der Balkonbrüstung.

«Aber ihr ist was passiert! Ich spüre es!»

«Bom dia.»

Wir gingen.

«Die Sache mit dem Telefon gefällt mir wirklich nicht», sagte ich eine Viertelstunde später, als wir in einem Eiscafé an der Praça da República beim Kaffee saßen.

«A montanha pariu um rato.»

Der Berg gebar eine Maus? Was wollte er denn damit sagen?

«Viel Lärm um nichts, Bela, du hast doch selbst gehört, wie diese Inês dramatisiert.»

«Ja, schon. Aber so ganz allein auf so einem Weg und dann ohne Möglichkeit, jemanden anzurufen, falls etwas passiert … Ich weiß nicht. Mir erscheint das seltsam. Und dass sie sich so gar nicht meldet, obwohl sie das tun wollte …»

«Lass es gut sein. Ich habe mir ihre Geschichte angehört und sehe nicht den geringsten Anlass zur Sorge. Im Gegenteil. Die Tochter meines Vaters braucht eine Pause von diesem wandelnden Ausrufezeichen da drüben, das ist alles.» Er sah in Richtung Tavira Lounge. «Über einen Antrag von der Dame sollte sie wirklich gut nachdenken.»

Ich lachte. «Das habe ich auch gedacht.»

João sah auf seine Armbanduhr. «Ich muss gleich los. Bist du sicher, dass du nicht doch noch ein paar Tage bei mir bleiben willst?»

«Ich komme lieber am Wochenende wieder.»

Wir waren mit zwei Autos von Estói nach Tavira gefahren und hatten hinter dem Busbahnhof geparkt. Auf dem Weg dorthin kamen wir wieder an der Tavira Lounge vorbei, in der inzwischen Betrieb herrschte. Aus dem Augenwinkel sah ich Inês Getränke an einen Tisch bringen. João gönnte dem Laden keinen Blick mehr und war mit seinen Gedanken schon woanders.

«Das ist meines Wissens der einzige Busbahnhof in Portugal mit Bootsanleger», sagte er und zeigte auf einen Steg neben dem Gebäude, an dem ein Schlauchboot lag.

Der Rio Gilão führte gerade Hochwasser. Er klang gut gelaunt, offensichtlich hatte er das Thema ‹Verschwundene Schwester› für sich abgehakt und war froh darüber. Ich merkte es auch, als er mich zum Abschied an sich drückte und küsste. Jegliche Anspannung war verflogen.

Er fuhr zuerst los. Ich sah seinem glänzenden schwarzen Audi nach und dachte: «Und komisch ist es doch, dass sie sich nicht meldet.» Dann stieg ich in meinen uralten Twingo und machte mich auf den Weg in mein Dorf.

3

Die letzte Steigung vor der Ausfahrt Alcoutim ist die schlimmste. Mein neues Zuhause liegt in den Ausläufern der Gebirgskette Serra do Caldeirão. Ich schaltete in den vierten Gang zurück, trat das Gaspedal durch, und mein kleines Auto kroch mit knapp siebzig Stundenkilometern den Berg hinauf. Endlich war ich oben und konnte von der IC27 auf die lange Straße abbiegen, die von Balurco de Cima nach Balurco de Baixo führt. Sieben Dörfer liegen links und rechts von diesem langen Asphaltband, das ich auch unsere Lebensader nenne, über die wir mit Brot, Fisch und Post versorgt werden.

Ich parkte wie immer vor dem Haus meiner Eltern. Die Gasse, an deren Ende mein eigenes Häuschen liegt, ist zu schmal für mein Auto. Es war einmal das Haus meiner Großeltern gewesen, und mein Vater hat es für mich renovieren lassen. Der Motor meines Wagens lief noch, als auch schon meine Mutter und Tante Paula aus der Tür traten. Fast hätte ich gelacht, als ich die beiden sah. Die Damen waren offensichtlich beim Friseur gewesen – beide Köpfe glänzten rostrot. Auch die Kurzhaarschnitte ähnelten sich – und denen der meisten älteren Frauen in unserer Nachbarschaft. Die Auswahl an Haarschneidekünstlern ist hier eng begrenzt.

«Und?», fragte meine Mutter und strich sich mit einem zufriedenen Lächeln über das Haar.

«Sehr schick, Mãe.»

«War's schön in Faro bei deinem Polizisten?» Ihr Blick ging zu meiner Tante. «Hab ich dir schon erzählt, dass Anabela jetzt mit einem Chefinspektor der PJ verlobt ist?»

PJ ist die Abkürzung für Policia Judiciária.

Tia Paula antwortete im gleichen Atemzug wie ich: «Ungefähr zehnmal.»

«Ich bin nicht verlobt!»

Mãe ignorierte uns beide. «Komm rein, Filha, ich habe Alfarroba-Kuchen gebacken.»

Filha, das bin ich, die Tochter. Meine Eltern nennen mich nur selten bei meinem Namen.

«Später, Mãe, lass mich erst mal ankommen.»

Ich hatte rein gar keine Lust, mir wieder einmal ihre Heiratspläne für mich und João anzuhören. Sie hatte uns praktisch schon vor den Altar gestellt, als sie das erste Mal von ihm hörte. Er lachte darüber, ich fand es einfach nur nervig. Zumal ich mir noch nicht mal sicher war, ob wir überhaupt eine Beziehung hatten. Oder doch nur eine intensive Liebelei. Und was mir lieber war. Wir waren so verschieden. Und meine Scheidung von Justus lag noch nicht sehr lange zurück. Ein Teil von mir hatte eine Höllenangst vor amouröser Verbindlichkeit, die zu neuem Seelenschmerz führen könnte.

Aus dem Inneren des Hauses drang ein lautes, blechernes Poltern. Meine Mutter und ich wechselten einen erschrockenen Blick. Mein Vater war allein dort drinnen. Ich lief ins Haus. Pai stand in der Küche und kämpfte mit der

Gasflasche, die den Herd versorgt und die normalerweise hinter einem Vorhang unter der Arbeitsplatte steht. Er hatte sie hervorgezerrt, der Schlauch zwischen Herd und Flasche war aufs äußerste gespannt. Auf dem Herd stand der Wasserkessel. Offenbar war es ihm nicht gelungen, die Gasflamme anzuzünden. Zum Glück.

«Pai, was machst du denn da? Die ist doch viel zu schwer.»

«Leer», sagte mein Vater. Er sprach nur noch selten in ganzen Sätzen.

«Lass mich das machen.» Sanft drängte ich ihn zur Seite. Er sank erschöpft auf einen Küchenstuhl. Ich hob die Flasche etwas an, sie war schwer, mindestens noch halbvoll. Ich ließ sie stehen, wo sie war.

«Nichts nütze. Scheiße», sagte Pai traurig.

Ich setzte mich zu ihm an den Tisch, sodass ich seine Sicht auf die Flasche verdeckte. «Wollen wir etwas singen?»

Meistens half Ablenkung, wenn er traurig wurde. Im vergangenen Jahr hatte ich viel über Alzheimer gelesen – vor allem darüber, wie ich am besten mit seiner Krankheit umgehen konnte. Auch mit seinen Stimmungsschwankungen. Musik war ein kleines Wundermittel. Wie hatte eine Autorin geschrieben? Lieder sind wie Felsen in der Brandung des Vergessens. Inzwischen kannte ich bestimmt dreißig alte Volkslieder auswendig. Ich stimmte *Tia Anica de Loulé* an. Ein Lied, dessen Sinn sich mir nie erschlossen hat. Sofort lächelte Pai und schmetterte die Frage durch die Küche, wem die Tante Anica aus Loulé wohl ihre Schnupftabakdose hinterlassen werde. Meine Mutter und meine Tante kamen zu uns und sangen mit. Danach deckte Mãe den Kaffeetisch und ich räumte die Gasflasche wieder hinter den Vorhang. Pai hatte sie längst vergessen. Genauso wie ich inzwischen Liliana und ihr Telefon.

Bis zum übernächsten Morgen.

Ich saß auf meiner Terrasse, genoss mal wieder das Sonnenlicht und die Aussicht auf die bunt blühende Wiese vor dem Haus, sog den Duft von Rosmarin und wildem Thymian tief in mich hinein, als meine Mutter auftauchte – mit dem Duft nach Seife und mit leuchtenden Augen.

«Stell dir vor, Filha, hier wird eine Frau vermisst!»

«Was? Wer? Und was heißt hier?»

«Auf diesem Wanderweg, der bei uns durchgeht. Du weißt schon, da, wo sie beim alten Brunnen immer abbiegen mit ihren Rucksäcken und dann hintenrum an Montinho vorbeigehen.»

Montinho ist eines der sieben Dörfer, die an unserer Straße liegen. Auf der Via Algarviana?, dachte ich. Aber wieso?

«Die GNR hat die Jäger um Hilfe gebeten. Die waren auch schon bei den Ribeiros. Also die Polizisten.»

Wieso suchte die GNR nach Liliana? Denn wer sollte es sonst sein? Auf dem Weg würden ja wohl kaum alle paar Tage Wanderinnen verlorengehen.

«Bei den Ribeiros vom Turismo Rural?»

Mãe nickte. «Ich hab eben mit Helena telefoniert. Die Frau hat tatsächlich bei ihr übernachtet, und jetzt ist sie verschwunden, stell dir mal vor! Cousin Luís habe ich noch nicht erreicht, der weiß bestimmt noch mehr.»

Ich hatte ja schon von meiner genetischen Vorbelastung

in Sachen Neugier gesprochen. Jetzt wissen Sie, was ich meine. Mein Cousin Luís ist bei der GNR und hatte im Moment sicher Besseres zu tun, als meiner Mutter Auskunft zu geben.

«Was ist denn das für eine Frau, nach der gesucht wird, weißt du das?»

«So ein junges Ding, sagt Helena, und ganz allein unterwegs. Ist ja kein Wunder, wenn da was passiert.»

Als Mãe gegangen war, rief ich sofort João an.

Er freute sich über meinen Anruf. Bis ich ihm den Grund nannte.

«Davon weiß ich nichts. Mit –», er zögerte, «mit Liliana kann das nichts zu tun haben.»

«Bist du sicher?»

«Ganz sicher. Ich habe Montagnachmittag noch selbst mit den Kollegen von der PSP in Tavira telefoniert, die hätten mich informiert.»

Interessant. Von diesem Gespräch hörte ich zum ersten Mal. Also war ihm Inês' Sorge nicht ganz so gleichgültig, wie er vorgab. Vielleicht gab es doch eine Chance auf Familienzusammenführung. Dafür musste Liliana allerdings gesund und munter sein.

«Hier scheint jedenfalls jeder Jäger auf den Beinen zu sein, der noch laufen kann. Die GNR hat sie um Hilfe bei der Suche gebeten.» Ich saß noch immer auf der Terrasse und hatte freien Blick auf unsere Lebensader, die an meiner Wiese entlangführte. Etwa auf halber Strecke liegt ein Stück abseits der Straße das Vereinsheim der hiesigen Jäger. Inzwischen säumten bestimmt zwanzig Wagen mit

Hundeanhängern den Straßenrand. Das Kläffen der Hunde drang bis zu mir.

«Ich erkundige mich», sagte João, «até já.»

Von wegen «bis gleich». Es verging fast eine Stunde, bis er sich wieder meldete.

«Und?»

«Sie suchen eine Engländerin, die bei euch oben losgewandert ist. Sie war auf halber Strecke in Alte mit ihrer Familie verabredet, ist aber nicht dort angekommen. Gestern hat die Familie sie als vermisst gemeldet.»

«Und wieso wird sofort nach ihr gesucht und nach Liliana nicht? Weil sie Engländerin ist?»

Natürlich musste ich an das vor mehr als zehn Jahren an der Algarve verschwundene Mädchen Maddie denken, das bis heute nicht gefunden wurde und immer wieder in den Medien auftaucht. In meiner Familie war damals viel darüber gesprochen worden – auch mit der Frage, ob der enorme Polizeiaufwand nicht vor allem deshalb so enorm war, weil es sich um ein ausländisches Kind handelte. Für vermisste portugiesische Kinder werde kein derartiger Aufwand getrieben … Ich war zum Zeitpunkt von Maddies Verschwinden bei meinen Eltern im Urlaub gewesen und hatte diesen Vorwurf noch gut im Ohr. Ebenso, dass kaum jemand ein gutes Wort für die Eltern des Mädchens gefunden hatte, weil sie ihre drei Kinder alleingelassen hatten und zum Essen mit Freunden in ein Restaurant gegangen waren. «Das würde portugiesischen Eltern nicht mal im Traum einfallen, wir behüten unsere Kinder!», hatte eine Cousine von mir im Brustton der Überzeugung behauptet.

«Die Umstände sind andere», brachte João mich in die Gegenwart zurück.

«Aha. Und welche?»

«Anabela, das kann ich dir nicht sagen, das weißt du doch.»

Ich sah, wie etliche Männer in Jagdmontur zu ihren Autos gingen und die Karawane der Fahrzeuge sich langsam in Bewegung setzte.

«Suchen sie nur bei uns hier in der Gegend?»

«Sie fangen dort an und werden die Suche dann nach Westen ausweiten, wenn sie sie nicht schnell finden. Hoffentlich lebendig. Ich möchte sie nicht als Fall auf dem Tisch haben. Wann kommst du am Wochenende?»

«Freitagabend. Ich hätte mal wieder Lust, ins Kino zu gehen. Im Forum Algarve zeigen sie die Neuverfilmung von *König der Löwen*.» Von Estói nach Faro sind es nur ein paar Kilometer. Seit ich ab und zu ein Wochenende bei João verbringe, gibt es das wieder in meinem Leben: Konzerte, Theater, Filme. Seitdem vermisse ich das Großstadtleben nicht mehr ganz so sehr. Bei aller Liebe zu meinem Dorf – manchmal ist das Leben auf dem Land für eine Anfang Vierzigjährige doch ziemlich eintönig.

«Du willst einen Kinderfilm sehen?»

«Warum nicht?»

Er lachte. «Ja, warum eigentlich nicht? Abgemacht.»

Natürlich fragte ich mich, ob das Verschwinden der Engländerin mit dem von Liliana zu tun haben konnte. Ja, es war unwahrscheinlich. Bestimmt waren schon Hunderte von Menschen diesen Wanderweg gegangen. Aber, sagte ich mir, nur zwei waren verschwunden und das zur gleichen Zeit. Konnte das wirklich Zufall sein? Gab es Gemeinsamkeiten zwischen den Frauen?

Am Abend fuhr ich nach Alcoutim, dem nächstgrößeren Ort. Wenn ich heute noch mehr über die Engländerin erfahren wollte, dann war ich hier richtig. Mit ziemlicher Sicherheit würde ich beim Quiosque meinen Cousin, den GNR-Mann, treffen.

Ich brauchte nur gut zehn Minuten bis ins Städtchen, fand unten an den Anlegestegen für Boote sofort einen Parkplatz und ging die Treppe hoch zu der winzigen Bar mit Zeitungsverkauf und großer Terrasse. Von hier aus hat man einen herrlichen Blick über den Grenzfluss Guadiana auf den kleinen spanischen Ort Sanlúcar, dessen weiße Häuser im Licht der untergehenden Sonne die Farbe von Flamingos angenommen hatten.

Wie ich gehofft hatte, herrschte an diesem milden Abend auf der Terrasse noch Betrieb. Gleich dem Quiosque gegenüber, auf der anderen Seite der kopfsteingepflasterten Straße, gab es seit kurzem eine neue, moderne Tapas-Bar mit einem schmalen Balkon. Auch dort oben und an den kleinen Tischen vor der Bar saßen noch ein paar Leute. Ich entschied mich für die Terrasse am Quiosque. Ältere Leute tranken ihren Café, die jüngeren saßen bei Bier, Wein und Soft Drinks. Ich holte mir ein Glas Rotwein und ließ den Blick über die Tische schweifen. Cousin Luís saß am hinteren Ende der Terrasse. Gut. Er war mit zwei Kollegen da. Noch besser. Ich kannte beide aus der Zeit, in der sich die Kriminalpolizei unter Leitung von João während einer Mordermittlung in der hiesigen Wache eingerichtet hatte und ich als Dolmetscherin eingesprungen war. Die drei Männer trugen Zivil.

«Anabela!», riefen sie wie aus einem Mund, als ich an den Tisch trat. Einer von Luís' Kollegen – Henrique, wenn ich mich richtig erinnerte – rückte einen Stuhl für mich zurecht. «Setzen Sie sich doch.»

Cousin Luís dagegen machte ein säuerliches Gesicht. Wir mögen uns nicht besonders. Ich lächelte ihn an. «Tudo bem, Luís? Was machen die Kinder?» Er war geschiedener Vater von drei Töchtern.

«Denen geht's gut.»

«Langen Tag gehabt?»

«Was willst du, Anabela?»

Henrique warf ihm einen verwunderten Blick zu.

«Was soll ich denn wollen?», fragte ich honigsüß zurück.

«Deine Mutter hat's auch schon versucht. Von mir erfährst du nichts. Außerdem hast du ja inzwischen engste Verbindung in höhere Polizeikreise, wie man hört.»

Jetzt feixten alle drei.

«Die höheren Polizeikreise, lieber Luís, krabbeln im Gegensatz zu dir nicht auf der Suche nach vermissten Personen durchs Gebüsch.» Luís – übrigens ein Cousin zweiten Grades – bringt grundsätzlich meine schlechten Seiten zum Vorschein.

«Ach ja, die werte, studierte Dona Anabela hat es ja nicht so mit uns niederen Menschen, die gewöhnlicher Arbeit nachgehen.» Aus irgendeinem Grund sitzt ihm die Tatsache, dass ich als Einzige in der Familie studiert habe, wie ein Stachel im Fleisch.

«Das Lied wird nicht besser, wenn du es immer wieder singst.»

Henrique und der andere GNR-Beamte, dessen Name mir nicht einfallen wollte, rutschten unruhig auf ihren Stühlen hin und her. Zeit einzulenken. Schließlich wollte ich hören, was sie über die Engländerin wussten. Gefunden hatten sie sie nicht, das hätte ich längst erfahren. Mein Vater war noch immer Mitglied im Jagdverein, hatte dort Freunde und ging zu jeder ihrer Versammlungen, auch wenn er natürlich längst nicht mehr aktiv auf der Jagd sein konnte.

«Entschuldigung, ich wollte eure Arbeit nicht abwerten. War bestimmt ein harter Tag.»

«Kann man wohl sagen», antwortete Henrique. «Das Gebiet, in dem wir suchen, ist riesig. Und die Jagdhunde reagieren auf jedes verdammte Kaninchen.»

Drei Tische weiter, gleich neben der Marmorskulptur eines Zollbeamten mitsamt Gewehr, die an alte Schmugglerzeiten erinnerte, wurde es plötzlich laut. Vier junge Männer johlten auf. Anscheinend hatte einer von ihnen einen Witz gerissen. Ich sah zu der Gruppe hinüber. Alle Anfang zwanzig, schätzte ich. Der Tisch stand voller Superbock-Flaschen. Einer führte das große Wort. Ich konnte kaum verstehen, was Luís als Nächstes sagte, und beugte mich vor.

«Und das alles für nichts und wieder nichts, wetten? Die Kleine hat sich garantiert mit einem Lover abgesetzt, vom dem die Eltern nichts wissen. Kann mir doch keiner erzählen, dass eine Dreiundzwanzigjährige lieber allein in der Natur rumwandert, als mit ihrem Namorado am Strand zu liegen.» Luís tippte sich an die Stirn.

«Aber die soll das öfter machen», wandte Henrique ein. «Den Jakobsweg ist sie auch schon allein gelaufen. Sind ja nicht alle jungen Leute gleich. Die Eltern sagen, dass sie nicht bei Facebook ist, WhatsApp nicht benutzt und lieber liest, als im Internet unterwegs zu sein.»

In den sozialen Medien hatte ich noch nichts über eine vermisste junge Engländerin gefunden, aber die Suchaktion war ja gerade erst angelaufen. In der Presse war sie ebenfalls noch kein Thema, doch das würde sich ändern, wenn sie nicht schnell und lebendig gefunden wurde. «Hat sie denn niemand gesehen, seit sie bei uns losgelaufen ist?» Im Netz hatte ich mir den Verlauf der Wanderstrecke von Balurcos nach Furnazinhas angesehen. Dazwischen lagen immerhin zwei Dörfer.

«Soweit wir wissen, waren die Letzten, mit denen sie gesprochen hat, die Ribeiros. Bei denen hat sie übernachtet.» Wieder war es der nette Henrique, der antwortete.

Luís nahm den letzten Schluck aus seiner Bierflasche. «Ich muss los.» Er stand auf. «Até amanhã», sagte er, bis morgen. Klar, dass er nur seine Kollegen ansah, die jetzt auch aufstanden.

«Hat die Frau denn nicht mal ein Telefon dabei? Das kann man doch orten», fragte ich schnell.

Luís, der mir bereits den Rücken zugekehrt hatte, drehte sich noch mal um: «Doch, hat sie, Miss Neunmalklug. Ein uraltes für Notfälle. Und natürlich steht auf der verdammten Via Algarviana mitten in der Pampa alle zehn Meter ein Sendemast.»

Damit zogen alle drei ab, und ich saß allein am Tisch. Viel schlauer als vor dem Gespräch war ich nicht. Ich wusste nun, dass die beiden Frauen mehr oder weniger im gleichen Alter waren. Ja und? Die eine hatte Wandererfahrung, die andere nicht. Die eine hatte ein altes Handy, die andere gar keins. Großartige Erkenntnis, Anabela Silva.

Während ich im abnehmenden Licht meinen Wein austrank, leerte sich die Terrasse. Die Gruppe junger Männer war noch da, eben brachte einer von ihnen neue Bierflaschen. Wahrscheinlich die letzten, ehe der Quiosque schloss. Es war Abendessenszeit, um diese Stunde waren die Gassen des Ortes meist wie leergefegt. Einer der Jungs, ein schlaksiger Kerl mit einer Superbock-Reklame auf dem Sweatshirt und einem kleinen Feuermal auf der Wange, bemerkte meine Blicke. Er blinzelte mir zu und machte eine Bemerkung zu den anderen, die ich nicht verstehen konnte. Dafür aber die nächste Bemerkung seines Gegenübers. «Bisschen alt für dich, Marco!» Die vier lachten auf. Reichlich Testosteron an einem Tisch. Ich grinste sie an, nahm meine Tasche und ging zu meinem Auto, das Lachen der Jungs im Rücken.

4

Paulo Pinto betrat das Büro seines Chefs und Freundes João Almeida und blickte auf einen leeren Schreibtisch. Er hörte ein wohlbekanntes zischendes Geräusch und sah nach links. João war mit seiner exquisiten Kaffeemaschine beschäftigt, die neben der Tür auf einem flachen Aktenschrank stand. Im Schrank verwahrte er den Kaffee und eine Fünf-Liter-Wasserflasche.

«Setz dich», sagte Almeida, «willst du auch einen?» Erst jetzt sah er von der Maschine auf. Und stutzte. Pinto wirkte verändert. Er brauchte einen Moment, bis er darauf kam. Kein Gel im Haar. Seit Paulo wieder mit seiner Exfreundin Luísa zusammen war, verabschiedete er sich nach und nach von seinem Macho-Auftreten. Auch seine Hemden saßen nicht mehr so eng über dem Sixpack.

«Einen auf die Schnelle, João. Wir haben eine Leiche.»

Almeida stellte die zweite der beiden schweren Porzellantassen unter die Dampfdüse und heizte sie vor. «Wo?», fragte er.

«Mitten im Nichts. Der nächste Ort heißt Palmeira. Freguesia Alcoutim-Pereiro.»

«Fogo! Jetzt sag nicht am Wanderweg.»

«Doch, wieso?»

«Ich hab gestern gehört, dass da eine Engländerin vermisst wird.» Mit gerunzelter Stirn ließ Almeida den intensiv duftenden Kaffee einlaufen und brachte beide Tassen zum Schreibtisch. «Erzähl!»

«Viel weiß ich noch nicht. Verweste Leiche, nicht identifiziert, Todesursache unklar. Gefunden von Jägern. Die Meldung kam von der GNR Alcoutim. Von der Suchaktion weißt du ja schon. Woher eigentlich?»

«Nicht wichtig. Rede weiter.» Almeida war sich noch nicht schlüssig, ob er Paulo von dem angeblichen Verschwinden seiner Halbschwester erzählen sollte. Zwar wusste der von ihrer Existenz – er war auf der Beerdigung seines Vaters gewesen und hatte die Begegnung mit den beiden Frauen miterlebt –, aber nachdem die Sache an den Anwalt übergeben worden war, hatten sie nicht mehr über Liliana gesprochen.

«Der Mönch höchstpersönlich besteht auf große Besetzung. Rechtsmedizin und Spurensicherung sind schon unterwegs.»

Almeida zog die Augenbrauen hoch.

Der zuständige Staatsanwalt, Dr. César Fernandes Frade, war für seinen Sparkurs bekannt. *Frades* waren in Portugal Ordensbrüder, was ihm den Spitznamen Mönch eingebracht hatte. Almeida allerdings assoziierte mit ihm stets feijões-frades, Augenbohnen. Die waren genauso klein und blass wie dieser unfähige, aufgeblasene … noch dazu hatte ihm ein befreundeter Koch erzählt, dass feijõesfrades botanisch zu den Erbsen zählten, was wiederum wunderbar zu diesem Erbsenzähler passte. Er selbst ließ sich als Doutor Fernandes ansprechen.

«Anscheinend haben die Eltern dieser Engländerin schon die Botschaft und das Auswärtige Amt eingeschaltet», sagte Pinto.

«Aha. Sonst noch was von meinem besonderen Freund?» Almeida war froh, dass er zumindest vorerst nicht selbst mit dem Mann sprechen musste, mit dem er bereits mehrfach aneinandergeraten war.

«Ermittlung mit Fingerspitzengefühl. Direkter und unmittelbarer Bericht an ihn. Er hofft auf einen natürlichen Tod, wahlweise Unfall.»

«Ach was. Will er selbst hinkommen?»

«Zu einer verwesten Leiche? Wovon träumst du sonst noch?»

Sie grinsten sich an.

«Ich fahre mit meinem Auto», sagte Almeida und griff nach seinem Sakko, «nimm du den Dienstwagen.»

Paulo schlug sich in gespielter Überraschung mit der Hand vor die Stirn. «Richtig, wir fahren ja ins Anabela-Land. Na, dann hat das Ganze für einen von uns doch auch eine gute Seite!»

«Idiota.» Aber lächeln musste Almeida doch.

Zehn Minuten später gingen die Kommissare von dem Altbau, in dem die PJ im historischen Zentrum Faros untergebracht war, zu ihren Parkplätzen am Largo da Sé, dem großen Platz an der Kathedrale. Die Tische der Cafés und Restaurants am Platz waren verwaist, die Altstadtbewohner schliefen noch. Almeida mochte die zu früher Stunde ruhige Weite des von historischen Gebäuden umgebenen Platzes, in dessen Mitte die mächtige Kathedrale thronte.

Eine Allee von Orangenbäumen begann gerade zu blühen und verströmte einen intensiven, süßen Duft.

Das ist ein Fall wie jeder andere, sagte er sich, als er seinen Audi anließ. Gefolgt von Pinto im silbernen Renault, fuhr er langsam um die Kathedrale herum auf die schmale Rua do Castelo, bis die sich schließlich mit Blick auf die Ria Formosa öffnete und er ein normales Tempo fahren konnte, ohne einem frühen Fußgänger über die Zehen zu fahren. Außenherum kam man von der Altstadt aus am schnellsten aus der Stadt. Dennoch würden sie bis zum Fundort sicher eineinhalb Stunden brauchen. Auf der Autobahn gab er Gas, in Gedanken schon bei dem, was ihn erwartete.

Ein winziger Teil von ihm, einer, dem er keine Stimme geben wollte, fürchtete, anstelle der gesuchten Engländerin die Tochter seines Vaters vorzufinden. Wie schon so oft stieg Wut in ihm auf. Warum waren er und seine Mutter seinem Vater nicht genug gewesen, verdammt noch mal? Wie hatte der Alte ihn über all die Jahre derart belügen und ihm trotzdem ein liebevoller Vater sein können? Er fand keine Erklärung, noch immer nicht. Es gab nur eine einzige Person, von der er vielleicht etwas erfahren konnte – falls er sich je dazu durchringen konnte, mit ihr darüber zu sprechen. Und falls diese Person nicht tot an einem verfluchten Wanderweg lag. João Almeida machte das Radio an und stellte Radio Comercial ein, einen Popmusiksender, der ihn nervte und der deshalb gerade gut zu seiner Stimmung passte.

Doch schon kurz vor der Raststätte in Höhe Olhão hatte er genug von der Musik – dem Krach – und der ständigen

Werbung. Er koppelte per Bluetooth sein Telefon mit dem Autoradio. Wohltuende Gitarrenklänge durchfluteten den Wagen. Almeida beruhigte sich, dachte über das Wenige nach, was er wusste. Eine verweste Leiche in freier Natur. Vor ein paar Tagen hatte es an der gesamten Algarve kurz geregnet – viel zu wenig für den sonst regenreichen Monat April. Aber vorher und nachher hatte die Sonne umso heißer vom Himmel gebrannt. Beste Voraussetzungen für eine schnelle Verwesung. Dazu vermutlich Tierfraß. Er war lange genug dabei, um eine reiche Auswahl an hässlichen Bildern aus seiner Erinnerung abrufen zu können. Eine schwierige Identifikation, falls es nicht eindeutig die Engländerin war. Wahrscheinlich katastrophale Spurenlage.

Der kleine Ort Palmeira lag wie ausgestorben in einer Senke. Almeida fuhr an einfachen weiß gekalkten Häusern mit grauen Aluminiumfenstern vorbei. Müll am Straßenrand, Oliven- und Feigenbäume hinter Zäunen und Mauern, ein einzelnes Auto in einer Zufahrt. Wären die Alufenster und das Auto nicht gewesen, hätte man meinen können, die Zeit sei vor fünfzig Jahren stehengeblieben. Almeida fand den Ort trostlos. Im Sommer musste diese Senke der reinste Backofen sein. Aus dem Augenwinkel sah er, wie sich in einer der Haustüren eine Hand durch den Fliegenvorhang schob. Es gab also doch Leben in diesem Kaff, aber niemand ließ sich auf der Straße blicken. Wo waren die Wagen der Kollegen? Pinto hatte gesagt, sie würden sie im Ort treffen. Schon fast am Ortsausgang parkte schließlich am Straßenrand ein dunkelblauer Jeep mit dem grünen Streifen der

GNR als Erster in einer Reihe von Fahrzeugen. Er sah zwei Transporter der PJ. Aber keinen seiner Kollegen. Aus dem Jeep stieg ein uniformierter Beamter.

Almeida stoppte und holte seinen Dienstausweis aus der Innentasche seines Jacketts.

«Bom dia. Wo müssen wir hin?»

«Dahinten parken, bitte.» Der Kollege von der GNR zeigte ans Ende der Wagenreihe. «Mit Ihrem Auto kommen Sie hier nicht weit.» Er grinste kurz.

Almeida fuhr wieder an, sah im Rückspiegel, dass Pinto ihm folgte und der GNR-Mann in ein Funkgerät sprach. Nachdem sowohl er als auch Pinto ihre Wagen abgestellt hatten, gingen sie zurück zu dem Beamten.

«Sie müssen ein paar Meter da entlang. An der Absperrung wartet ein Kollege, der bringt Sie hin.»

Nach nicht einmal zehn Metern wusste Almeida, warum der Beamte beim Anblick seines ziemlich neuen Audis gegrinst hatte. Der Asphalt wich einer holprigen, steinigen Strecke mit tiefen Furchen. Nach ein paar Minuten erreichten sie das gelb-weiße Flatterband, mit dem der Weg abgesperrt war, begrüßten einen weiteren Beamten und stiegen in dessen Jeep.

Unmittelbar bevor sie auf einer kurzen Brücke die IC27 überquerten, war wieder ein Stück asphaltiert, danach holperten sie in dem hartgefederten Fahrzeug erneut über Geröll.

«Wie weit ist es bis zum Fundort?», fragte Almeida den Fahrer.

«Drei, vier Kilometer.»

«Wer benutzt diese Wege normalerweise?»

«Die Leute von hier. Schäfer, Imker, Jäger. Weiter unten gibt es auch noch ein paar Grundstücke mit Figueiras und Alfarrobeiras. Die werden wohl noch bewirtschaftet.»

Almeida musste an Anabela denken. Auch deren Mutter erntete nach wie vor Feigen und sammelte die Schoten ihres Johannisbrotbaumes, wenn sie im Spätsommer braun und trocken waren, und verkaufte sie.

«Ich frag mich, was die Leute machen, wenn ihnen einer entgegenkommt», meinte Pinto. Der Weg war eng, es gab keine Ausweichmöglichkeiten.

«Rückwärtsfahren vermutlich. Sie sagten Jäger», wandte Almeida sich wieder an den Fahrer. «Was wird in dieser Gegend geschossen?»

«Im Prinzip alles. Rebhühner, Kaninchen, aber vor allem Wildschweine.»

Eine Wegkreuzung kam in Sicht. Weiteres Flatterband ließ nur eine Fahrtrichtung zu. Auch an den beiden gesperrten Wegen standen GNR-Jeeps.

Der Fahrer bog scharf rechts ab, und die Schnellstraße, die sie doch eben erst überquert hatten, kam wieder in den Blick. Almeida hatte Mühe, sich zu orientieren.

«Das da ist doch die IC27?», fragte er. Der Fahrer nickte. «Das ist die große Brücke über das Foupana-Tal.»

Noch einmal zehn Minuten später fuhren sie direkt an einem monumentalen Brückenpfeiler vorbei, kamen durch eine Kurve und hatten plötzlich freien Blick auf die Kollegen von der Spurensicherung. Gebückte weiße Rücken in dunklem Gebüsch an einem Hang. Almeida musste an versprengte Schafe denken.

Der Jeep hielt an einem Wendeplatz. Ein weiterer Jeep

war dort geparkt, außerdem ein knallroter Pick-up der Freiwilligen Feuerwehr mit geschlossener Ladefläche. Beamte der GNR standen in einer Gruppe mit zwei Feuerwehrleuten zusammen. Neben dem Pick-up entdeckte Almeida Doutora Letícia Pestana, die fähigste Rechtsmedizinerin, die er kannte. Normalerweise kam Letícia nicht an einen Fundort. Aber nach dem, was die GNR gemeldet hatte, wäre ein Notarzt für die erste Leichenschau eine klare Fehlbesetzung gewesen. Hier mussten von der ersten Minute an Fachleute ans Werk. Das hatte sogar der dämliche Mönch erkannt.

«Bom dia, Letícia.»

«Olá, João. Olá, Paulo.» Sie nickte ihnen zu.

«Kannst du uns schon was sagen? Fremdverschulden?»

Die kleine, schmale Rechtsmedizinerin schüttelte den Kopf. «Nur, dass ihr Geduld haben müsst.»

Er hatte es geahnt. Todeszeitpunkt, Todesursache – bei einer Auffindesituation im Freien mit fortgeschrittener Verwesung gab es selten schnelle Erkenntnisse.

«Gar nichts? Kann es die Engländerin sein?»

«Ich sagte Geduld, João. Das Einzige, was ich dir mit einiger Sicherheit sagen kann, ist, dass es sich um eine Frau handelt.»

Ein Mann im weißen Overall kletterte vom Hang auf den Weg, schob die Kapuze vom Kopf in den Nacken und kam auf sie zu. Lourenço de Castro e Sousa, Chef des Spurensicherungsteams, trat zu ihnen. Kein Mann großer Worte. Dafür mit großem Bauch, der unter dem Ganzkörperanzug spannte.

«Wir sind mit dem Bereich direkt um den Leichenfundort fertig, ihr könnt hin. Macht euch auf was gefasst. Ich sage nur: Schweine.»

«Okay, danke. Habt ihr Ausweispapiere gefunden?»

«Bisher nicht. Muss aber nichts heißen. Ist nicht das Einzige, was fehlt.»

«Meu deus», entfuhr es Pinto, sobald sie hinter einer weiteren Absperrung den Hang hinaufgeklettert waren. Almeida schluckte trocken. Die Leiche hatte keinen Kopf. Sie lag auf dem Rücken in der prallen Sonne. Auf dem flachen Oberkörper waren Textilreste zu erkennen, darunter Teile der Rippen und lederartige Hautreste. Die Überreste der Arme waren ausgestreckt – und unvollständig. Ein Unterarm fehlte. Bis zu den Hüften steckte der Körper in einer gut erhaltenen Stoffhülle, vermutlich Kunstfaser. Ein Schlafsack. Unter dem Stoff mochte die Leiche intakter sein. Keiner von ihnen hatte das Bedürfnis nachzusehen.

«Danke für die Vorwarnung, Kollegen», murmelte Pinto und fragte dann: «Können das wirklich Wildschweine gewesen sein, das mit dem Kopf?»

«Möglich. Abwarten, was Letícia sagt. Wissen wir, ob die Engländerin einen Schlafsack dabeihatte?»

«Ich frage nach.» Pinto klang erleichtert. Er war der Muskulöseste in Almeidas Team, aber nicht der Nervenstärkste.

«Lass dir alles sagen, was sie über die Frau wissen.»

«Okay.»

Almeida blickte Pinto nach, der den Hang wieder hinunterkletterte und auf die GNR-Männer zuging. Kurz darauf griff einer von ihnen zum Telefon.

Almeida musterte die Umgebung. Der Platz war umgeben von verdorrtem losem Buschwerk und vertrockneten Pinienzweigen. Ein Teil des Bodens war aufgewühlt, er sah die Abdrücke von Rüsseln und Paarhufen. Wildschweinspuren. Nummerierte Markierungen der Spurensicherung. Rechter Hand lag ein kleiner Pinienhain. Nach den Schnittstellen zu urteilen, waren unlängst die unteren Zweige der noch jungen Bäume entfernt worden. Daher also stammten die trockenen Zweige. Stellte sich die Frage, wer sie und das Buschwerk zu diesem Lager gebracht hatte. Ein ganzes Stück oberhalb des Platzes war die Spurensicherung noch aktiv. Er rief einen der Kollegen zu sich.

«Wie war das, als ihr hier angekommen seid? Lagen die Zweige und Büsche so wie jetzt?»

«Nein, ein paar lagen auf der Leiche. Wir haben sie zur Seite geschoben, damit Letícia arbeiten konnte. Ihr kriegt nachher die Bilder.»

«Also war der Körper abgedeckt?»

«Kann gut sein. Die Tiere haben natürlich auch schon einiges verändert. Aber ja, ich würde – unter Vorbehalt natürlich – sagen, die hat wohl jemand abgedeckt.»

«Danke.»

Pinto kam zurück. «Sie hatte einen Schlafsack und einen Rucksack dabei. Außerdem soll sie Geld und Ausweispapiere immer in einer Bauchtasche getragen haben.»

Beide blickten auf den Bereich unterhalb des Brustkorbs. Von einer Tasche war nichts zu sehen. Ebenso wenig von einem Rucksack. Oder einem Bauch.

«Was weißt du sonst noch über die Frau?»

«Sie heißt April Thompsen. Dreiundzwanzig, lange

blonde Haare, blaue Augen. Ein Meter zweiundsiebzig groß. Nach bisherigem Kenntnisstand zuletzt gesehen vor knapp vierzehn Tagen in Balurcos de Baixo.»

April, dachte Almeida. Vielleicht war sie im April geboren. Und im April gestorben. Vielleicht. Hoffentlich fand die Spusi bald den Kopf. Dann konnte ein Zahnstatus weiterhelfen. Vielleicht fand sie auch noch die Bauchtasche mit den Papieren.

«Ich denke, wir sind hier fertig, Paulo.»

Als sie wieder auf dem Weg standen, sah Almeida noch einmal nach oben. Wenn er sich die Polizeiabsperrung und die Kollegen wegdachte, war von dem Ort, an dem die Leiche lag, nichts zu sehen. Und wenn sie dann noch mit Zweigen bedeckt worden war … dann waren ein natürlicher Tod oder ein Unfall schon ziemlich unwahrscheinlich. Dann hatte sich jemand Mühe gegeben, damit die Frau nicht entdeckt wurde.

Wenig später stiegen sie wieder in den Jeep der GNR, der sie hergebracht hatte.

«Ziemlich wahrscheinlich, dass sie es ist», sagte Pinto, kaum dass der Wagen anfuhr.

«Ja, ziemlich.» Noch immer war er sich unschlüssig, ob er Paulo von Liliana erzählen sollte. «Wo sind die Eltern zurzeit, Paulo?»

«In einem Hotel in Alte. Sie sind noch nicht informiert.»

Almeida sah auf seine Armbanduhr. «Lass uns nach Alcoutim fahren, ich brauche einen Kaffee. Dann besprechen wir, wie wir weiter vorgehen.»

«Wir müssen wohl zuerst den Mönch anrufen.»

Almeida seufzte und holte sein Telefon aus der Innentasche des Jacketts. «Kein Empfang, so ein Pech aber auch.» Er steckte es wieder weg.

Am zentralen Platz des Ortes, der Praça da República, flatterten die Flaggen Portugals, Europas und der Gemeinde Alcoutim im Wind, plätscherte ein Wasserspiel, saßen auf einer steinernen Bank zwei Alte im Gespräch. Diese Normalität kam Almeida nach dem Anblick der Toten seltsam falsch vor. Rechter Hand lag eine Bar mit Restaurant. Sein Blick fiel auf einen Aufsteller, auf dem mit Kreide in großen Lettern das Tagesgericht geschrieben stand: «Prato do dia: Javali estufado». Wildschweineintopf aus dem Ofen. Sein Magen hob sich.

«Lass uns bloß woanders hingehen, Paulo.»

Schließlich saßen sie auf dem schmalen Balkon einer Tapas-Bar mit Blick auf den Fluss. Kein Fleischgeruch. Gut. Almeidas Telefon klingelte, kaum dass er den ersten Schluck seines Espressos getrunken hatte. Er sah auf das Display und war versucht, das Gespräch wegzudrücken. Der Mönch.

«Tou?»

«Almeida, was haben Sie für mich?»

Er berichtete das Wenige, was er wusste. Auch, dass die Leiche allem Anschein nach abgedeckt, also versteckt worden war.

«Aha. Also wahrscheinlich ein Jagdunfall.»

Hatte der Mann was mit den Ohren?

«Hier ist auf jeden Fall äußerste Sensibilität angebracht, Chefinspektor. Wenn es wirklich die Engländerin ist – ich mag gar nicht daran denken. Die Eltern haben bereits die Botschaft und das Auswärtige Amt eingeschaltet.»

«Ja, ich weiß», sagte Almeida und schüttelte mit dem Kopf. Das war ihm so was von egal.

«Hinzu kommt: Die Via Algarviana ist für die Region von großer touristischer Bedeutung. Also: kein Wort von Mord! Schon gar nicht an die Öffentlichkeit. Ich stimme die gesamte Kommunikation nach außen persönlich mit der Pressestelle ab. Und natürlich mit den örtlichen Behörden. Ist das klar?»

Ehe Almeida auch nur ja sagen konnte, sprach er schon weiter.

«Da ist noch etwas. Es muss nichts mit dieser Sache zu tun haben, aber man weiß ja nie. Ich informiere Sie nur prophylaktisch.»

«Ja?»

«Es gibt einen weiteren Vermissten. Auf derselben Strecke. Einen Deutschen.»

«Wollen Sie mich verarschen?»

«Mitnichten, Chefinspektor. Übrigens würde ich mir eine Ihrer Position angemessenere Ausdrucksweise wünschen.»

Drei, dachte Almeida, jetzt sind es drei.

5

«Ohne Kopf, Filha, ist das nicht gruselig? Und schon ganz vertrocknet. José sagt, er hätte sich fast übergeben.»

Dafür hatte José – wer immer das auch sein mochte – mein vollstes Verständnis. Ich schob meinen Teller von mir. Wir saßen in Mutters Küche und aßen Arroz de Pato, Reis mit Ente, Schinken und Wurst nach einem Rezept meiner Großmutter. Ich liebe Arroz de Pato. Eigentlich. Aber jetzt sah ich vor mir, wie meine Mutter der Ente den Kopf abhackte.

«José?»

«José Guerreiros.»

Ich kannte mindestens drei Männer dieses Namens. Mãe hatte ein Einsehen. «Der José Guerreiros, mit dem dein Vater immer Karten gespielt hat, der Jäger, du weißt schon.»

Pai saß neben ihr und löffelte langsam seine pürierte Portion Entenreis. Als Begleiterscheinung seiner Krankheit hatte er Schluckbeschwerden und sollte nichts Festes mehr zu sich nehmen. Nun sah er auf und lächelte. Er spielte immer noch gern Karten. Inzwischen allerdings nur noch mit mir, nach unseren eigenen, flexiblen Regeln. Wir drei waren allein, Tia Paula traf sich zum Mittagessen mit einer Freundin in Vila Real de Santo António an der Küste.

«Jedenfalls hat der José den armen toten Menschen gefunden. Also, zuerst sein Hund. Und dann ist er natürlich nachgucken gegangen, der José. Und dann ist ihm schlecht geworden.» Sie überlegte kurz. «Aber der war ja schon immer ein Schwächling. Der soll in Angola eine ganz schlechte Figur gemacht haben.»

Nur meine Mutter schafft es, innerhalb von Sekunden vom Fund einer Leiche zu den Kolonialkriegen zu wechseln. In einem anderen Punkt ist sie allerdings alles andere als einzigartig: Comer bem e dizer mal é a manha de Portugal. Gut essen und über jemanden herziehen ist die Unart der Portugiesen. Schon beeindruckend, wenn es die nationale Neigung zum Lästern bis zum Sprichwort gebracht hat.

«Ich frage mich, wie die Polizei herausbekommen will, ob es das arme Mädchen ist, das sie gesucht haben. Was sagt denn dein Chefinspektor, muss der das untersuchen?»

Nichts. Absolut nichts sagte mein Chefinspektor. Seit die Kunde vom Leichenfund sich schnell wie ein Flächenbrand verbreitet hatte, versuchte ich erfolglos, ihn zu erreichen. Zum ersten Mal, nachdem ich vor gut zwei Stunden beim Einkaufen in Alcoutim vom Fund der Jäger gehört hatte, noch ohne das grausige Detail. Die Mailbox war angesprungen. Auch beim zweiten und dritten Mal. Ich hatte ihm eine WhatsApp-Nachricht geschrieben. Er war nicht online. Dann eine SMS. Keine Antwort. Wahrscheinlich wusste jeder andere im Dorf mehr als ich.

«Keine Ahnung, Mãe.»

«Auto», sagte Pai. Sein Gedächtnis und sein Sprechvermögen schwanden, aber sein Gehör war noch eins a.

Ich stand auf und ging zur Tür. Joãos Audi parkte hinter meinem Twingo, er war gerade ausgestiegen.

«Wer ist denn da?», rief meine Mutter aus der Küche.

João kam auf mich zu und schüttelte mit Blick auf mein Elternhaus leicht den Kopf. Er hatte bereits Bekanntschaft mit Mãe und ihrer Redseligkeit gemacht. Kein Wunder, dass er ihr jetzt nicht begegnen wollte.

«Besuch für mich, Mãe», rief ich zurück. «Ich bin sowieso fertig mit essen.» In zwei Sekunden würde sie am Fenster stehen. João und ich gingen schnell zu meinem Häuschen. Erst drinnen gab er mir einen kurzen Kuss.

«Du siehst müde aus, meu amor.» Er war blass, und die Falten um Mund und Augen schienen tiefer als sonst.

«Es war ein übler Vormittag. Hast du einen Kaffee für mich?»

In der Küche befüllte ich meinen simplen Espressokocher mit Wasser und Kaffeepulver, stellte ihn auf die Gasflamme und öffnete die Tür zur Terrasse.

«Setz dich schon mal raus.»

Als ich mit dem Tablett auf die Terrasse kam, saß João auf einem Stuhl und starrte auf meine Wiese, als gäbe es dort mehr zu sehen als Wildkräuter und trockenen Schafsdung. Er hatte sein Jackett ausgezogen und über die Stuhllehne gehängt. Die Hose seines Anzugs war leicht zerknittert und hatte am Knie einen Fleck. Im Dienst trägt er immer Anzüge und weiße Hemden ohne Krawatte.

«Wisst ihr schon, wer es ist?»

Er drehte den Kopf, sah mich an. Sein Gesichtsausdruck war gequält. «Noch nicht sicher. Du hast wahrscheinlich schon gehört, was wir gefunden haben?» Ich nickte. «Es gibt aber Hinweise, dass es sich um die vermisste Engländerin handelt.»

Also ist es nicht Liliana, dachte ich und schämte mich meiner Erleichterung. Ich wusste nicht einmal so genau, warum ich Erleichterung empfand. Schließlich kannte ich Liliana gar nicht.

«Ist … ist sie umgebracht worden?»

«Möglich. Es gibt noch kein Obduktionsergebnis. Das kann dauern.» Er trank ein paar Schlucke von seinem Kaffee und verzog kurz darauf das Gesicht.

«Ist mit dem Kaffee etwas nicht in Ordnung?»

«Sodbrennen. Ich trinke zu viel von dem Zeug und muss wohl mal was essen. Hast du eine Banane für mich? Etwas anderes kriege ich gerade nicht runter.»

«Moment.»

Nachdem er die Banane gegessen hatte, bekam sein Gesicht wieder etwas Farbe, und er sprach weiter. «Was ich dir jetzt sage, bleibt unter uns.»

Einer der schönsten Sätze, die man mir sagen kann. Mein Herz klopfte ein bisschen schneller.

«Okay?»

«Natürlich.»

«Es soll eine weitere Person auf dem Wanderweg verschwunden sein. Ein Mann. Ein Deutscher namens Florian Vogel.»

«Was?»

«Viel wissen wir noch nicht, und es hat wahrscheinlich überhaupt nichts mit der Engländerin zu tun. Reiner Zufall. Aber du weißt ja, wie die Leute sind.»

Allerdings. Ich hörte meine Mutter schon in aufgeregtem Flüsterton all ihre Freundinnen anrufen. Dann würde es eine Maria der nächsten Maria erzählen, und der arme Mann würde innerhalb kürzester Zeit ebenfalls mausetot und in fürchterlichem Zustand im Gebüsch liegen. Selbst wenn er in Wahrheit an irgendeinem Pool im Liegestuhl saß und ein schönes Buch las.

«Wie ernst nehmt ihr das?»

«Für ihn gilt natürlich das Gleiche wie für meine Halbschwester. Er ist erwachsen, kann überall sein und sich jederzeit wieder einfinden. Die Polizei hält nach ihm Ausschau, falls er in eine Verkehrskontrolle gerät oder sein Name beispielsweise in einem Krankenhaus auftaucht. Aber es gibt erst einmal keine große Suchaktion. Wir wissen überhaupt nur von ihm, weil seine Daten im SIS stehen.»

«Wo?»

«Im Schengener Informationssystem, einer Datenbank für den Schengen-Raum. Unter anderem werden da vermisste Personen erfasst. Sowohl die Daten der Engländerin als auch die des Deutschen sind da gespeichert, weil sie in Portugal verschwunden sind.»

«Und Liliana?»

«Ihre Daten sind in der nationalen Datenbank. Und da ist sie eine von vielen Vermissten.»

Mir schwirrte der Kopf. Datenbanken, Krankenhäuser, eine tote Engländerin, ein vermisster Deutscher – was für ein Deutscher war das überhaupt? –, Liliana. Immer derselbe Wanderweg. Ich ließ das alles sacken und verstand plötzlich nicht mehr, wie João so ruhig daherreden konnte. Ehrlich gesagt sah ich den Deutschen – und Liliana –

jetzt schon fast selbst vermodert im Gebüsch liegen. Bei João mussten doch alle Alarmglocken schrillen. Meine jedenfalls lärmten infernalisch. Joãos nächster Satz brachte mich vollends durcheinander.

«Ich möchte nicht, dass du jemandem von ihr erzählst. Genauso wie ich niemandem von ihr erzählen werde, jedenfalls vorerst.»

«Von Liliana? Du meinst davon, dass sie vermisst wird? Aber …»

«Lass mich bitte ausreden. Falls die Engländerin, wie ich vermute, umgebracht wurde, dann will und werde ich die Ermittlungen leiten. Gerade wegen … wegen Liliana.» Noch immer sprach er ihren Namen nur stockend aus. «Bisher hat im Kommissariat niemand den Zusammenhang hergestellt. Wenn ich jetzt an die große Glocke hänge, dass eine Verwandte von mir ebenfalls hier verschwunden ist, bin ich die Ermittlungen los. Wegen möglicher emotionaler Verstrickung. Dann leitet sie im nächsten Moment ein anderer Inspektor.»

«Ich verstehe.»

Auf jeden Fall verstand ich, dass ihm Liliana nicht egal war. Dass er nach ihr suchen würde, während er offiziell im Fall der anderen Frau ermittelte. Das gefiel mir. Gefiel mir sehr. Dann kam mir ein anderer Gedanke.

«Aber wenn Inês in der Zeitung liest, dass auf dem Wanderweg jemand ermordet worden ist, dreht sie durch, dann hängt sie das nicht nur an die große Glocke, dann läutet sie Sturm. Darauf würde ich wetten.»

«Sie wird nichts in der Zeitung lesen. Jedenfalls noch nicht. Erstens ist es bisher nur eine Vermutung, und zweitens will der Staatsanwalt die Sache nach außen kleinhalten. ‹Kein Wort von Mord› ist die Parole.»

«*Der* Staatswalt?»

«Ebender.»

Im vergangenen Jahr hatte dieser Mann den Tod einer Dänin als Unfalltod deklariert, die in Wahrheit ermordet worden war. Spätestens seitdem war der Staatsanwalt für João das sprichwörtliche rote Tuch. Davon abgesehen konnte er nach meiner Einschätzung so viele Parolen ausgeben, wie er wollte. In der ganzen Gegend summte es jetzt schon wie in einem Bienenstock. Es war nur eine Frage der Zeit, wann Mordgerüchte über die Gemeindegrenzen schwappen und der erste Journalist aufmerksam werden würde.

Zarte Pianoklänge unterbrachen uns, Joãos Klingelton. Er nahm sein Telefon aus der Innentasche des Jacketts, sah auf das Display, stand auf und trat ein Stück zur Seite.

«Lourenço, was hast du?» Während er zuhörte, legte sich seine Stirn in Falten. «Ja, gut, um sechs.» Er beendete das Gespräch.

«Sie haben die Tasche der Engländerin mit ihren Papieren gefunden. Jetzt gibt es kaum noch einen Zweifel an der Identität. Armes Ding.»

Wieder ertönten die Pianoklänge.

«Ich komm gleich, Paulo» war alles, was João sagte. Und zu mir: «Bela, ich muss los.»

«Kommst du heute noch hierher zurück?»

Er zog sein Jackett über. «Nein, leider nicht. Wir müssen jetzt nach Alte, um mit den Eltern zu sprechen. Sie sind noch in dem Hotel, in dem sie mit ihrer Tochter verabredet waren. Die Familie wollte von Alte aus den restlichen Weg gemeinsam wandern. Danach gibt es noch eine Besprechung im Präsidium.»

Von Alte hatte ich kürzlich erst gelesen. Der Ort lag nördlich von Albufeira in der Westalgarve. Dort zapfte der Besitzer einer riesigen Zitrusplantage das Wasser einer Quelle ab, die im Ort seit Jahrhunderten ein Brunnensystem und einen bekannten Wasserfall speiste. Die Proteste von Umweltschützern hatten das Thema in die Presse gebracht.

Wieso lächelte João plötzlich?

«Aber wenn du willst, können wir uns trotzdem noch sehen. Ich wollte dich nämlich um etwas bitten.»

Ich sah ihn abwartend an.

«Du hast eben von Inês gesprochen. Die Frau ist nicht koscher, das sagt mir mein Gefühl. Ich wüsste gern mehr über sie und ihre Beziehung zu Liliana.»

Kein Stocken diesmal. Ging doch.

«Könntest du, in ihrem Umfeld ... ich meine, Fragenstellen ist doch deine Spezialität und ...»

Er hatte das Wort Spezialität noch nicht ganz ausgesprochen, da zeichnete sich in meinem Kopf schon ein Bild ab. Das Bild einer jungen Frau mit langen schwarzen Haaren und genervtem Blick. Wie hatte Inês sie genannt? Rosa, oder? Aber ob nun Rosa oder Rita – sie war garantiert kein Fan ihrer Chefin. Und damit wahrscheinlich eine hervorragende Quelle. Ich kann übrigens wirklich gut Leute zum Reden bringen.

«Ich soll also nach Tavira fahren.»

«Genau. Und von da nach Estói, wo ein bestimmter

Herr von der Kriminalpolizei seine Bleibe hat und einen entspannten Abend nach einem Scheißtag gut gebrauchen könnte.»

«Das», sagte ich und lächelte, «das ist zumindest eine ernsthafte Überlegung wert.»

Natürlich würde ich tun, worum er mich bat. Ich wollte sogar noch mehr tun, allerdings nicht in Sachen Liliana. Aber das musste er nicht unbedingt wissen. Bevor ich nach Tavira fuhr, würde ich meinen Kopf in den hiesigen Bienenstock stecken und mir anhören, was so gesummt wurde. Wäre doch gelacht, wenn die Leute mir nicht andere Dinge erzählten als der Kriminalpolizei. Vorausgesetzt, meine Mutter hatte die Kunde von meiner *Verlobung* noch nicht bis in den letzten Winkel verbreitet und ich wurde deshalb mit der Polizei in einen Topf geworfen. Heute würde ich nicht mehr allzu viel ausrichten können. Aber zumindest wollte ich noch bei den Ribeiros vorbeischauen.

«Abgemacht.» Ich gab ihm einen Kuss. «Und jetzt zieh die Hose aus.»

Sein Gesichtsausdruck war zum Niederknien.

«Die hat einen Fleck, vielleicht kriege ich den raus.»

Er lachte schallend und tat, wie ihm geheißen.

«Was ist das eigentlich für ein Deutscher, von dem du eben gesprochen hast?», fragte ich, während ich an der Spüle etwas Gallseife auf ein Tuch gab und damit vorsichtig den Fleck bearbeitete. Mein Chefinspektor stand in Jackett und Boxershorts daneben.

«Ich weiß bisher nur, dass er in einer Solaranlage bei einem Ort namens Vaqueiros gearbeitet hat, in seinem Urlaub wandern wollte und nach dem Urlaub nicht wieder zur Arbeit erschienen ist. Außerdem hat sein Chef wohl vorher schon vergeblich versucht, ihn wegen eines technischen Problems zu erreichen.»

Damit würde ich nicht viel anfangen können, so ganz ohne einen Namen. Aber nach dem Namen brauchte ich João gar nicht erst zu fragen, das war mir klar. Vielleicht sollte ich mich zunächst ganz allgemein nach der Solaranlage erkundigen, als ersten Ansatzpunkt. Deren Existenz war mir völlig neu. Vaqueiros lag Richtung Martim Longo, und dort war ich Jahre nicht gewesen. Am besten fuhr ich mal hin und sah mich dort um.

«So, fertig. Wenn du in Alte ankommst, ist das trocken und mit ein bisschen Glück nicht mehr zu sehen.»

«Danke.»

Er gab mir einen Kuss. Ich begleitete ihn zu seinem Wagen und winkte ihm nach. Als ich mich umdrehte, stand Mãe schon in der Tür.

«Und?»

Ich seufzte und ergab mich meinem Schicksal.

6

Im Raum roch es nach frischer Farbe und Erwartung. João Almeida nannte dieses frühe Stadium einer Ermittlung im Stillen die Vakuum-Phase. Noch fehlte die Materie. Zu dritt saßen sie im kleinen Besprechungsraum und warteten auf Lourenço von der Spurensicherung. Vor wenigen Minuten hatte sich auch Letícia Pestana mit einem vorläufigen Obduktionsergebnis angekündigt. Die Materie war also unterwegs, würde das Vakuum füllen, der Ermittlung den nötigen Lebensraum geben oder zu ihrer Auflösung führen. Da Letícia keine Freundin von vorläufigen Ergebnissen war, rechnete Almeida zumindest mit ein paar Resultaten von Bestand.

Neben Pinto saß Samanta Soares, die neue Inspetora estagiária, Inspektorin im Praktikum. Sie war erst vor drei Wochen zur PJ Faro gekommen und drehte unentwegt einen Fingerring an der rechten Hand, vermutlich ohne sich dessen bewusst zu sein. Almeida verstand die Nervosität der Kollegin und lächelte ihr zu. Sie war Ende zwanzig, hatte einen dunklen Teint und trug die tiefschwarzen Haare kurz.

Pinto und er hatten ihr einen groben Überblick über die vermisste Engländerin und den Fund der Leiche gegeben.

Der Name April Thompsen stand auf einem wandfüllenden Whiteboard, darunter das Datum, an dem sie zuletzt gesehen worden war. Ganz oben auf dem Board begann ein Zeitstrahl mit ebendiesem Datum. Neben dem Namen fixierten Magneten das Foto einer fröhlich in die Kamera lachenden jungen Frau in Shorts, T-Shirt und Wanderschuhen. Sie hatten eine Weile überlegt, ob sie auch den Namen Florian Vogel aufschreiben sollten. Nein. Zunächst würden sie sich auf April Thompsen konzentrieren. Almeida hatte Anweisung an alle Polizeistellen gegeben, ihn zu informieren, sobald der Deutsche oder auch nur sein Name irgendwo auftauchte. Für den Moment war das genug. Der Mann war schließlich nicht tot. Soweit sie wussten.

Schwere Schritte auf dem alten Holzboden im Flur kündigten Lourenços Erscheinen an, kurz darauf schob sich der dicke Forensiker in den Raum, dicht gefolgt von der kleinen Doutora, die hinter ihm fast verschwand. Nach der gegenseitigen Begrüßung und einem auffordernden Nicken von Almeida ergriff die Ärztin als Erste das Wort.

«Die Identität der Toten steht so gut wie fest, ihr Kniegelenk ist tatsächlich eine Prothese. Der Abgleich der Seriennummer des Implantats steht zwar noch aus, aber da kann es kaum eine Überraschung geben.»

Die Information über das künstliche Kniegelenk hatten Pinto und Almeida von den Eltern bekommen und sofort an die Rechtsmedizinerin weitergegeben. April Thompsens Knie war vor drei Jahren bei einem Skiunfall zertrümmert und durch ein künstliches ersetzt worden.

«Todesursache könnte ein Schuss in die Brust sein, mit hoher Wahrscheinlichkeit aus einem Gewehr. Der abschließende Bericht der Wundballistik steht zwar noch aus, aber aufgrund meiner Erfahrung und nach Rücksprache mit den Kollegen würde ich unter Vorbehalt sagen: Büchsenpatrone, großes Kaliber, Fernschuss.»

«*Könnte* die Todesursache sein?», fragte Samanta Soares nach.

Doutora Letícia zog die Augenbrauen hoch und bedachte die junge Beamtin mit einem kurzen Lächeln. «Nun, wie Sie mir hoffentlich nachsehen werden, kann ich in Anbetracht des fehlenden Craniums, also des Schädels, schwerlich sagen, ob sie eine potenziell tödliche Kopfverletzung erlitten hat. Beispielsweise durch einen weiteren Schuss.»

Almeida beobachtete mit leichtem Amüsement, wie die Praktikantin rot anlief. «Kannst du uns etwas über den Todeszeitpunkt sagen?», schaltete er sich ein.

«Nichts Verbindliches.» Die Ärztin sah zu dem Datum ihres Verschwindens am Whiteboard. «Aber ich würde mich wundern, wenn sie diesen Tag noch lange überlebt hat. Um sicher zu sein, müsst ihr abwarten, was die Entomologen sagen.»

«Ist klar.» Letztlich würden nekrophage Insekten, die in der direkten Umgebung der Leiche und auf ihr gesammelt worden waren, relativ genauen Aufschluss darüber geben, wann April Thompsen gestorben war.

«Ein Gewehr. Es kann also immer noch ein Jagdunfall gewesen sein», sagte Pinto. «Was ist mit dem Projektil?»

«Wenn ich in der Leiche eines gefunden hätte, hätte ich bezüglich der Waffe wohl kaum von einer Wahrscheinlichkeit gesprochen.»

«Lourenço?»

«Wir haben jede Menge Hülsen von Schrotpatronen gefunden. Jagdgebiet eben. Allerdings nicht in direkter Nähe der Leiche und auch nicht neu. Keine Projektile. Habt ihr übrigens die Anfütterung am Bach gesehen? Außerdem haben wir reichlich Reifenspuren von Jeeps und Pick-ups.»

«Was bitte ist eine Anfütterung?», fragte Pinto.

«Jäger schütten Getreide auf, manchmal benutzen sie auch Mais mit Honig oder zum Beispiel kleine Garnelen. Damit füttern sie Schwarzwild an, um es dann zu schießen. Mich wundert nur die Jahreszeit. Eigentlich ist die Jagdsaison doch schon vorbei.»

«Wildschweine können ganzjährig geschossen werden», warf Soares ein. «Mein Vater ist Jäger.»

Almeida hörte kaum zu. Er stand auf und stellte sich vor das Whiteboard. Ein paar Sekunden lang sah er in das lachende Gesicht auf dem Foto, befestigte dann schweigend ein Bild von der Leiche daneben und drehte sich wieder zu der Gruppe um.

«Wenn ihr in die Brust geschossen wurde, dann muss da ein Projektil sein. Wenn nicht im Körper, dann in der Nähe. Vielleicht im Erdreich. Es sei denn, der Täter hat es entfernt. Lourenço, ich will, dass ihr alles umgrabt. Sind deine Leute noch vor Ort?»

«Die Letzten räumen gerade zusammen. Wird ja gleich dunkel.»

«Sie sollen wieder auspacken und bei Licht arbeiten.»

«Wie stellst du dir das vor? Da gibt es keinen Strom.»

«Die Feuerwehr soll euch einen Generator zur Verfügung stellen.» Almeidas Ton ließ keinen Widerspruch zu.

Der Spurensicherer zog brummelnd sein Handy aus der Tasche und ging zum Telefonieren auf den Flur. Wieder ergriff die Rechtsmedizinerin das Wort. «Es gibt bisher keine Hinweise auf Drogenmissbrauch etcetera. Das Ergebnis der toxikologischen Untersuchungen kommt aber erst in ein paar Tagen. So, von mir war's das. Dass ich gar nicht hier war, versteht sich von selbst. Morgen früh bekommt die Staatsanwaltschaft den schriftlichen Bericht.»

Drei Köpfe nickten. Der Staatsanwalt musste offiziell als Erster informiert werden und über weitere Schritte entscheiden.

«Danke dir, Letícia», sagte Almeida in Richtung der Ärztin.

Sie wandte sich zur Tür.

«Moment noch. Ist sie vergewaltigt worden?», fragte Pinto.

«Das lässt sich nicht mehr feststellen.»

Sie ging.

Kurz darauf kam Lourenço zurück, seinem Gesichtsausdruck nach zu urteilen, nicht bester Laune. «Die Zahl deiner Fans hat sich gerade drastisch verringert, João», sagte er, ehe er sich wieder auf seinen Stuhl fallen ließ.

Almeida überging die Bemerkung. «Sei so gut und lass hören, was ihr bisher habt.»

«Wie gesagt, kein Projektil.»

«Was ihr habt, bitte. Nicht, was ihr nicht habt.» Aus dem Augenwinkel sah Almeida, dass Pinto sich ein Grinsen verkniff. «Was ist mit Blutspuren? Ging da noch was?»

«Da habe ich sogar eine Überraschung für euch. Wir haben in den Textilresten und am Körper Holzablagerungen gefunden. Wir sind übrigens sicher, dass die Leiche mit Gehölz und Zweigen abgedeckt worden ist. Aber zurück zur Überraschung. Vielleicht ist sogar euch Laien bekannt, dass Blut sich auf Holz wegen dessen Saugfähigkeit enorm lange nachweisen lässt. Auch im Freien und nach Regen.»

«Halt jetzt bloß keinen Vortrag, sag's einfach.»

«Wir haben zwei verschiedene Blutspuren gefunden. Nur eine stammt vom Opfer.» Er ließ einige Sekunden verstreichen und lächelte in die Runde. Alle sahen ihn an.

«Und?», fragte Pinto schließlich. «Jetzt mach's nicht so spannend, Mann!»

«Die andere ist von einem Wildschwein.»

Allgemeines Aufstöhnen.

«Ihr seid heute aber auch mit gar nichts zufrieden. Etwa zweihundert Meter von der Leiche entfernt lag ein Schwarzwildkadaver. Könnte vom Zustand her zeitlich passen. Letícia guckt ihn sich morgen an. Möglicherweise angeschossen und später verendet.»

«Okay, Lourenço», sagte Almeida. «Sonst noch was?»

«Dann hätten wir noch ihren Rucksack. Lag auch ziemlich weit weg. Ist ein bisschen angenagt, aber so weit intakt. Dadrin waren unter anderem eine Dose Pfefferspray, spanischer Hersteller, und ein altes Handy.» Er holte einen Beweismittelbeutel aus der Tasche. «Da habt ihr das Telefon. Nokia 3310, Jahrgang 2010. Das wird heutzutage als Antiquität gehandelt. Wo sie das wohl herhatte?» Er legte den Beutel auf den Tisch. «Von der Bauchtasche wisst ihr ja schon. Kreditkarten, Ausweis, Führerschein, ein paar Münzen und ein kleines goldenes Kreuz. Keine Scheine.»

Pinto machte sich eine Notiz auf dem Block, den er immer bei sich hatte.

«Am Verschluss haben wir Fasern gefunden. Genauso wie an der Schulter der Leiche. Wildleder, meinen die vom Labor. Passen zu keinen anderen Proben vom Fundort.»

«Fremdspuren? Und das sagst du jetzt erst?» Pinto schnaubte.

«Alles zu seiner Zeit, junger Mann.»

Nachdem auch Lourenço gegangen war, herrschte einen Moment Stille.

«Was denkt ihr», fragte Almeida schließlich und schaute sie einzeln an. «Samanta?»

Die junge Frau straffte die Schultern. «Es kommt jetzt darauf an, ob ein Projektil gefunden wird», sagte sie mit fester Stimme. «Wird keines gefunden, muss es jemand entfernt haben. Zusammen mit der Tatsache, dass die Leiche abgedeckt, also vor Blicken versteckt wurde, und mit den gesicherten Fasern würde ich von einem möglichen Mord ausgehen.»

«Muss nicht sein», sagte Pinto. «Ich stelle mir vor, jemand geht auf Wildschweinjagd und erlegt versehentlich April Thompsen. Dann kriegt er Schiss, versteckt die Leiche, so gut es geht, nimmt das Projektil mit und verschwindet.» Er tippte mit dem Kugelschreiber auf seinen Notizblock. «Aber das mit dem Geld erscheint mir merkwürdig. Sie wird doch mehr als ein paar Münzen dabeigehabt haben.»

«Raubmord mit einem Jagdgewehr?», überlegte Almeida laut. «Hm. Wir können die Eltern fragen. Vielleicht wissen die, wie viel Geld sie normalerweise bei sich hatte, wenn sie wandern ging. Was denkst du, Paulo, sollen wir heute noch mit ihnen sprechen?»

«Ist wohl besser, wir warten, bis das Ergebnis der Obduktion offiziell ist. Sonst springt der Mönch im Quadrat.»

«Dem wird deine Theorie vom Jagdunfall sicher am besten gefallen. Also gut. Wir machen morgen früh weiter. Du und ich fahren als Erstes nach Alte. Samanta, ich möchte, dass Sie sich um den Verbindungsnachweis für das Handy kümmern. Und besorgen Sie ein Verzeichnis sämtlicher in dem Bezirk registrierter Jäger. Da wird es mit Sicherheit eine Jagdvereinigung geben.»

Er spürte ein kurzes, schwaches Vibrieren an der Brust. Sein Handy steckte in der Hemdtasche und war auf lautlos gestellt. Wahrscheinlich eine Nachricht von Anabela. Er sah auf seine Armbanduhr. Vielleicht war sie schon auf dem Weg nach Estói.

«Ähm, Chefinspektor?»

Er sah wieder Samanta Soares an.

«Ja?»

«Wegen des Handys. Das ist doch so ein altes. Vielleicht ist das gar nicht durch einen Code gesichert. Meine Mutter hat so ein ähnliches, und ihr ist das zu umständlich, immer die Zahlen einzutippen, deshalb hat sie die Sperre deaktiviert.»

«Aha. Guter Gedanke. Prüfen Sie das.»

«Soll ich auch im Labor nachfragen, ob die Kollegen noch mehr zu den Fasern sagen können?»

«Ja, bitte. Okay, Leute, Feierabend.»

In seinem Büro las er die Nachricht. Anabela würde frühestens in zwei Stunden kommen. Er schrieb ihr zurück, rief über das Haustelefon in Pintos Büros an und erwischte ihn noch. Almeida hätte nicht sagen können, wann er die Entscheidung getroffen hatte, aber er wollte dem Freund vom Verschwinden seiner Halbschwester erzählen. Er würde mehr Unterstützung brauchen, wenn er sie finden wollte. Natürlich nur, um sich zu vergewissern, dass sie lebte.

«Auf ein Bier bei Zeca?»

«Ist gut.»

Er war schon halb aus der Tür, als das Telefon auf seinem Schreibtisch klingelte. Der Kampf zwischen seinem Pflichtbewusstsein und der Lust auf ein kühles Bier war kurz. Das Display zeigte einen externen Anruf.

«Polícia Judiciária, Chefinspektor Almeida am Apparat.»

Wenige Minuten später sagte er: «Danke für die Information, Sargento.» Nachdenklich legte er den Hörer auf die Gabel. Was er gerade gehört hatte, klang nicht gut. Gar nicht gut.

7

Halb hatte ich damit gerechnet, dass noch Polizeiwagen auf dem Hof der Pension stehen würden. Aber da stand nur ein schmutzbespritzter silbergrauer Kombi. Die Ribeiros hatten ihr altes Haus aufgestockt, renovieren und mit Natursteinen verkleiden lassen. Dank weiß umrahmter Fenster mit dunkelgrünen Läden wirkte der hohe Bau freundlich. Und das mit roten Ziegeln gedeckte Walmdach erinnerte mich an die berühmten Dächer von Tavira. Angesichts der eher schlichten Architektur in unserer Gegend war das Haus ein Hingucker. Rechts und links der Zufahrt leuchteten in gepflegten Beeten Frühlingsblüher um die Wette. Ich parkte neben dem Kombi.

Die hohe Holztür des Hauses hatte ein eigenes, von starken Säulen getragenes kleines Walmdach. Ich läutete eine große Bronzeglocke neben der Tür, die einen tiefen, vollen Ton abgab. Niemand reagierte. Außer Vogelgezwitscher und einem weiter weg bellenden Hund war nichts zu hören. Ob die Ribeiros ihr Haus wegen des Todes der jungen Frau geschlossen hatten?

Ich war schon fast wieder bei meinem Wagen, als eine weibliche Stimme fragte: «Sim, o que é que você quer?» Der Ton unwirsch. «Was wollen Sie?» ist auch nicht gerade die Formulierung, die ich wählen würde, wenn jemand vor meiner Tür stünde. Schon gar nicht als Betreiberin einer Pension.

Helena Ribeiro kam aus dem hinteren Garten auf den Hof. Auf den zweiten Blick erkannte sie mich und sagte schon freundlicher: «Ach, du bist es, Anabela.»

«Boa tarde, Dona Helena.»

Selbstverständlich siezte ich sie. Eine ältere Frau zu duzen, käme mir bei uns auf dem Land nie in den Sinn, das schickt sich nicht. Nicht mal dann, wenn man die Dame wie ich von Kindesbeinen an kennt. Allerdings nicht besonders gut, unsere Familien sind nicht eng befreundet.

Helena Ribeiro ist wie meine Mutter in den Siebzigern, sieht aber trotz ihrer silbergrauen Locken jünger aus. Sie hat viele Lachfältchen um die Augen und große hellbraune Augen. An diesem Tag trug sie Jeans und eine blaue Windjacke, die Füße steckten in breiten Plastikschlappen. Und der Ausdruck in ihren Augen stand im krassen Gegensatz zu den Lachfältchen. Sie wirkte traurig. Traurig und erschöpft. Wir gaben uns die obligatorischen Küsschen.

«Wie geht es dir? Und deinen Eltern?»

Wenn man bedenkt, dass Dona Helena und Mãe erst vor kurzem miteinander telefoniert hatten, erscheint die Frage seltsam. Aber so ist das hier nun mal: Egal, worum es geht, zuerst wird geplaudert. Nach der Gesundheit kam das Wetter. Ja, wir brauchten dringend Regen. Nein, es sah nicht gut aus für die Gemüseernte, wenn es so weiterging.

«Was ist mit Ihren Gästen?», fragte ich schließlich. «Es ist so ruhig hier.»

«Die sind abgereist, nachdem die Polizei hier gewesen ist. Und zwar alle mit dem Bus oder im Taxi. Von denen wollte keiner mehr auf der Via laufen. Du weißt ja sicher, warum?»

Ich nickte.

«So ein Unsinn. Als ob der Weg plötzlich nicht sicher wäre. Dabei ist doch gar nicht klar, was eigentlich passiert ist. Bestimmt war das ein Unfall. Das sagen alle. Du glaubst nicht, wie viele Anrufe ich heute schon hatte. Und Hugo ist einfach weg, keine Ahnung, wohin.» Sie seufzte. «Wir wollen hoffen, dass diese Sache nicht noch höhere Wellen schlägt. Stell dir vor, was das für uns bedeuten würde! Im Frühling und Herbst leben wir doch von den Wanderern. Es gehen schon Gerüchte, dass noch jemand verschwunden sein soll.»

So, so, dachte ich. Es geht also schon los. Ich sah ziemlich schwarz für den Staatsanwalt und seine Hoffnungen.

«Aber was rede ich denn da? Du musst mich ja für ganz und gar gefühllos halten. Das arme Mädchen. Hatte das ganze Leben noch vor sich.»

Wir schwiegen eine Weile gemeinsam, schauten auf die leuchtenden Blüten, die Frühling und Zukunft zu symbolisieren schienen und so gar nicht zum Tod einer jungen Frau passen wollten.

«Kommt es eigentlich oft vor, dass Wanderer den Weg allein gehen?», fragte ich schließlich.

«Schon. Das sind aber fast immer Männer. Frauen gehen lieber zu zweit oder zu dritt. Die meisten sind sowieso Paare.»

Fast immer? Fast und eigentlich sind ganz wunderbare Wörter. Wörter mit einem Versprechen. Da ist mehr, flüstern sie, frag nach! Der Name Liliana war schon fast auf meinen Lippen, als mir einfiel, dass er auf keinen Fall im Zusammenhang mit dem Fall auftauchen sollte. João würde mir den Kopf abreißen, wenn wegen meiner großen Klappe auch nur das kleinste Gerücht entstand.

«Nicht einmal ihr Gepäck wollte sie von Hugo nach Furnazinhas bringen lassen», hörte ich Dona Helena sagen. Irgendwas hatte ich verpasst.

«Entschuldigen Sie, ich war gerade kurz mit den Gedanken woanders. Was haben Sie gesagt?»

«Dass sie eigenwillig war, die Engländerin. Richtig stur. Wir bieten all unseren Gästen diesen Service an. Und glaub mir, die sind froh, wenn Hugo die schweren Gepäckstücke zur nächsten Unterkunft fährt und sie selbst nur mit leichtem Gepäck wandern müssen.»

«Und sie wollte das also nicht.»

«Nein, dabei hatte sie einen ziemlich schweren Rucksack dabei.»

«Wie war sie denn sonst so?»

Sie überlegte einen Moment. «Freundlich, sie hatte ein nettes Lächeln. Reden konnten wir ja kaum miteinander, ich kann nur ein paar Brocken Englisch. Es reicht gerade, um zu fragen, wann jemand Frühstück haben möchte.»

Sehr schade.

«Aber ich glaube, sie war fromm.»

«Fromm?»

«Ja, sie hatte ein kleines goldenes Kreuz, nicht als Kette um den Hals, sondern in ihrem Portemonnaie. Beim Essen hat sie das neben ihren Teller gelegt. Und daneben einen glänzenden schwarzen Stein. Seltsam, findest du nicht?»

Zumindest ungewöhnlich. Zumal die Frau ja nicht auf dem Weg nach Fátima oder Santiago de Compostela gewesen war.

«Aber die Via Algarviana ist doch kein Pilgerweg, oder?», fragte ich sicherheitshalber nach.

«Früher schon. Jetzt nicht mehr, also offiziell.»

Na, was denn nun? «Können Sie mir das genauer erklären?» Das Thema Pilgern interessiert mich eigentlich nicht die Bohne. Aber ich hasse offene Fragen.

«In dem Wanderführer, den wir den Touristen geben, steht nichts darüber, aber ganz früher, als die Mauren noch hier waren, sind die Mozaraber zum Cabo de São Vicente gepilgert. Von Mértola über Alcoutim und dann ziemlich genau die Strecke, die die Touristen heute wandern. Aber weil ja die Reliquien vom heiligen Vinzenz nicht mehr da sind und das alte Kloster auch nicht, redet da kaum noch jemand drüber. Aber vielleicht hat die Kleine das gewusst, das mit dem heiligen Vinzenz.»

Ich war überfordert. Was waren Mozaraber? Was für Reliquien bitte? Wieso waren die nicht mehr da? Und wer war der heilige Vinzenz? Der war mir in meinem bisherigen Leben noch nicht begegnet. Ein Schicksal, das er allerdings mit den meisten Heiligen teilt. Übrigens sehr zum Leidwesen meiner gläubigen Mutter.

Wie auch immer. Der Engländerin hatte ihre Frömmigkeit jedenfalls nicht geholfen, zumindest nicht in diesem Leben.

«Ich hätte sie nicht so spät loslaufen lassen dürfen»,

sagte Dona Helena mitten in meine Gedanken. «Dann wäre sie nicht im Dunkeln da draußen gewesen und würde vielleicht noch leben.» Ihre Augen wurden feucht.

«Nun machen Sie sich doch keine Vorwürfe. Die Frau war erwachsen. Vielleicht mochte sie genau das: nachts allein in der Natur sein.»

Sie schüttelte den Kopf. «Eigentlich wollte sie früh aufstehen. Sie hatte für acht Uhr Frühstück bestellt. Aber dann ist sie erst mittags aus dem Zimmer gekommen. Kein Wunder, ich hab sie die halbe Nacht herumlaufen hören. Sie hatte das Zimmer über unserem Schlafzimmer.» Ihr Blick wanderte zu einem Fenster im ersten Stock. «Ich glaube, sie hatte abends mit jemandem Streit. Am Telefon. Vielleicht war sie deshalb so unruhig. Also, nicht dass du denkst, ich lausche. Ich habe das nur zufällig gehört, als ich an ihrer Tür vorbeikam. Da hat sie ganz laut gesprochen, richtig aufgeregt und in so einem Ton … Du weißt schon, wie man eben klingt, wenn man wütend ist. Aber verstanden hab ich natürlich nichts.»

Ich fragte mich, ob sie der Polizei von diesem angeblichen Streit erzählt hatte, glaubte es aber nicht. Schon deshalb nicht, weil sie wohl kaum den Eindruck würde entstehen lassen wollen, ihren Gästen nachzuspionieren. Ich würde João danach fragen.

«Ich habe ihr eine Kleinigkeit zu essen gerichtet», erzählte sie weiter. «Eigentlich bieten wir nur Frühstück an, aber man kann ja mal eine Ausnahme machen. Und dann war es natürlich zu heiß zum Laufen, wenigstens das hat sie eingesehen. Vor zwei Wochen hatten wir ja noch über dreißig Grad. Gott sei Dank ist es jetzt kühler. Um fünf

Uhr nachmittags ist sie jedenfalls los. Hoffentlich erfahren wir bald, was ihr passiert ist.»

«Ja, hoffentlich.»

«Warum bist du eigentlich gekommen?», fragte Dona Helena.

Die Frage brachte mich mitnichten in Verlegenheit. Schließlich bin ich Anabela Silva, Tochter portugiesischer Eltern, Königin der Improvisation. Für das kreative Lösen von Problemen gibt es in Portugal sogar ein eigenes Verb: desenrascar.

«Ach so, ja. Ich wollte fragen, was bei Ihnen die Übernachtung kostet. Eine Freundin aus Deutschland will mich eventuell mit ihren Kindern besuchen.» Das stimmte. Allerdings erst irgendwann im nächsten Jahr.

«Ein Doppelzimmer mit Frühstück fünfundfünfzig Euro, im August fünfundsechzig. Wenn du das Datum weißt, kann ich nachsehen, ob wir etwas frei haben.»

Ich überlegte schnell. Mit ein bisschen Glück konnte ich in wenigen Augenblicken einen Blick auf ihre Reservierungen für diesen Monat werfen und darin vielleicht, ganz vielleicht, den Namen von Liliana entdecken. Ich hatte sie nicht erwähnt, doch keineswegs vergessen. Wie sagte mein Vater früher immer: Quem porfia mata caça. Wer hartnäckig ist, erlegt das Wild. Und ich möchte in aller Bescheidenheit behaupten, dass Hartnäckigkeit zu meinen hervorstechenden Eigenschaften gehört. Neben der Neugier. Und dem Improvisationstalent.

«Wenn es klappt, dann kommen sie in drei Tagen. Im Moment sind sie an der Westküste unterwegs.»

«Dann schauen wir schnell nach. Ich bin mir nicht

sicher, ob etwas frei ist. Morgen und übermorgen sind wir auf jeden Fall ausgebucht, das weiß ich. Falls morgen nichts in der Zeitung steht und die Leute absagen.»

Sie führte mich durch einen Seiteneingang in ihre Küche. Auf dem Tisch lag ein aufgeklapptes Notebook. Ein Klick und der Bildschirm erwachte zum Leben. Dona Helena gab ein paar Tastenbefehle ein, und es öffnete sich eine bunte Monatsübersicht. Ich schaute auf den Bildschirm, Dona Helena blickte suchend über den Tisch.

«Fürchterlich, die kleine Schrift in dem Programm. Wo habe ich denn meine Brille? Wahrscheinlich im Wohnzimmer. Warte einen Augenblick, Anabela.»

Na also, das konnte doch gar nicht besser laufen. Wir waren allein, der Computer und ich. Die Übersicht war denkbar einfach aufgebaut. Links die Bezeichnungen der Zimmer, sechs an der Zahl, daneben jeweils Felder für die einzelnen Tage des Monats, in die Namen eingetragen wurden. Viele Gäste blieben nur eine Nacht. So schnell ich konnte, überflog ich die Einträge. Anscheinend lief der Betrieb im April tatsächlich gut. Und wie ich vermutet hatte, standen nicht nur die Familiennamen, sondern auch die Vornamen bei den Buchungen und Reservierungen. Das empfiehlt sich unbedingt in einem Land, in dem unglaublich viele Leute die gleichen Nachnamen haben und Vornamen insgesamt die größere Rolle spielen. Ich hatte erst kürzlich wegen meines Vaters im Ärzteverzeichnis eines privaten Klinikverbundes nach einem bestimmten Arzt gesucht. Es war alphabetisch sortiert – nach Vornamen. Bei denen sich die Abwechslung aber auch in Grenzen hält.

Doch zurück zum Buchungsprogramm der Pension: Bei

manchen Einträgen im Computer fehlten die Familiennamen ganz. Und die Vornamen lasen sich seltsam. Ich fand einen Devlev, einen Olger, eine Bertina, einen oder eine Eipril sowie einen Ihong und tippte auf telefonische Buchungen von ausländischen Gästen, die dann in Lautschrift aufgeschrieben worden waren. Wie auch immer. In einem orangefarbenen Feld stand tatsächlich der Name Liliana. Liliana Aveiro. Der Nachname irritierte mich für einen kurzen Moment. Bis ich mir klarmachte, dass Liliana als uneheliches Kind sicher den Namen ihrer Mutter trug. Das Datum passte zu demjenigen, das Inês genannt hatte. Die meisten anderen beschrifteten Felder in der Übersicht waren grün und blau. Ich sah nur zwei weitere orangefarbene und einige wenige weiße Felder ohne Einträge, das waren offensichtlich die freien Termine.

Dona Helena kam zurück in die Küche, eine große Brille auf der Nase. «Hast du schon gesehen, ob etwas frei ist, Anabela?»

«In dem Zeitraum nur ein Zimmer, wenn ich das richtig deute. Und auch nur für zwei Nächte.»

«Wie alt sind die Kinder deiner Freundin denn? Wir können ein zusätzliches Bett aufstellen.»

«Tut mir leid, Dona Helena, aber die beiden sind Teenager. Es müssten schon zwei Zimmer sein. Und vielleicht bleiben sie auch länger.»

«Soll ich dir Bescheid sagen, falls jemand storniert?»

«Kommt das oft vor? Ich meine, in normalen Zeiten?»

«Ab und zu. Das ist natürlich immer ärgerlich, weil wir keine Vorauszahlung verlangen. Besonders, wenn die Leute nicht mal absagen, sondern einfach nicht kommen. In diesem Monat hatten wir das schon dreimal. Ich kann ja dann bei euch anrufen.»

«Ich melde mich noch mal bei Ihnen, Dona Helena. Falls meine Freundin wirklich kommt. Das ist ja noch gar nicht sicher.»

Drei Stornierungen, dachte ich wenig später auf dem Weg nach Tavira. Drei orangefarbene Kästchen. Liliana hatte reserviert, war aber nicht hier gewesen. Wenn es denn die richtige Liliana war.

8

Zeca's war Almeidas Stammkneipe in Faro. Ein kleiner Laden mit Patina, abseits der Touristenpfade und der schicken Altstadtbars in einer Nebenstraße. Sauber, aber nicht steril. So, wie er es schätzte. Die Farbe an den Wänden war vermutlich so alt wie Zeca selbst, und das modernste Stück im Gastraum war ein riesiger Flachbildschirm. Almeida mochte den Geruch von Gebratenem und Frittiertem, der die Bar fast immer durchzog. Sie lag nah am Kommissariat, aber nicht zu nah. Almeida traf nicht gern auf Kollegen, wenn er ein Bier trinken und dabei nachdenken wollte – mit einer Ausnahme. Von seinem Platz an einem Tisch am Fenster beobachtete er Paulo Pinto, der bei Zeca an der Theke Bier bestellte und ein paar Worte mit dem Wirt wechselte.

Almeida hätte nicht erklären können, warum er sich ausgerechnet mit dem fünfzehn Jahre jüngeren Kollegen so gut verstand. Pinto steckte voller Vorurteile, war bisweilen nervtötend korrekt, und einen Anzug würde er freiwillig wohl erst am Tag seiner eigenen Hochzeit tragen. Aber Tatsache war: Sie ergänzten sich bei der Arbeit hervorragend. Und mit keinem anderen redete er so viel über Privates. Seine persönliche Grenze war nur an zwei

Punkten erreicht. Wenn Pinto ihm mit dem Thema Fitness kam und wenn es um Anabela ging. Almeida fand seine natürlich entwickelte Muskelmasse völlig ausreichend und dachte nicht im Traum daran, jemals das Studio zu betreten, in dem sein kraftstrotzender Kollege trainierte. Nicht mal dann, wenn er gelegentlich mit seinem Bauchansatz haderte. Über Anabela redete er mit Pinto möglichst selten, weil die beiden von Anfang an aufeinander reagiert hatten wie Hund und Katz.

Während er auf seinen Partner und das Bier wartete, dachte Almeida darüber nach, wie Pinto auf die Neuigkeiten reagieren würde, die er eben am Telefon erfahren hatte. Und auf das Thema Liliana. Darauf, dass er ihr Verschwinden gegenüber dem Staatsanwalt noch immer verschwieg und weiter verschweigen wollte. Schwer einzuschätzen. Würde er ihn überreden wollen, den Fall der Engländerin abzugeben? Durchaus möglich. Ihn beim Mönch anschwärzen? Niemals.

«Merda.» Pinto fluchte nur selten. «Eine Brieftasche im Müll, in der nur das Bargeld fehlt, ist kein gutes Zeichen. Hört sich mindestens nach Raub an. Und da der Mann den Verlust nicht gemeldet hat …»

«Ist er mit einiger Wahrscheinlichkeit tot. So wie April Thompsen.»

Pinto nickte.

Die Brieftasche des vermissten Deutschen war in einem Container an der Landstraße gefunden worden, die an der Barragem de Beliche entlangführte, einem Stausee in der Gemeinde Castro Marim. Nur durch einen glücklichen

Zufall war sie nicht auf der Deponie gelandet. Der Deckel des Containers war defekt gewesen, sodass ein Müllmann ihn von Hand hatte öffnen müssen. Dabei war ihm die lose Tasche ins Auge gefallen, ein ungewöhnliches Teil, das mit Klipps zum Befestigen an Rucksack oder Gürtel ausgestattet war und auch Platz für ein Telefon bot. Neben Papieren und Kreditkarten hatte auch ein hochwertiges Mobiltelefon darin gesteckt. In den nächsten Tagen würden sich die Kriminaltechniker genauer mit der Tasche und deren Inhalt beschäftigen.

«Ich habe eben noch mit dem Mönch gesprochen. Er will gleich morgen die Suche verstärken lassen, aber vorerst ohne das ganz große Programm. Nur eine Wärmebilddrohne im Bereich Beliche.»

«Die Via Algarviana führt da doch gar nicht lang, oder?»

«Nein. Die verläuft um einiges weiter nördlich. Deshalb wird unsere junge Kollegin morgen ziemlich viel Telefonarbeit leisten müssen. Ich will wissen, ob der Mann tatsächlich gewandert ist oder ob er seine Pläne geändert hatte. Sie soll alle Unterkünfte auf der Strecke anrufen. Fernandes sagt, wir kriegen personelle Verstärkung.»

«Wir müssen uns auch um den persönlichen Hintergrund kümmern, seine Beziehungen hier in Portugal, aktenkundig oder nicht. Das Übliche. Vielleicht findet sich ein Hinweis.»

«Darum soll sich Soares morgen auch kümmern. Für uns behält April Thompsen Vorrang.»

Wie aufs Stichwort ertönten Pianoklänge. Almeida nahm sein Telefon aus der Jacketttasche.

«Sim, Lourenço?»

Er hörte kurz zu, dann sagte er: «Ja, in Ordnung. Nein, du musst nicht zur Frühbesprechung kommen. Sag deinem Team danke, ich gebe euch bei nächster Gelegenheit einen aus. Boa noite.» Almeida sah Pinto an. «Sie haben kein Projektil gefunden.»

«Gut, dann wissen wir das. Kann immer noch ein Mord oder Jagdunfall gewesen sein.»

«Sicher. Die Jäger sind jetzt unser wichtigster Ansatzpunkt.»

«Sehe ich auch so.» Pinto griff nach ihren inzwischen leeren Bierflaschen. «Für dich auch noch eins?»

«Eins geht noch.»

Pinto bekam Blickkontakt mit Zeca und hob zwei Finger Richtung Tresen.

«Jetzt zu deiner Schwester.»

«Halbschwester.»

«Zu deiner *Halb*schwester. Auch auf Wanderschaft und auch verschwunden.»

«Es gibt einen Unterschied. Im Gegensatz zu den anderen beiden hat sie schriftlich angekündigt, für eine Weile von der Bildfläche zu verschwinden.»

Zeca stellte die Bierflaschen auf den Tisch. «Wollt ihr heute gar nichts essen?»

Sie schüttelten unisono die Köpfe.

Pinto wartete, bis Zeca wieder hinter dem Tresen stand.

«Ich sehe drei Möglichkeiten. Es ist so, wie sie geschrieben hat. Dann müsste sie ziemlich bald wieder bei ihrer Freundin auftauchen. Mit klarerem Kopf und stärkeren Waden.» Er grinste kurz. «Zweite Möglichkeit: Sie ist woanders und hat keinen Bock darauf, dass ihre Freundin das spitzkriegt. Allein oder mit einer anderen, wer weiß?» Er trank einen langen Schluck von seinem Bier, rülpste leise und stellte die Flasche zurück auf den Tisch.

Almeida wartete.

«Möglichkeit Nummer 3: Irgendwann findet jemand ihre Leiche … Entschuldige. Ist doch so. Was sagt dir dein Bauchgefühl?»

«Das sagt mir bisher nur, dass ich dieser Inês nicht über den Weg traue. Ansonsten: nada.»

«Inês gegenüber bist du voreingenommen.»

«Stimmt.»

«Was willst du unternehmen?»

«Im Moment kann ich nicht mehr machen als die Kollegen von der PSP in Tavira. Sie ist bisher in keinem Krankenhaus und in keinem Leichenschauhaus aufgetaucht. Eine Überprüfung ihrer Kontobewegungen wäre natürlich gut. Aber wenn ich das über unsere Abteilung mache …»

«… wird möglicherweise der Mönch wach und du sitzt in der Scheiße. Sitzt du sowieso, wenn wir mit Möglichkeit Nummer 3 zu tun haben. Der verehrte Herr Staatsanwalt hat dir nicht verziehen, dass du ihn im Fall der Dänin vorgeführt hast, das ist dir doch klar? Der würde dir nur zu gern am Zeug flicken.»

«Ist mir klar.»

«Vielleicht wäre es schlauer, ihn zu informieren und den Fall Thompsen abzugeben.»

«Kommt nicht in Frage.»

«Überraschung!»

«Blödmann.»

«Sturkopf.»

Sie prosteten sich zu.

«Ich habe Anabela gebeten, mehr über Liliana und Inês herauszubekommen. Sie soll in Tavira mal rumfragen.»

Pinto runzelte die Stirn, sagte aber erst einmal nichts. Vor nicht allzu langer Zeit wäre allein die Erwähnung des Namens Anabela im Zusammenhang mit einer Ermittlung – und sei es auch nur einer potenziellen – für ihn Anlass zu weit mehr als einem Stirnrunzeln gewesen. Hund und Katz eben. Doch seit Anabela in Almeidas Privatleben eine Rolle spielte, hielt er sich mit seinen Bemerkungen zurück. Aber Almeida machte sich nichts vor. Sein bester Freund und seine aktuelle Freundin konnten sich nach wie vor nicht leiden.

«Und was nützt es dir, mehr über die beiden Frauen zu wissen? Glaubst du, Inês hat sie um die Ecke gebracht? Dann wäre sie wohl kaum so blöd, dich anzurufen. Ergo: Dir geht's um was anderes. Fragt sich, um was.»

João Almeida schwieg noch immer.

«Okay», sagte Pinto nach einer Weile, «dann eben nicht.»

Einige Minuten vergingen. Gesprächsfetzen von anderen Männern mischten sich mit Werbeslogans im Fernsehen. Der Laden füllte sich allmählich. Zeca hatte den Sportkanal abonniert, und in ein paar Minuten würde Benfica Lissabon – ihrer aller Verein – in der Liga NOS gegen Boavista Porto antreten.

«Bruno», sagte Pinto schließlich.

«Was ist mit Bruno?»

«Bruno kann die Kontenüberprüfung machen.»

Bruno war ein Kollege, der bis vor kurzem im Drogendezernat der PJ gearbeitet hatte. Almeida und er waren befreundet, seit sie zusammen die Polizeischule in Loures bei Lissabon besucht hatten. Auch Pinto hatte einen guten Draht zu dem Kollegen, mit dessen Hilfe sie im vergangenen Jahr schon einmal den ungeliebten Staatsanwalt umgangen hatten. Inzwischen war Bruno in der Einheit Wirtschaftskriminalität.

«Bei Bruno fällt eine Kontenüberprüfung mehr garantiert nicht auf. So was machen die in der Abteilung doch dauernd. Verdacht auf Geldwäsche oder Steuerhinterziehung und los geht's. Da gehe ich jede Wette ein. Außerdem kannst du dich auf Bruno verlassen.»

«Da ist was dran.»

«Es wäre wirklich fein, wenn deine *Halb*schwester, sagen wir, vor drei Tagen irgendwo Geld abgehoben hätte. Dann könntest du wieder ruhig schlafen.»

«Ich schlafe ruhig!»

«Ja, klar.» Pinto stand auf. «Ich geh mal zahlen. Luísa kommt gleich nach Hause.»

Seine Freundin arbeitete als Chemielaborantin im Hospital Particular do Algarve, einer großen privaten Klinik im Stadtteil Gambelas. Vor einigen Wochen waren die beiden nach jahrelanger Trennung in eine gemeinsame Wohnung in der Nähe der Klinik gezogen. Schuld an der Trennung war seinerzeit die Wirtschaftskrise gewesen, die Luísa in Zeiten der Troika gezwungen hatte, einen Job in Deutschland anzunehmen. Weshalb Pinto bis heute mit allem Deutschen seine Probleme hatte.

Almeida sah auf die Uhr. «Ich muss auch los. Anabela

kommt gleich. Das mit Bruno überlege ich mir. Wirklich keine schlechte Idee, Paulo.»

Anabela schüttelte den Kopf, immer noch ungläubig angesichts dessen, was sie eine gute Stunde zuvor in Tavira erfahren hatte. «Das kannst du dir nicht vorstellen, João! Die Frau ist ein Kontrollfreak schlimmster Sorte. Dass es so was wirklich gibt.»

Seit zehn Minuten saßen sie in Almeidas Wohnung am Tisch. Anabela war zu aufgeregt, um auch nur eine der Oliven zu essen, die er zusammen mit Schinken, Käse und Brot angerichtet hatte. «Rosa sagt, in dem Laden sind überall Webcams versteckt. Und nicht etwa wegen der Gäste. Nicht mal wegen des Personals. Das meint jedenfalls Rosa, obwohl sie diese Dauerüberwachung natürlich auch völlig daneben findet.»

«Kannst du mal bitte Luft holen, Anabela. Und wer bitte ist Rosa?»

«Das ist die junge Frau, die in der Bar arbeitet. Sie war da, als wir mit Inês gesprochen haben. Erinnerst du dich? Lange schwarze Haare, rote Nägel, pampiger Ton?»

«Dunkel.»

«Jedenfalls habe ich sie während ihrer Pause erwischt. Da geht sie in der kleinen Kneipe gegenüber der Lounge einen Kaffee trinken. Um mal ein paar Minuten unbeobachtet zu sein, sagt sie.»

«Möchtest du Wein?»

«Ja, bitte, roten, wenn du hast.»

Almeida ging zum Weinregal in der Küche und kam mit einer Flasche Monte Velho zurück.

«Meinst du, sie hat dich wiedererkannt?», fragte er, während er ihnen einschenkte.

«Bestimmt nicht, sie hat uns doch kaum gesehen an dem Tag.»

«Okay. Wie bist du überhaupt mit ihr ins Gespräch gekommen?»

«Das war erst mal Glück. Ich hab selbst in der kleinen Kneipe gegenüber gesessen. Da hat man von drinnen einen prima Blick auf die Lounge. Die hat ja Glasfronten. Ich sitze also am Tresen, trinke Tee und beobachte Rosa bei der Arbeit. Inês war übrigens nicht da, Rosa hat mit einer anderen Frau zusammengearbeitet. Jedenfalls sehe ich, wie sie ihre Tasche nimmt und zur Tür geht. Ich zieh mir schon die Jacke an und will ihr nach, da kommt sie quasi direkt auf mich zu. Der Wirt begrüßt sie wie eine alte Bekannte und macht ihr gleich ungefragt einen Café cheio. Ich ziehe mir also die Jacke wieder aus und bestelle mir noch ein Wasser. Wir saßen direkt nebeneinander am Tresen. Ich hab sie gefragt, wo sie sich die Nägel machen lässt.»

«Die Nägel.»

«Genau.»

«Und dann hat sie dir als Nächstes erzählt, dass an ihrem Arbeitsplatz Kameras versteckt sind?»

«Natürlich nicht, mach dich nicht lächerlich, João. Ich hab ihr erzählt, dass ich sie in der Lounge gesehen habe und früher selbst mal Kellnerin war.»

«Warst du?»

«Kurz, während meines Studiums. Und ich hatte einen ziemlich unangenehmen Chef. Muss ich dir jetzt das gesamte Gespräch und vielleicht noch meine komplette Vergangenheit erzählen, oder willst du wissen, was ich rausgefunden habe?»

«Entschuldige. Das Ergebnis bitte. Wobei ich deine Vergangenheit auch nicht gerade uninteressant finde.»

Anabela ging auf seinen leichten Ton nicht ein.

«Inês ist krankhaft eifersüchtig. Über die Kameras hat sie Liliana dauernd im Auge. Auch wenn sie selbst nicht in der Bar ist. Sie kriegt die Bilder direkt auf ihr Mobiltelefon. Auf dem von Liliana ist eine Ortungs-App installiert, glaubt Rosa. Sonst sei Inês eigentlich ganz in Ordnung, sagt sie. Aber in dem Punkt echt speziell.»

«Hm. Passt eher nicht zu Hochzeitsplänen.»

«Vielleicht doch. Ich meine, ich bin keine Psychologin, aber wenn Inês Liliana noch fester an sich binden will, ergäbe das schon Sinn. Eifersucht hat doch immer was mit Unsicherheit und mangelndem Selbstwertgefühl zu tun.»

«Dann bist du in dem Punkt wohl nicht anfällig.» Er grinste sie an.

«Sei dir da nicht so sicher.» Anabela grinste zurück, wurde aber gleich wieder ernst. «Ich frag mich nur, warum Liliana das mitmacht. Das ist doch auch krank. Vielleicht hat das etwas mit ihrer Kindheit zu tun.»

«Dazu kann ich nun wirklich nichts sagen.»

«Jedenfalls verstehe ich jetzt, dass sie ihr Handy nicht mitgenommen hat. Wahrscheinlich hat sie längst ein anderes.»

Almeida machte sich im Kopf eine Notiz. Ob Liliana ein neues Telefon hatte, ließ sich prüfen. Die Zeiten von unregistrierten Prepaidhandys waren zur Freude der Ermittlungsbehörden passé. Inzwischen musste man auch beim

Kauf von Guthabenkarten Namen, Adresse und Geburtsdatum angeben. Natürlich ließen sich nicht alle Anbieter Ausweise zeigen, aber warum hätte seine Halbschwester einen falschen Namen nennen sollen? Inês hatte auf solche Daten schließlich keinen Zugriff. Die Polizei schon. Vielleicht war bald Schluss mit der Ungewissheit. Und mit seinem Dilemma. Entweder mit Hilfe eines Anrufs oder mit Hilfe der Kontoprüfung. Pinto hatte recht: Er brauchte Bruno.

«Ehe ich es vergesse: Liliana hatte in der Pension, in der auch die Engländerin war, ein Zimmer gebucht, ist aber nicht gekommen – was immer das zu bedeuten hat.»

«Du warst in der Pension?»

«Kurz. Übrigens hat mir Helena Ribeiro auch erzählt, dass sich die Engländerin am Telefon mit jemandem gestritten hat. Am Abend, bevor sie losgewandert ist. Sie hat danach die halbe Nacht nicht geschlafen. Hat sie euch das auch gesagt?»

«Anabela, halt dich da raus. Der Tod der Engländerin ist eine offizielle Ermittlung. Damit hast du nichts zu tun.»

«Hat sie?»

Er seufzte. «In den Akten steht davon nichts.»

«Habt ihr eigentlich inzwischen was von dem deutschen Solartechniker gehört? Ist der schon wiederaufgetaucht?»

«Nein. Ist er nicht. Und sein Verschwinden ist genauso wenig ein Thema für dich wie die Engländerin, okay? Das mit Liliana ist was anderes, das ist privat. Apropos privat.» Er hob sein Weinglas und prostete Anabela zu. «Vielleicht könntest du dein Kreuzverhör jetzt beenden und wir beide können zum entspannten Teil des Abends übergehen?»

«Aber gern, Herr Chefinspektor. Gleich hier?»

Sie lachte.

Ihre Dreistigkeit würde ihn eines Tages in den Wahnsinn treiben. Aber im Augenblick fand er sie einfach nur unwiderstehlich.

9

«Größte subventionsfreie Solaranlage Europas – ein Lottogewinn für Alcoutim». Schlagzeilen wie diese hätten mein Interesse auch dann geweckt, wenn der Firma kein Arbeiter abhandengekommen wäre. In unserer strukturschwachen Gegend hörte sich das in der Tat nach einem Jackpot an. Mehr als 660 000 Solarmodule. Mit anderen Worten: mehr Module, als ich mir auf einer Fläche vorstellen konnte.

Bevor ich von Estói losgefahren war, hatte ich kurz recherchiert und dann beschlossen, einen kleinen Umweg zu machen. João konnte ja wohl kaum etwas dagegen haben, wenn ich mir dieses Zweihundert-Millionen-Euro-Projekt mal aus der Nähe ansah, das in meiner neuen Heimat realisiert wurde. Wie viele Arbeitsplätze mochte das bedeuten? Keine Ahnung. Und was war mit dem Landschaftsbild? Meine Phantasie zeigte mir ein Meer aus blauem Glas.

Was ich dann tatsächlich sah, war nicht annähernd so beeindruckend wie das Bild in meinem Kopf. Viele voluminöse Solarpaneele, das ja. Ein Großteil davon schmiegte sich einige Kilometer vor dem Ort Vaqueiros abseits der Straße dicht an dicht in die Hügel. Hätte ich nicht danach Ausschau gehalten, ich hätte die Dinger vermutlich gar nicht bemerkt. Ein Stück weiter wurde hinter Zäunen gerade mit der Installation weiterer Paneele begonnen. Leere Gestelle ragten in menschenleerer Gegend aus trockenem braunem Boden.

Die Zufahrt zur Baustelle war gesperrt. In einiger Entfernung schraubten vereinzelt Arbeiter an weiteren Gestellen. Ich parkte am Straßenrand, stieg aus und rief den Arbeitern zu, dass ich Fragen hätte. Zwei blickten kurz hoch. Dann arbeiteten sie weiter, als hätten sie nichts gehört. Ich umkreiste das gesamte Baugebiet und hatte am Ende fast fünfzig Kilometer mehr auf dem Tachometer.

Während des letzten Stücks meiner Rückfahrt nach Balurcos dachte ich weiter über die Anlage nach. Ob diese Solarpaneele wirklich viele Arbeitsplätze schaffen würden? Vielleicht jetzt, in der Aufbauphase. Gesehen hatte ich allerdings nicht mehr als fünf, sechs Leute. Und danach? Ich konnte mir kaum vorstellen, dass es bei uns in der Gegend viele ausgebildete Solartechniker gab. Schließlich war der verschwundene Mann auch kein Portugiese, sondern Deutscher. Und entwickelt wurde die Anlage von einem chinesisch-britischen Konsortium.

Hinter Martim Longo stieß ich direkt neben der Straße Richtung Alcoutim wieder auf eingezäunte Module, von denen nur die Rückseiten zu sehen waren. Am Ende des stacheldrahtbewehrten Zauns gab es eine offene Zufahrt und ein Schild. «Solar-Lab» stand darauf. Vielleicht konnte ich dort mit jemandem sprechen.

Doch alles, was ich entdeckte, war ein weiterer Zaun. Er hatte ein Tor, das mit einer massiven Kette und einem dicken Vorhängeschloss gesichert war. Dahinter stand ein Containergebäude im Staub. Kein Mensch zu sehen.

Na gut, ich hatte mich ja auch nur umschauen wollen.

«Was machen Sie hier? Das ist kein öffentlicher Weg, verlassen Sie sofort das Gelände.»

Der Mann, der mich anherrschte, musste sich aus dem Nichts materialisiert haben. Oder er war aus den Büschen hinter mir gekommen. Der Reißverschluss seiner Hose war nicht ganz zu. Also eher aus den Büschen als aus dem Nichts.

Er giftete mich von der Seite an. «Worauf warten Sie? Sie sollen verschwinden.»

Männer, die mich anherrschen, habe ich noch nie gemocht. Die können mich nicht beeindrucken. Schon gar nicht, wenn sie mir mit halbgeschlossenen Hosen, fettigen Haaren und fleckigen Shirts dummkommen. Und auch noch deutlich jünger sind als ich.

«Und Sie sind wer?»

«Das geht Sie gar nichts an.»

«Auch sehr erfreut. Anabela Silva.» Ich wollte ihm schon meine Hand entgegenstrecken, erst im letzten Moment fiel mir ein, was er vermutlich gerade noch in seiner gehalten hatte. Stattdessen beschrieb ich einen Bogen über die eingezäunte Fläche. «Ich hätte ein paar Fragen zu dieser Anlage.»

«Journalistin, was?»

Ich hatte es mit einem pfiffigen Kerlchen zu tun, wie es schien. Kerlchen deshalb, weil er gerade mal so groß war wie ich selbst und dazu schmal wie ein Handtuch.

«Hier werden keine Fragen beantwortet. Dafür haben die eine Pressestelle. Gucken Sie auf die Homepage.»

«Die? Sie meinen die Betreiberfirma? Also gehören Sie

gar nicht dazu? Was gibt Ihnen dann das Recht, mich vertreiben zu wollen?»

«Ich hab alles Recht, das ich brauche.» Er drehte sich um, ging auf das Tor zu, pulte einen einzelnen Schlüssel aus der Tasche seiner Jeans und machte sich am Vorhängeschloss zu schaffen.

«Kennen Sie den Techniker, der nicht wieder zur Arbeit gekommen ist? Den Deutschen?»

Das war natürlich ein Schuss ins Blaue. Aber wie viele Deutsche würde es schon geben, die hier arbeiteten? Ich hatte, wie gesagt, überhaupt nur ein paar Leute gesehen.

Die Kette rasselte, als er sie löste, dann quietschte das Tor. Er sah sich zu mir um.

«Aha. Von welcher Fraktion sind Sie?»

«Wie bitte?»

«Jetzt hören Sie mir mal gut zu. Auf dieser Anlage ist alles, wie es sein sollte. Und alle machen ihren Job so, wie sie es sollten. Jeder. Wir sorgen hier für saubere Energie. Wenn Ihnen oder irgendwem das nicht passt, ist mir das scheißegal. Das ist das Einzige, was Sie von mir zu hören kriegen. Und über Mitarbeiter gibt es erst recht keine Auskunft. Sagen Sie das Ihren Leuten.»

Hä? Ich fürchte, ich stand mit offenem Mund und wenig intelligentem Gesichtsausdruck auf dem staubigen Weg und verfolgte, wie er das Tor von innen schloss. Er wickelte die Kette wieder um die Streben, hängte das Vorhängeschloss ein, ließ es zuschnappen und steckte den Schlüssel weg. Ich fand meine Sprache wieder.

«Von welchen Fraktionen reden Sie? Was für Leute? Was meinen Sie?»

Als Antwort bekam ich einen finsteren Blick. Habe ich schon erwähnt, dass das Kerlchen ein leicht fliehendes Kinn hatte? Es nahm dem bösen Blick entschieden an Wirkung.

Zwei Minuten später stand ich allein auf weiter Flur und hatte keine Ahnung, was ich von diesem Auftritt halten sollte. Aber eines hatte das Kerlchen auf jeden Fall erreicht: Jetzt wollte ich alles wissen, was es über diese Anlage zu wissen gab.

Fraktionen. Das Wort ging mir nicht mehr aus dem Kopf. Was mochte er gemeint haben? Und wieso hatte er betont, dass alle ihren Job ordentlich machten? Moment mal. Ein Gedanke meldete sich weit hinten in meinem Kopf. João hatte doch irgendwas im Zusammenhang mit dem Deutschen gesagt. Was war das gleich gewesen?

Ich bekam die Erinnerung erst zu fassen, als ich schon kurz vor unserem Dorf war. Richtig, es hatte technische Probleme gegeben, und deshalb hatte sein Chef den Mann zu erreichen versucht. Technische Probleme. Hm. Die gab es bei so einem riesigen Projekt bestimmt immer. Welchen Grund also hatte das Kerlchen gehabt, die gute Arbeit aller zu betonen?

Zu Hause setzte ich mich sofort an den Schreibtisch und nahm mir einen Zettel. Fraktionen, Solarenergie, technische Probleme, verschwundener Mitarbeiter, Megaprojekt. Ich schrieb alles auf, was mir zu diesen Begriffen einfiel, spontan und unzensiert. Meine bewährte Methode, die ich schon früher beim Schreiben meiner Kolumnen benutzt hatte. Nach ein paar Minuten hatte mein Unterbewusstsein mir eine Reihe neuer Begriffe geliefert, von denen zwei auf dem Papier zu leuchten schienen: Umweltschutz und Sabotage. Ich zog Kreise um jeden einzelnen, verband die Kreise durch einen Strich, malte rechts und links Pfeile. Unsinn? Vielleicht. Vielleicht auch nicht.

«Filha?»

Der Ruf meiner Mutter unterbrach mein Nachdenken. Es war die Art von Ruf, die ich inzwischen gut kannte. Die Art von Ruf, die bedeutete: Vergiss alles, was du gerade tun willst. Inzwischen bekam ich immer leichtes Herzrasen, wenn sie so klang. Pai konnte sich wieder verschluckt haben. Gestürzt sein. Oder verlorengegangen. Oder aber in ihrer Küche war eine Maus. Ich hoffte auf Letzteres.

«Ich bin im Wohnzimmer, Mãe!»

Dann stand sie auch schon im Raum.

«Was ist passiert?»

«Passiert? Nichts, wie kommst du darauf?»

Ich atmete tief durch. «Schön. Und warum bist du hier?»

«Die Jäger haben gleich eine Versammlung außer der Reihe. José hat angerufen, und jetzt will dein Vater da unbedingt hin. Kannst du mir mal erklären, warum er nach fünf Sekunden vergisst, was ich ihm sage, aber so was nicht?»

Eine Antwort verkniff ich mir besser. Ich hatte den Verdacht, dass Pai sich seine Krankheit gelegentlich zunutze machte. Doch das würde ich auf keinen Fall laut aussprechen.

Mãe störte mein Schweigen nicht. «Gleich kommt Maria Glória und macht uns die Füße, Paula und mir.»

«Ja und?»

«Allein kann er doch nicht hingehen!»

10

Die Stimmen von mindestens fünfzig Männern vermischten sich zu einem schlecht gewebten Klangteppich aus tiefen Tönen mit hellen Spitzen. Aufregung schwappte über die langen Reihen weißer Plastiktische, auf denen vereinzelt Bier- und Wasserflaschen standen. Die Luft war stickig, es roch nach Schweiß und Hund. Alle Stühle waren besetzt, sogar an den Wänden standen sie in langer Reihe. Nie im Leben kamen die alle aus Balurcos, das mussten Jäger aus dem gesamten Bezirk sein. Allesamt in Dunkelgrün oder Braun oder der gefleckten Mischung aus beidem. Und mittendrin ich, die einzige Frau im Saal. In Jeansblau und Rot. Viele der Männer warfen mir verstohlene Blicke zu. Auch mein Vater trug Tarnfarben. Er hatte auf seiner Jagdmontur bestanden, und ich hatte ihm geholfen, sich umzuziehen.

Das Vereinsheim der Jäger bestand nur aus diesem einen großen, schlichten und ziemlich schmuddeligen Raum. Früher, wenn ich in den Semesterferien zu Besuch war, hatte ich Pai hier manchmal abgeholt. Hier trafen sie sich am Morgen einer Jagd, hier registrierten sie später ihre Beute, hier aßen und tranken sie. An diesem Tag nicht. An diesem Tag regten sie sich auf.

Der Vorsitzende stand in der Mitte einer der beiden Tischreihen. Ich kannte ihn nicht, fand ihn aber ansehnlich. Vertrauenerweckend. Wobei ich nicht hätte sagen können, ob das an seiner imposanten Erscheinung lag – er war relativ groß, stämmig, hatte einen vollen Haarschopf, einen gepflegten Schnauzbart und eine Brille – oder an seinem sicheren Auftreten. Der respektable Eindruck litt nur unter seinem grünen Filzhut. Da waren kleine Wildschwein-Anstecker drauf. Wirklich. Aber ich war wohl die Einzige, die das albern fand. Eben hatte er die versammelten Jäger darüber informiert, dass er der Kriminalpolizei auf deren Ersuchen hin eine Liste aller Vereinsmitglieder geschickt hatte.

Empörte Kommentare flogen ihm wie Kugeln entgegen.

«Sind wir vielleicht Verbrecher?»

«Als ob das einer von uns gewesen wäre!»

«Eine Frechheit ist das. Aber auf die Jäger geht's ja immer!»

«Erst brauchen sie uns, und dann sind wir's plötzlich gewesen. Die können mich mal!»

Pai sagte nichts, er saß einfach nur dazwischen und lächelte. Das war gut. Menschenmengen und Unruhe konnten ihn auch völlig durcheinanderbringen und aggressiv werden lassen.

«Beruhigt euch, Leute!» Der Vorsitzende hob in beschwichtigender Geste beide Arme und spreizte die Hände. «Es kann sein, dass die Beamten mit uns allen sprechen wollen. Und da keiner von uns was zu verbergen hat, sehe ich auch kein Problem.»

Allgemeines Gebrummel, vereinzeltes «Hört, hört!».

«Also stehen wir unter Generalverdacht», rief einer der jüngeren Männer.

«Genau!»

«Eine Sauerei ist das!»

«Wieso überhaupt?»

«Leute, davon kann keine Rede sein. Die ermitteln einfach nur. Ich weiß auch nicht mehr als das, was ich euch gesagt habe. Also: Rechnet mit Besuch. Das wär's von meiner Seite.»

«Vielleicht weiß *sie* ja mehr?»

Plötzlich schien mich jeder im Saal anzustarren. Ich fühlte, wie ich rot anlief.

«Du hast doch beste Verbindungen zur PJ, wie man hört.»

Lautes Gelächter brandete auf. Ich kannte die Stimme, konnte den Sprecher aber in der Menge zunächst nicht ausmachen.

«Na sag schon, Anabela, was sagt dein Kommissar, wenn ihr in den Federn seid?»

Es war Pedro, der jüngere Bruder von Cousin Luís. Bis eben hatte ich ihn eigentlich immer ganz nett gefunden.

Ich brauchte einen Moment, bis mir eine passende Antwort einfiel. «Du wirst es nicht glauben, Pedro. Aber im Bett rede ich nicht, da hab ich was Besseres zu tun. Tut mir leid, wenn du deine Nächte mit Gesprächen über deinen Job verbringst.»

Jetzt hatte ich die Lacher auf meiner Seite. Die Gruppe begann sich aufzulösen. Ein paar der älteren Jäger begrüßten Pai, einige begrüßten auch mich – natürlich nicht ohne ein süffisantes Grinsen. Pai freute sich, aber ich sah ihm an, dass es langsam zu viel für ihn wurde. Er protestierte nicht, als ich ihm vorschlug, nach Hause zu gehen, und seinen Arm nahm. Langsam bahnten wir uns den Weg durch die Menge. In Grüppchen wurde weiter diskutiert, geschimpft und spekuliert. Auch draußen, unter dem Vordach aus Wellblech, standen Gruppen von Männern.

Plötzlich stutzte ich. Da war ein Gesicht, das ich kannte, das ich erst heute Vormittag gesehen hatte. Oder täuschte ich mich? Das war doch das Kerlchen? In kompletter Tarnkleidung und mit einem passenden Käppi auf dem Kopf. Ganz sicher war ich mir nicht. Doch ehe ich mir den Mann genauer anschauen konnte, baute sich jemand anders vor mir auf. Den hatte ich auch schon mal gesehen, aber wo? Jung. Ein kleines Feuermal auf der linken Wange. Moment, gleich hatte ich's.

«Hallo, schöne Frau, kennen wir uns nicht?»

Ach Gottchen, der testosterongesteuerte Superbock-Fan aus Alcoutim. Diesmal ohne Bierwerbung auf der Brust, sondern in khakifarbenem Sweatshirt. Und unüberhörbar wieder mit seiner Clique unterwegs.

«Hey, Marco, du stehst doch auf Blonde. Ach nee, Joana hat dich ja abserviert!» Grölen aus drei Kehlen.

Er fuhr zu seinen Kumpeln herum. «Schnauze!»

Als ich wieder freien Blick hatte, war der andere Mann verschwunden.

Ich machte, dass ich von hier wegkam. Von Männern hatte ich für heute genug. Aber wo ich gerade vom anderen Geschlecht rede – nur fürs Protokoll: Mein Chefinspektor hatte mir rein gar nichts von geplanten Befragungen der Jäger erzählt. Oder davon, dass die Engländerin erschossen worden war. Denn das war sie ja wohl. Und zwar mit einer Jagdwaffe. Wozu sonst hätte die Kripo die Liste gebraucht? Eine andere Erklärung fand ich nicht. Wo wurden diese Waffen eigentlich registriert? Vermutlich bei der GNR. Ich überlegte, Pai zu fragen, ließ es aber sein. Zu groß die Gefahr, ihn einmal mehr in Frustration zu stürzen, weil er eine Frage nicht beantworten konnte.

Ob auch bei uns die Polizei auftauchen würde? Siedend heiß fiel mir ein, dass wir die Waffen meines Vaters wahrscheinlich längst hätten abgeben sollen, krank wie er war. Hätten wir es sogar müssen? Ich hatte keine Ahnung. Er besaß drei Gewehre. Wo war eigentlich der Schlüssel zu seinem Waffenschrank?

Pai und ich gingen zu Fuß den schmalen Weg entlang, der zwischen Trockenmauern nach Hause führte. Er hatte sich bei mir untergehakt und summte vor sich hin. Pai liebt Spaziergänge.

Plötzlich hob er den freien Arm, zeigte auf den Himmel und lachte laut auf. «Chuva!»

Ich schaute auf. Gelbstichiges dunkles Grau schob sich von Westen über mildes Frühlingsblau. Eine Wolkenbank wie mit dem Messer geschnitten. Bizarr und düster. Das sah nicht nur nach Regen, das sah nach einem amtlichen Unwetter aus. Der Anblick ließ mich schaudern. Ich neige nicht zu Ahnungen oder so. Aber ich weiß noch, dass mir das Wort unheilvoll in den Sinn kam. Vielleicht bin ich feinfühliger, als ich dachte.

11

«Nein, es gibt tatsächlich keinen Zweifel mehr. Es tut uns sehr leid, Ihnen das sagen zu müssen. Ihre Tochter April ist tot.»

Seit einer halben Stunde saß Chefinspektor João Almeida den Eltern der jungen Frau gegenüber, die in ihrem Schock wieder und wieder die gleichen Fragen stellten. Geduldig und mit unverändert ruhiger Stimme wiederholte er die immergleichen Antworten. «Wir ermitteln noch, was geschehen ist. Bisher wissen wir nur, dass auf sie geschossen wurde. Das hat die Untersuchung eindeutig ergeben. Möglicherweise war es ein Jagdunfall.»

Der Vater vergrub das Gesicht in den Händen. Alan Thompsen war ein drahtiger Mann in den Fünfzigern mit verblassendem rotem Haar und grauen Bartstoppeln. Wie erstarrt saß er auf einem von zwei kleinen Rattansofas, die in dem ruhigen Aufenthaltsraum in der ersten Etage des Hotels standen. Seine Frau presste sich an ihn. Helen Thompsens Gesicht war vom Weinen verquollen, die porzellanfarbene Haut stark gerötet, das blonde Haar strähnig. «Das ist nicht wahr!», flüsterte sie ein ums andere Mal. «Das kann einfach nicht wahr sein.»

Nichts, was Almeida sagte oder tat, konnte die Qual

dieser beiden Menschen mildern, das war ihm nur zu bewusst. Bis eben hatten die Eltern auf eine erlösende Nachricht gehofft. Stattdessen hatte er sie in einen Abgrund der Verzweiflung gestürzt, aus dem sie vielleicht nie wieder herausfinden würden.

Dies war der Teil seines Berufes, den er hasste. Er zwang sich, emotionale Distanz aufzubauen. Anders konnte er seine Arbeit nicht machen. Heute half ihm, dass er Englisch sprechen musste. Er hatte sich gegen einen Dolmetscher entschieden und sich lieber nach der Frühbesprechung gründlich auf das schwere Gespräch vorbereitet. Unten, im Foyer des Hotels, stand außerdem ein Seelsorger bereit, den sie mit Hilfe einer Organisation britischer Auswanderer gefunden hatten. Wegen des kleinen goldenen Kreuzes in der Tasche von April Thompsen gingen sie davon aus, dass die Familie gläubig war. Nach der Befragung würde der Priester für die Eltern da sein und ihnen später in Absprache mit der Polizei helfen, die nötigen Schritte für eine Bestattung oder Überführung des Leichnams einzuleiten. Bisher hatten weder Alan noch Helen Thompsen gefragt, ob sie ihre Tochter sehen konnten. Almeida war froh darüber.

Paulo Pinto hielt sich, wie abgesprochen, im Hintergrund. Er wartete auf den Moment, an dem sie mit der Befragung beginnen konnten.

Schließlich schien der Zeitpunkt gekommen.

«Können wir Ihnen einige Fragen stellen?»

Es war der Vater, der antwortete, die Stimme rau und belegt. «Fragen Sie.»

«Ihre Tochter ist häufiger allein gewandert, wie Sie uns

bereits erzählt haben. Wissen Sie, ob sie größere Mengen Bargeld bei sich hatte?»

«Zumindest genug, um eine oder zwei Übernachtungen zu bezahlen und sich mit Lebensmitteln zu versorgen. Wie viel genau, kann ich nicht sagen. Vielleicht hundert oder hundertfünfzig Pfund, denke ich. Also höchstens zweihundert Euro. Ist sie deshalb …?»

«Es ist zu früh, um etwas zu sagen.»

Pinto hatte seinen Notizblock auf dem Oberschenkel liegen und machte sich Notizen.

«Wer außer Ihnen wusste, dass sie die Via Algarviana gehen wollte und wann? Hier in Portugal, meine ich?»

Im Auto hatten Almeida und er sich über die Fragen verständigt, die sie stellen wollten. Beide hielten es für unwahrscheinlich, dass April Thompsen Opfer eines persönlichen Angriffs geworden war, aber ganz ausschließen konnten sie diese Möglichkeit nicht.

«Colin. Oh Gott, der arme Colin. Wir müssen es ihm sagen, Alan! Ich kann das nicht. Oh Gott, oh Gott, oh Gott!» Helen Thompsen brach erneut in Tränen aus.

«Wer ist Colin?», fragte Almeida. «Mister Thompsen?»

«Das ist … das war … ihr Freund.»

«Er lebt in Portugal?»

Kopfschütteln. «Nein. Er macht auch hier Urlaub.»

«Aber nicht zusammen mit Ihrer Tochter? Können Sie uns das bitte näher erklären?»

«April ist … war manchmal etwas eigen. Sie wollte diese Wanderung unbedingt allein machen. Jedenfalls die ersten Tage. Und Colin, nun ja, also Colin kann mit Wandern nicht so viel anfangen. Deshalb waren sie zuerst ein paar

Tage zusammen in Tavira. Er ist dann weiter zur Westküste, und April …»

Der Rest ging in einem furchtbaren Stöhnen unter.

«Hätte Colin von hier aus mit Ihnen zum Kap wandern sollen?»

Es dauerte einen Moment, bis Alan Thompsen wieder antworten konnte. «Nein, wir wollten uns in Sagres mit ihm treffen.»

«Und wo ist er jetzt?», fragte Almeida. Es schien ihm seltsam, dass dieser Colin der Familie anscheinend nahestand, aber nicht mit den Eltern auf Nachricht von seiner Freundin wartete, die seit Tagen vermisst wurde.

«In Lagos. Jedenfalls hat er sich gestern von dort gemeldet.»

«Warum ist er nicht hier bei Ihnen?», fragte Pinto direkt.

Diesmal antwortete Helen Thompsen mit leiser, zittriger Stimme. «Das wollten wir nicht. Wir haben keinen Sinn darin gesehen, dass er seinen Urlaub damit verbringt, hier herumzusitzen. Der Junge arbeitet so viel, er steht kurz vor dem Master in Betriebswirtschaft. Und wir dachten doch nicht, dass April … Er ruft jeden Tag an.»

Pinto ließ sich den Nachnamen und die Nummer des Mannes geben.

«Gut, danke.»

«Hatte Ihre Tochter noch andere Kontakte hier in Portugal?»

«Ich glaube nicht.»

«Dann danken wir Ihnen. Wir melden uns, sobald wir Neues wissen oder weitere Fragen haben.» Almeida gab dem Vater seine Karte, stand auf und machte Pinto ein Zeichen. Kurz darauf ließen sie das Ehepaar in der Obhut des Seelsorgers zurück.

Pinto fuhr. Der Himmel war inzwischen so düster wie ihre Stimmung. Nach etwa zwanzig Kilometern, die sie schweigend zurücklegten, griff Almeida zum Telefon.

«Samanta? Haben wir inzwischen den Verbindungsnachweis von April Thompsens Telefon? Ich bräuchte die Gespräche vom 5. April. Ja, ich warte ... Gut. Ist die folgende Nummer dabei?»

Er gab die Nummer von Colin Andrews durch.

«Okay, danke. Sonst etwas Auffälliges? Eine portugiesische Mobilnummer? Interessant. Danke. Wie bitte? Tatsächlich? Das ist gut, sehr gut. Ja, ich höre. Aha. Machen Sie das. Wir sind in einer guten halben Stunde da.»

«Was sagt sie?», fragte Pinto.

«Sie hat sich Letícias Bericht genauer angesehen. Es war ein einziger Schuss, vermutlich direkt ins Herz. Ist von den Wundballistikern bestätigt. Letícia hat auch den Schweinekadaver obduziert. Das Tier ist definitiv angeschossen worden und dann verendet. Wir haben das Projektil.» Der Bericht der Rechtsmedizinerin war gekommen, unmittelbar bevor sie nach Alte gestartet waren.

«Echt? Dann finden wir auf jeden Fall raus, wer in dem Gebiet gejagt hat. Ist nur eine Frage der Zeit.»

«Es ist nicht gesagt, dass die Frau und das Wildschwein mit derselben Waffe erschossen wurden. Allerdings passt das Kaliber zu ihrer Wunde. 12 mm.»

«Zwei Jäger? In einer Nacht? Wie stellst du dir das vor?

Der eine erschießt die Frau, lässt das Projektil verschwinden, nimmt ihr das Geld ab und versteckt sie, während der andere ganz in der Nähe das Schwein anschießt und von alldem nichts mitkriegt? Glaub ich im Leben nicht.»

«Du hast recht, das ist mehr als unwahrscheinlich. Es gibt aber noch eine weitere Möglichkeit. Das andere Projektil ist immer noch irgendwo da draußen. Der Täter hat es nicht gefunden, und wir finden es auch nicht.»

«Du meinst, Lourenços Leute waren nicht gründlich genug?»

«Das will ich nicht sagen. Aber halte dir noch mal den Ort vor Augen, an dem April Thompsen gelegen hat. Die Pinien, die Büsche, der ansteigende Hang. Nicht auszuschließen, dass das Ding doch in irgendeinem Baumstamm oder im Boden steckt. Selbst bei noch so gründlicher Suche kann etwas übersehen werden.»

«Willst du die Leute noch mal losschicken?»

Almeida schüttelte den Kopf. «Nein. Zumindest jetzt nicht. Wir haben das Projektil aus dem Schwein. Für den Anfang reicht das.»

Einige Minuten hingen beide schweigend ihren Gedanken nach. Dann erzählte Almeida, was Samanta Soares noch gesagt hatte.

«Florian Vogel hat in Deutschland eine Akte. Soares fordert sie an. Hier in Portugal ist er sauber.»

«Und was ist jetzt mit den Telefonnummern?»

«Eine war interessanterweise portugiesisch, hast du ja gehört. Aber das letzte Gespräch, das April Thompsen in ihrem Leben vermutlich geführt hat, war mit ihrem Freund. Am Abend, bevor sie losgewandert ist.»

«Nicht weiter verwunderlich.»

«Das nicht. Aber sie hat sich an diesem Abend am Telefon in englischer Sprache heftig mit jemandem gestritten.»

«Sagt wer?»

«Die Pensionswirtin.»

«Und warum kann ich mich an diese Aussage nicht erinnern?»

«Weil sie das nicht uns erzählt hat, sondern Anabela.»

Pinto schnappte hörbar nach Luft.

«Schenk's dir, Paulo. Ich hab schon mit ihr geredet. Bela hält sich aus dem Fall Thompsen raus.»

«Ja, sicher», brummte Pinto, ging aber nicht weiter darauf ein. «Meinst du, der Streit spielt eine Rolle? Er wird sich ja wohl kaum ein Jagdgewehr besorgt haben, von Lagos nach Alcoutim gefahren sein und seine Freundin erschossen haben, um seine Reisekasse mit zweihundert Euro aufzubessern.»

«Ich will trotzdem mit ihm sprechen.» Almeida seufzte. «Ehrlich gesagt fällt mir außer dem vertuschten Jagdunfall mit anschließendem Gelegenheitsraub bisher kein einziges Szenario ein, das Sinn ergeben würde.»

12

An Jorge Limas Lederstiefeln klebte der nasse, lehmige Boden in dicken Klumpen. Mit jedem Schritt wurden sie schwerer, fühlten sich an wie verdammte Mühlsteine. Sein Stab versank erneut im Matsch, er geriet ins Rutschen und fluchte. «Komm zurück, blödes Vieh!»

Unten, am Fuß des Hügels, rannte sein junger Hund wie verrückt am Wasser entlang und bellte. Er konnte rufen und pfeifen, wie er wollte, das dumme Tier reagierte einfach nicht. Ein Fehler, ihn mitzunehmen. Zu jung, zu verspielt, noch nicht ausgebildet. Wahrscheinlich würde der Dussel den Weg nicht allein zurückfinden. Ächzend und über sich selbst schimpfend, stieg Jorge Lima ihm hinterher. Schritt für Schritt.

Das war die reinste Sintflut gewesen, die zwei Tage lang vom Himmel gekommen war. So einen Regen hatte er in seinen zwanzig Jahren als Schäfer noch nicht erlebt. Auch nicht im April. Obwohl tausendfacher Regen in diesem Monat sogar sprichwörtlich war: Abril, águas mil. Kein Wunder, dass die gepflügte Erde sich in Sumpf verwandelt hatte. Der erdige Duft des schweren Bodens stieg ihm in die Nase. Seit dem frühen Morgen war der Himmel wieder von einem ungetrübten Blau. Er blieb mit dem linken

Stiefel stecken, zog den Fuß mühsam aus dem Matsch. Die Schafe konnte er in nächster Zeit nicht herbringen, das stand mal fest. Zumal er erst den Weidezaun würde reparieren müssen, der das Gelände an der Kuppe des Hügels vom Weg abgrenzte. Da fehlte ein ganzes Stück Draht.

Endlich war auch er unten angekommen und setzte sich erschöpft auf einen großen Stein. Vor ihm lagen die Teiche, die der Wildbach Ribeira da Foupana an dieser Stelle bildete, wenn er genug Wasser führte. Glasklar und still war das Wasser dann normalerweise, tief genug zum Schwimmen. Im Sommer fielen die Teiche oft trocken, im August waren meist nur mit Algenresten überzogene Steinkrater übrig. Jetzt, nach dem Regen, waren sie gut gefüllt, das Wasser aber noch trüb.

Der Hund bellte ein paar Meter von ihm entfernt einen dicken Ast an, der aus dem Wasser ragte. Der musste sich zwischen den Steinen auf dem Grund verfangen haben. Noch immer floss Wasser nach, die Teiche waren nicht so ruhig wie sonst. Jorge Lima nahm die Hundeleine in die Hand, die er sich um den Nacken gelegt hatte, und stand auf.

«Chega, Cão, anda cá!»

Aber weder hörte der Hund auf zu kläffen, noch kam er zu ihm. Als er dem Tier die Leine anlegte, sah er sich den Ast genauer an. Er war ganz hell, richtig bleich. Eukalyptus vielleicht. Eukalyptus war so hell, wenn er seine Rinde verlor. Blödsinn, hier gab es keinen Eukalyptus, hier gab es überhaupt kaum Bäume. Nur eine Pinienplantage, weiter oben, auf der anderen Seite. Auch die Form war merkwürdig. An der Spitze, das sah ja fast aus wie … Er kniff die Augen zusammen. Wie Finger. Merda, das *waren* Finger.

Später hätte Jorge Lima nicht mehr sagen können, wie er es in so kurzer Zeit den matschigen Hügel hinaufgeschafft hatte, wo sein Handy wieder im Empfangsbereich war. Aber keine halbe Stunde nach seiner Entdeckung klingelte bei der GNR in Alcoutim das Telefon.

Guarda Luís Silva, der an diesem Tag Telefondienst schob, konnte den Mann kaum verstehen. Die Verbindung war schlecht, außerdem sprach der Anrufer extrem schnell. Anscheinend regte ihn irgendwas auf. Silva glaubte, das Wort «Leiche» verstanden zu haben, war sich aber alles andere als sicher.

«Jetzt mal von vorn und ganz langsam. Aber zuerst möchte ich Ihren Namen wissen. Jorge Lima, gut. Und Sie wollen was gefunden haben? Eine Wasserleiche. So, so. Und wo soll die sein?»

Er notierte Namen und Telefonnummer des Mannes und ging zu seinem Chef. Primeiro-Sargento Quintal saß in einen Stapel Unterlagen vertieft an seinem Schreibtisch.

«Ich will hoffen, dass es wichtig ist, Guarda Silva.»

«Könnte sein. Da behauptet ein Schäfer, in einem der Teiche an der Foupana ragt ein menschlicher Arm aus dem Wasser.»

Der Chef sah ihn scharf an. «Das ist hoffentlich ein schlechter Scherz.»

«Am Telefon gerade hat's eher ernst geklungen. Der Mann war ziemlich aufgeregt.»

«Nüchtern?»

«Glaub schon. Aufgeregt, wie gesagt, aber genuschelt hat er eigentlich nicht.»

«An der Foupana sagen Sie? Wo denn da?» Der Bach war schließlich ziemlich lang, einer der längsten der Algarve. «Doch wohl nicht in der Nähe vom Fundort der Frau?»

«Weit weg kann's nicht sein, so wie ich den Mann verstanden habe. Aber auch nicht direkt bei der Stelle.»

«Aha. Und wo ist der Mann jetzt?»

«Ich hab ihm gesagt, er soll in Corte Velha in der Bar auf uns warten. Da wohnt er. Also nicht in der Bar, in dem Dorf. Ich dachte, mitten im Campo finden wir ihn sonst vielleicht nicht so bald.»

«Gut gemacht. Warten Sie unten auf mich.»

Guarda Luís Silva verließ das Büro seines Vorgesetzten mit stolzgeschwellter Brust. Ein Lob vom Chef! Das war so selten wie Schnee an der Algarve.

Primeiro-Sargento Quintal griff zum Telefonhörer, ließ die Hand aber wieder sinken. Er hatte keine Lust, sich bei den feinen Kollegen von der PJ in Faro zur Lachnummer zu machen, falls der Schäfer doch getrunken und weiße Mäuse gesehen hatte. Es war reichlich unwahrscheinlich, dass in ein und demselben Gebiet innerhalb weniger Tage zwei Tote gefunden wurden. Nicht hier im Hinterland. Hier gab es hauptsächlich Autounfälle, Einbrüche und ab und zu Trickbetrüger. Aber nicht reihenweise Leichen in freier Natur.

Schwerfällig stemmte Quintal sich aus seinem Bürostuhl und knöpfte die Uniformjacke zu. Der Staatsanwalt kam ihm in den Sinn, mit dem er vor ein paar Tagen wegen der toten Engländerin zu tun gehabt hatte. Doutor Fernandes, wenn er sich richtig erinnerte. Auch einer von diesen Anzugträgern. Ziemlich arrogant. Aber in einem hatte der Mann recht gehabt: Negative Schlagzeilen konnte sein schöner, ruhiger Bezirk nicht gebrauchen. Jetzt, wo immer mehr Touristen den Weg auch in die ländlichen Gebiete der Ostalgarve fanden. Lag da doch eine Leiche im Teich, überlegte er auf dem Weg zu seinen Kollegen weiter, dann war es vielleicht ein Selbstmörder. Ein Suizid machte keine Schlagzeilen. Man konnte ja auch mal Glück haben.

Aber nein. Einen dezent zu handhabenden Selbstmord konnte er vergessen. Es war tatsächlich ein Arm, der aus einer länglichen Ansammlung von großen Steinen ragte, die offenbar den Rest des Körpers bedeckten. Quintal musste unweigerlich an einen dieser alten amerikanischen Western denken, in denen die Toten aus Schutz vor Geiern so bestattet wurden. Fehlte nur das Kreuz am Kopfende. So konnte sich niemand umbringen, das war mal sicher.

Selbstverständlich war er nicht persönlich den matschigen Hang hinunter an den Teich gestiegen. Das hatte er dem Jüngsten seiner Truppe überlassen. Der war sogar ins Wasser gegangen, stand jetzt mit nassen Hosenbeinen vor ihm und hielt ihm sein Handy hin. Das Bild darauf war zwar verschwommen – kein Wunder bei dem ziemlich trüben Wasser –, doch der Steinhaufen, aus dem der Arm ragte, war gut zu erkennen.

«Das Ufer absperren», wies er seine Leute an. «Und den Weg.» Dann ging er ein Stück abseits und machte Meldung. Bei der PJ und beim Bürgermeister. Zuletzt forderte er ein Team von Tauchern an.

13

Die Stimmung im Besprechungsraum war gedrückt, das Gefühl der Erwartung ebenso verflogen wie der Geruch nach frischer Farbe. Chefinspektor Almeida sah in frustrierte Gesichter. An Tag 5 nach dem Auffinden von April Thompsen bestand die Materie der Ermittlung aus einem Haufen nutzloser Einzelteilchen. Sie saßen in kleiner Runde zusammen, nur Pinto, Soares und er.

«Okay, Leute», sagte er, «nicht hängenlassen. Auch wenn die Befragung der Jäger für die Katz war.»

Selten hatte eine derart personalintensive Reihenvernehmung, die der Mönch nur widerwillig genehmigt hatte, so wenige Erkenntnisse gebracht. Jeder einzelne Jäger, der noch ein Gewehr halten konnte, war befragt worden. Eben erst waren die letzten zehn Befragungsprotokolle eingegangen. Soares hatte sie mit einem entnervten «Novamente nada. Fica tudo em águas de bacalhau» zusammengefasst. Wieder nichts. Almeida musste über die Redewendung lächeln. Wenn etwas noch in den Kabeljau-Gewässern lag, dann lief es wirklich schlecht. Die seltsame Redensart stammte wahrscheinlich von Fischern. Vielleicht stand sie ursprünglich für einen schlechten Fang. Er wusste es nicht. War ja auch egal.

Alle Jäger hatten die bewusste Nacht in ihren Betten verbracht. Mal mit, mal ohne Gattin als Zeugin. Keiner hatte in jüngster Zeit auf Wildschwein angesessen. Jeder wollte für sämtliche Jagdkollegen die Hand ins Feuer legen. Ausnahmslos alle zeigten freiwillig ihre Waffen. Siebzehn Gewehre waren mitgenommen und untersucht worden. Siebzehn Waffen derselben weitverbreiteten Marke, zu der die Munition aus dem Schweinekadaver passte. Keines der Gewehre wies die individualcharakteristischen Riefen auf, die sie brauchten. Ein Abgleich der bei der PSP registrierten Jagdwaffen mit den Angaben der Jäger hatte keine Abweichungen ergeben. Nicht eine Waffe fehlte. So, wie es aussah, konnten sie es nur mit einer illegalen Waffe zu tun haben. Die inzwischen vermutlich irgendwo auf dem Grund eines Stausees oder sonst wo verschwunden war.

Keiner der Jäger hatte die Engländerin gekannt oder auch nur gesehen. Und keinem war eine Lüge nachzuweisen. Genau genommen stand nicht ein einziger der Jäger auch nur im Verdacht, die Unwahrheit zu sagen. Allesamt grundsolide Leute, mehrheitlich jenseits der fünfundsechzig. Wenn auch nicht begeistert von der Ermittlung. Einige Beamte waren rüde beschimpft worden.

Der Mönch war nicht amüsiert. Almeida war sich ziemlich sicher: Wäre es hier nicht um eine Ausländerin gegangen, er hätte die weitere Untersuchung des Todesfalls auf Sparflamme weiterköcheln lassen und über kurz oder lang als ungeklärt zu den Akten gelegt. Der Chefinspektor wandte den Blick dem großen Whiteboard zu, an dem jetzt neben dem Namen April Thompsen auch der Name Florian Vogel stand. Und ansonsten herzlich wenig.

Der Deutsche war und blieb verschwunden. Immerhin wussten sie inzwischen, dass er tatsächlich auf der Via Algarviana gewandert war. Allerdings in untypischer Weise – von West nach Ost. Etwa von der Mitte in Richtung Anfang. Er hatte in mehreren Unterkünften an der Strecke übernachtet, zuerst in São Bartolomeu de Messines, zuletzt in Furnazinhas. Dem zeitlichen Verlauf nach war er also auf dem Rückweg zu seinem Wohnort gewesen, als er verschwand. Wie seine Tasche zwanzig Kilometer südlich des Wanderweges in einer Mülltonne am Stausee von Beliche landen konnte, blieb ein Rätsel.

Inzwischen war es der Kriminaltechnik immerhin gelungen, das in der Tasche gefundene Mobiltelefon zu aktivieren und die Liste seiner Telefonanrufe einzusehen. Und, das war in der Tat interessant, auch an seiner Geldtasche waren Fasern gefunden worden, die weder zum Inhalt des Müllcontainers noch zu gängigen Kleidungsstoffen passten.

Sie warteten auf Lourenço, der ihnen hoffentlich mehr sagen konnte – über diese Fasern und über die von der Bauchtasche der Engländerin.

«Wo bleibt der Mann?», fragte Pinto in gereiztem Ton und sah demonstrativ auf seine Armbanduhr.

«Er wird schon kommen, Paulo. Sag mir lieber, was deine Überprüfung der Kreditkartenabrechnung und der anderen zugänglichen Daten von Vogel gebracht hat.»

«Nichts Auffälliges. Offenbar ist er am ersten Tag seines Urlaubs von Vila Real de Santo António mit dem Zug nach Tavira gefahren, hat da mittags gegessen und ist später weiter über Faro nach Silves. Da wollte er sich mit einem Freund treffen, das haben die per WhatsApp verabredet.»

«Welche Nationalität?»

«Auch ein Deutscher. Ich hab eine Übersetzer-App benutzt.» Pinto sah in seine Notizen. «Die Fahrkarte hat er übers Internet bei Comboios de Portugal gebucht und das Mittagessen mit Karte bezahlt. Scheint ihm geschmeckt zu haben, er hat auf Tripadvisor eine 5-Sterne-Bewertung abgegeben, mit Bild. Vielleicht sollte ich da mit Luísa auch mal hingehen, sah gut aus. Seitdem hat er seine Kreditkarte nicht mehr benutzt.»

«Wo denn?», fragte Soares. «Ich war in Tavira mal in der Restaurantzeile an der alten Markthalle essen, das war der reinste Touristennepp, teuer und schlecht.»

«Aber da gibt's eins auf der Ecke, da ist die Cataplana phantastisch.»

«Dann hab ich damals wohl Pech gehabt.»

Almeida ließ die beiden reden, ein bisschen Smalltalk konnte die Stimmung nur heben. Er sah nun selbst auf die Uhr und fragte sich, wo der Kriminaltechniker blieb. In gut einer Stunde erwartete er Colin Andrews. Der Freund von April Thompsen war erst jetzt in der Lage zu einem Gespräch. Die Nachricht vom Tod seiner Freundin hatte ihn extrem mitgenommen.

Almeida versprach sich von dem Gespräch vor allem, mehr über die Persönlichkeit der jungen Frau zu erfahren. Und er wollte hören, worüber die beiden gestritten hatten. Falls es diesen Streit wirklich gegeben hatte – und Andrews das zugab. Großes Gewicht maß er dem Thema nicht bei. Ein anderer Punkt erschien ihm wichtiger:

Wen konnte April Thompsen an ihrem letzten Abend unter einer portugiesischen Nummer angerufen haben? Vielleicht wusste ihr Freund, wen sie in Portugal gekannt hatte. Natürlich hatten sie diese Nummer gewählt, doch das Telefon war stets ausgeschaltet. Sie hatten mittlerweile den Telefonanbieter kontaktiert, warteten aber noch auf Rückmeldung.

Überhaupt kam es ihm so vor, als säßen sie bei dieser Ermittlung in einem See voller Schlick. Und Almeida hatte keine Ahnung, wie er Bewegung in die zähe Masse bringen konnte. Er beobachtete Pinto, der wieder in seinem Notizblock blätterte.

«Tavira Lounge», sagte der jetzt, «das ist der Laden, den der Deutsche bewertet hat.»

Almeida zuckte kurz zusammen.

«Merk ich mir», sagte Soares.

Das hatte nichts zu bedeuten. Die Snackbar von Inês und Liliana war schließlich gut besucht. Er dachte kurz an Bruno. Der hatte sich tatsächlich zu einer diskreten Überprüfung von Lilianas Daten überreden lassen, sich aber noch nicht wieder gemeldet.

«Was ist eigentlich mit der Akte aus Deutschland, Samanta?», wechselte Almeida das Thema.

«Ist immer noch nicht da.»

Ein Klopfen an der Tür. «Komm rein, Lourenço!»

Doch es war ein Beamter aus der Telefonzentrale, der eintrat. «Dieser Anruf ist eben gekommen, Chefinspektor.» Er reichte ihm ein Stück Papier. «Und Staatsanwalt Fernandes lässt ausrichten, dass er Sie sprechen will. Anscheinend ist Ihr Handy ausgeschaltet.»

«In Ordnung, danke.»

Almeida las die wenigen Zeilen und hob den Kopf. «Es gibt einen zweiten Toten bei Alcoutim.»

Ein Ruck ging durch die kleine Truppe.

«Erschossen?», fragte Pinto und klang fast hoffnungsvoll.

«Weiß man noch nicht. Anscheinend liegt die Leiche unter Wasser. Guckt mich nicht so fragend an. Hier steht nur, dass die GNR vor Ort ist und Taucher angefordert hat.»

Zehn Minuten später blickte Lourenço de Castro e Sousa auf leere Stühle. Eine gute Stunde später klingelte sein Telefon.

14

Nur das Dorf war ein anderes. Die Szene selbst war wie ein Echo aus der vergangenen Woche. Diesmal allerdings stand die Reihe der Polizeifahrzeuge noch vor dem Ortsschild.

Chefinspektor João Almeida sah lediglich die Silhouetten der ersten Häuser von Corte Velha, als er seinen Wagen hinter einem Jeep der GNR parkte. Rechts voraus ging ein mit Flatterband gesperrter Feldweg ab. Ein rot-weiß bemaltes Holzschild mit der Zahl G13 wies Wanderern auf der Via Algarviana die Richtung.

Wieder hatten die Kollegen von der GNR mit ihren Jeeps einen Pendelservice für die Beamten aus Faro eingerichtet, wieder ein einsames Gebiet weitläufig abgesperrt. Almeida gefiel diese Duplizität der Ereignisse innerhalb weniger Tage ganz und gar nicht. Pintos Gesichtsausdruck nach zu urteilen, erging es ihm ähnlich.

Sie stiegen aus und nahmen Gummistiefel aus dem Kofferraum. «Das ist eine matschige Angelegenheit», hatte der Polizeichef von Alcoutim sie vorgewarnt.

Der stand jetzt vor ihnen. «Bom dia. Die Taucher haben gewartet, wie Sie es wollten, Chefinspektor.»

«Gut, dann los.»

Abgesehen vom Fundort im Wasser gab es weitere Unterschiede zur vergangenen Woche. Die Leiche, die die Taucher aus ihrem Steingrab befreit hatten, bot zwar keinen schönen Anblick, war aber zumindest vollständig. Und es war ein Mann. Almeida sah Doutora Letícia Pestana fragend an, die vor ein paar Minuten eingetroffen war. Anordnung vom Staatsanwalt. Normalerweise wäre nur der nächste Arzt gerufen worden, um den Tod festzustellen.

Letícia schüttelte den Kopf. «Der liegt schon länger im Teich. Ohne Obduktion kann ich dir gar nichts sagen, João. Hab ich mir schon gedacht. Die Fahrt hierher hätt' ich mir schenken können. Fernandes ist ein Idiot. Viel wichtiger ist, dass ich die Leiche so schnell wie möglich auf den Tisch bekomme.» Auch Almeida wusste, wie schnell die Fäulnis nach der Bergung aus dem Wasser fortschreiten würde.

«Guck ihn dir trotzdem genau an, bitte. So, wie die Steine über den Mann gestapelt waren, spricht einiges dafür, dass er abgelegt wurde. Also wahrscheinlich schon tot war.»

«Das weiß ich erst sicher, wenn ich die inneren Organe –»

«Ich weiß, Letícia. Aber vielleicht gibt es Hinweise. Eine auffällige Wunde zum Beispiel. Bitte.»

«Weil du es bist.»

Der Tote lag auf einer Bahre und war vollständig bekleidet. Eine Windjacke, offen, darunter ein T-Shirt. Cargohose, Wanderstiefel. Die Rechtsmedizinerin untersuchte den Kopf sowie die Gliedmaßen und murmelte dabei vor sich hin. «Kein Schaumpilz. Muss nicht unbedingt was heißen. Algenrasen an den Handinnenseiten, Waschhautbildung.»

Almeida musste nicht nachfragen. Algenwachstum auf

Wasserleichen konnte dabei helfen festzustellen, wie lange der Körper im Wasser gelegen hatte. Auch den Begriff Schaumpilz hörte er bei weitem nicht zum ersten Mal. Wenn sich vor dem Mund der Leiche weißlicher bis rosaroter, feinblasiger Schaum bildete, war das ein Hinweis auf Ertrinken. Waschhaut bedeutete, dass sie keine Fingerabdrücke bekommen würden.

Nach einer Weile sagte die Ärztin laut: «Auf den ersten Blick kann ich hier nichts Auffälliges entdecken.» Sie zog das Shirt nach oben, das im Bauchbereich ein Loch hatte. «Das hier könnte eine Stichwunde sein. Kann aber auch von einem scharfen Stein rühren.» Sie zog den nassen Stoff wieder nach unten. «Ich sag doch, João, das ist völliger Unsinn, was ich hier mache. Du musst warten.»

«Okay, trotzdem danke.»

Er gab den bereitstehenden Feuerwehrleuten ein Zeichen. Die Männer mussten die Bahre im Zickzackkurs hügelan tragen.

Almeida sah sich um. Gegenüber, auf der anderen Seite des Teiches, lag ein breites Kiesbett. Dahinter erhob sich auch dort ein steiler Hügel. Links davon reihten sich weitere Teiche aneinander, unterbrochen von größeren Gesteinsbrocken und verbunden durch die Ribeira da Foupana, die dann in einem Spalt zwischen zwei Felsen verschwand. Rechts konnte er dem Uferstreifen mit den Augen bis zu einer Kurve folgen. Das Kiesbett wurde von einem Grünstreifen mit Bewuchs von Schilf und Oleander abgelöst. Er glaubte, einen schmalen Pfad zu erkennen, und wandte sich an Primeiro-Sargento Quintal.

«Wohin führt der Pfad da? Das ist doch ein Pfad, oder?»

«Ja, ein Ziegenpfad. Er führt nach der Biegung zur Ruine der alten Wassermühle, ungefähr dort, wo der Wanderweg von Balurcos nach Furnazinhas den Bach quert.»

«Also dorthin, wo die Engländerin gefunden wurde.»

«Das war noch ein Stück weiter oben, aber ja. Da führt er hin.»

«Kommt man von hier irgendwo auf die andere Seite?»

«Bei dem Wasserstand? Keine Chance.»

«Okay, danke.»

«Ich kann mich täuschen», wandte sich Almeida an Pinto. «Aber ich vermute, dass unser Wanderer von dort drüben gekommen ist. Oder von dort zum Teich gebracht und im Wasser abgelegt wurde.»

Auf der Seite, auf der sie selbst standen, gab es keinen Weg oder Pfad.

«Wir müssen die Spurensicherung auch auf die andere Seite schicken, Paulo. Sie sollen den Pfad absuchen, und zwar ab dem Wanderweg.»

«War auch mein Gedanke», sagte Pinto. «Ich kümmere mich drum. Wobei sie nach dem Sauwetter kaum was finden werden.»

«Wo ist der Schäfer, der den Mann entdeckt hat, Primeiro-Sargento?»

«In der Bar im Ort. Ich kann Sie hinbringen.»

«Ja, gut. Dann wollen wir mal. Ach, noch was. Die Taucher sollen noch mal reingehen. Ich will wissen, ob sie in dem Teich etwas finden, was da nicht hingehört.»

«Das finden sie garantiert», sagte Primeiro-Sargento Quintal. «Das ist ein beliebter Picknickplatz.»

«Trotzdem.»

15

Du hast sie doch nicht mehr alle, Bela Silva, sagte ich zu mir selbst. Es war wirklich ein Witz. Aber nach zwei Tagen Weltuntergangswetter fühlte ich mich wie befreit, als ich wieder auf meine Terrasse gehen und in einen blauen Himmel schauen konnte. Haben Sie eine Vorstellung, wie oft und wie lange es in Hannover grau und nass ist? Also. Und nun war ich schon nach zwei Tagen auf Lichtentzug. Verrückt. Morgen würde ich an den Strand fahren, nahm ich mir vor. Ich hatte Mãe sowieso versprochen, ihr in einem Laden in Tavira ein bestimmtes Paar Sandalen zu besorgen, das sie unbedingt haben wollte. «Nur acht Euro, Filha, und so bequem! Die gibt es sonst nirgends.» Sandalenkauf und Strandbesuch ließen sich bestens verbinden.

Die Zeit des großen Regens hatte ich zum Glück gut nutzen können, weil es Arbeit gab. In einem unserer Dörfer wurde ein Haus verkauft, und die künftigen Besitzer – Deutsche – hatten mich um die Übersetzung sämtlicher Unterlagen gebeten. Es waren vorsichtige Leute, um es milde auszudrücken. Jedenfalls hatte mir ihre Sorge, im fremden Land über den Tisch gezogen zu werden, gutes Geld eingebracht. Und neue Kontakte zu einem Makler und zu einem Rechtsanwalt. So durfte es weitergehen. Mein Gefühl von Unheil hatte wohl doch getrogen.

Auf meinem Schreibtisch lag mittlerweile auch ein kleiner Haufen Notizen zum Thema Solaranlage. Mit meiner Idee zum Thema Umweltschutz hatte ich nicht ganz falschgelegen: Es gab tatsächlich Gegner der Anlage. Allerdings schienen die zu keinem Zeitpunkt besonders aktiv oder laut geworden zu sein. Ich dachte kurz darüber nach, wie das wohl in Deutschland gelaufen wäre. Bürgerinitiativen, Demonstrationen, Aktionsbündnisse von Gegnern jeglicher Couleur – ich hatte riesige Plakate vor Augen.

Die Portugiesen haben es dagegen nicht so mit Demonstrationen und lautstarkem Protest. Während der Gelbwesten-Demonstrationen in Frankreich, die in Form einer kurzen und schnell vergessenen Protestwelle auch nach Portugal geschwappt waren, hatte ich darüber mit Mário gesprochen, einem Freund von mir. Er ist Soziologe und arbeitet in der Bibliothek von Alcoutim. Er führt das auf die lange Herrschaft des Diktators Salazar zurück. Aufmucken war damals keine gute Idee, und das sitzt tief in der portugiesischen Seele, sagt Mário.

Die Gegner der Solaranlage hatten sich vor allem in der ersten Planungsphase geäußert – schriftlich. Ich fand die Eingabe eines Ingenieurs, der sich mit möglichen negativen Folgen durch Erosion der Landschaft sowie für die Entwicklung des Jagd- und Wandertourismus auseinandersetzte. Es gab einen Verein, der wegen der Via Algarviana Krach geschlagen hatte. Der Wanderweg führte nämlich ursprünglich mitten durch das Baugebiet. Der Verein hatte die Verlegung des Wanderweges auf Kosten der Betreiberfirma gefordert, die sich anfangs anscheinend geweigert hatte. Inzwischen war der Streit beigelegt, die Strecke verlegt. Die Kosten für neue Karten und so weiter hatte die Betreiberfirma nach anfänglichem Widerstand übernommen.

Den Autor eines anderen Textes beunruhigte der Wasserverbrauch. Angeblich mussten die Paneele regelmäßig abgespült werden. Echt jetzt? Aber was wusste ich schon über Solaranlagen? Der nächste Gegner sorgte sich um seine Gesundheit. Stichwort Elektrosmog. Die erzeugte Energie musste ja irgendwie zu den Verbrauchern, und dafür war eine neue Stromtrasse im Bau. Das gefiel dem Mann nicht.

Ob das schmierige Kerlchen diese verschiedenen Gegner der Anlage mit den «Fraktionen» gemeint hatte? Gut möglich. Allerdings schienen die Gegenstimmen schon seit einer Weile verstummt.

Ich grub in Sachen Via Algarviana noch tiefer, prüfte auch die Geschichte vom uralten Pilgerweg, die mir Dona Helena erzählt hatte. Wie gesagt, ich hasse offene Fragen. Und tatsächlich: Das Kap, zu dem der Weg führt, war seit Urzeiten ein heiliger Ort für alle möglichen Gläubigen, angefangen mit den Kelten. Aber zum Ziel für christliche Pilger war die Landspitze wegen Vinzenz von Saragossa geworden. Ich las dessen bewegte Laufbahn als Heiliger durchaus mit Interesse und fand sie filmreif. Ein Drehbuchschreiber hätte allerdings mit heftigen Zeitsprüngen fertig werden müssen.

Anfang des 4. Jahrhunderts hatten die Römer den Mann, einen christlichen Diakon, besonders hässlich zu Tode gefoltert und seine Überreste ins Meer geworfen. Doch er stand unter dem Schutz von Engeln und Raben und ging nicht wie gewünscht unter (schon das mit der Folter hatte nicht wie gewünscht geklappt). Andere Christen bargen ihn und verehrten seine Gebeine. Nach ein paar ruhigen Jahrhunderten als angebeteter Märtyrer war es mit Vinzenz' Totenruhe dann wieder vorbei, als die Mauren auf der Iberischen Halbinsel einfielen. Das war nun wirklich viel Stoff für einen Monumentalfilm. Ich stellte mir einen Mix aus *Quo vadis?* und *Lawrence von Arabien* vor.

Aber die Geschichte ging noch weiter: Beim Versuch, die heiligen Gebeine aus Spanien über den Atlantik in Sicherheit zu bringen, geriet das Schiff in einen Sturm. Die Retter samt Reliquien kamen an einem unbenannten Kap an der Westküste mit Müh und Not an Land. Sie blieben, nannten das Kap São Vicente, bauten die Stadt Sagres und empfingen mit offenen Armen Pilger. Interessanterweise stand gegenüber der Kirche auch eine Moschee, wenn ich das alles richtig verstand. Dahin pilgerten in trauter religiöser Nachbarschaft Muslime. Die Mauren ließen die Christen jedenfalls in Ruhe, die fortan Mozaraber hießen und ihrem christlichen Glauben ungestört nachgehen konnten. Schöne Zeiten, dachte ich, und lange vorbei. Der portugiesische König Afonso Henriques vertrieb mit seinen Rittern schließlich die Mauren, und die Pilgerstätten wurden im Zuge kriegerischer Auseinandersetzungen dem Erdboden gleichgemacht.

Der heilige Vinzenz aber überstand auch das. Seine Gebeine wurden wieder verschifft, diesmal nach Lissabon. Laut Legende begleiteten und bewachten zwei Raben das Boot, und der Heilige wurde 1173 Schutzpatron von Lissabon. Ausgerechnet ein Spanier. Ich musste grinsen. Mit dem Wallfahrtsort am Kap war jedenfalls Schluss. Keine Reliquien, keine Pilger. Genau wie Dona Helena gesagt hatte. Aber immerhin war die Wanderstrecke aus Richtung Mértola vor ungefähr zehn Jahren als Via Algarviana mit viel Arbeit zu neuem Leben erweckt worden. Ich hatte durchaus Verständnis für die Leute, die den Weg wiederbelebt hatten und ihn so erhalten wollten, wie er war. Ohne Solarpaneele und ohne Mörder.

Womit ich wieder in der Gegenwart und bei meinem ersten Notizzettel angekommen war. Fraktionen und Sabotage. Was war mit Punkt 2? Ich überlegte, dachte an die neue Stromtrasse. So eine Trasse ließ sich bestimmt prima sabotieren. Vor meinem geistigen Auge stand ein starker Mann mit einer noch stärkeren Zange, der ein dickes Kabel durchtrennte. Okay, wahrscheinlich naiv. Von Technik habe ich keine Ahnung.

Das alles ging mir noch durch den Kopf, als ich draußen stand und auf meine Wiese schaute, deren vorher mattes Grün nach dem Regen und ein paar Stunden Sonne schon einen satten Ton angenommen hatte. Unglaublich, wie schnell das ging. Mir war, als könnte ich dem Gras und den Kräutern beim Wachsen zusehen. Es roch süß und frisch, so intensiv, als hätte die Wiese ein fruchtig-frisches Parfüm aufgelegt.

Nur widerwillig ging ich zurück ins Haus. Jeden Moment sollte per Mail der Vorvertrag für den Grundstücksverkauf kommen, den ich noch übersetzen musste.

Kaum im Haus, gab mein Telefon einen kurzen Piepton von sich. Wahrscheinlich die Mail, dachte ich und ging zum Schreibtisch. Aber das Mailprogramm auf meinem Laptop zeigte keinen neuen Eingang. Ich sah auf dem Handy nach und hätte fast mein Telefon fallen lassen.

«Alcoutim: Regen spült Leiche ans Licht.»

Die Nachricht kam von einem Nachrichtendienst für die Algarve, den ich abonniert hatte. Ich weiß gar nicht mehr, was ich zuerst dachte: Doch recht gehabt mit dem Unheil. Schon wieder eine Leiche. João anrufen. Nein. Der sagt dir eh nichts. Mãe. Bei Mãe blieb ich hängen. Wieso war sie nicht hier und erzählte mir die grässliche Neuigkeit? Viele Dinge im Leben sind vorstellbar. Aber nicht, dass ein Online-Dienst früher über interessante Vorgänge in unserer Gegend informiert ist als sie. Seltsam.

Die Erklärung war denkbar einfach: Mãe hing mit roten Wangen am Telefon, als ich bei ihr ankam.

«Weißt du das genau, Maria?», hörte ich sie fragen. «Und unser Luís war der Erste, der davon erfahren hat? Na so was, da war der Junge ja mal zu was nütze.»

Ich konnte nicht umhin, mich kurz daran zu erinnern, wie sie mich vor nicht allzu langer Zeit mit ebendiesem «nutzlosen Jungen» hatte verkuppeln wollen. Damals war ich noch nicht mal geschieden. Cousin Luís ist übrigens sechsundvierzig, drei Jahre älter als ich.

Während ich darauf wartete, dass sie ihr Telefonat mit welcher Maria auch immer beendete, las ich den kurzen Nachrichtentext auf meinem Handy noch einmal. Viel stand nicht drin. Irgendwo in einem der Teiche an der Foupana war eine Wasserleiche gefunden worden. Ein Mann. Also nicht Liliana, Gott sei Dank. Vielleicht der deutsche Solartechniker? Die PJ war eingeschaltet, gab aber keine näheren Informationen heraus. Unfall, Selbstmord oder Schlimmeres? In der Nachricht wurde nicht spekuliert. Am Telefon schon.

«Meinst du, das hat mit dem toten englischen Mädchen zu tun? Bei uns war ja neulich die Polizei wegen Eduardos Gewehren. Ja, du hast recht, ich mag auch gar nicht daran denken. Ein Serienmörder hier bei uns, man stelle sich vor!»

Verdammt. Wenn das böse Wort Serienmord schon in der Tratschschleife kreiste, war es nur noch eine Frage von Stunden, bis die Medien einsteigen würden. Es sei denn, der arme Mensch war im Teich eines natürlichen Todes gestorben. Er konnte natürlich auch verunglückt sein. Oder sich ertränkt haben. Alles durchaus möglich. Allerdings nicht für Mãe. Sie legte endlich auf und sah mich streng an.

«Ich möchte nicht, dass du noch allein spazieren gehst, Filha!»

16

«Es tut mir leid, dass wir den Termin um ein paar Stunden verschieben mussten, Mister Andrews. Kann ich Ihnen einen Kaffee anbieten?»

Chefinspektor Almeida saß dem Freund der getöteten April Thompsen am Schreibtisch in seinem Büro gegenüber. Der Mann im karierten Hemd war immer noch blass um die Nase, seine blaugrauen Augen hinter einem unauffälligen grauen Brillengestell waren gerötet. Ein flaumiger Bartansatz. Leicht rötliches blondes Haar, kurz geschnitten. Für seine fünfundzwanzig Jahre wirkte der Mann auf Almeida sehr jung.

«Nein danke.»

Der Inspektor selbst hätte jetzt gern einen Kaffee getrunken. Und etwas gegessen. Pinto und er waren nach der Befragung des Schäfers so schnell wie möglich zurück nach Faro gefahren. Keine Zeit für einen Stopp, er hatte den Termin mit Andrews nicht ein weiteres Mal verschieben wollen. Nach wie vor hatte der Tod der Engländerin Priorität. Solange der Mann aus dem Teich nicht obduziert war, wussten sie nicht bestimmt, ob sie einen zweiten Todesfall mit Fremdeinwirkung hatten. Auch wenn Almeida sein letztes Hemd darauf verwettet hätte. Und sein vorletztes darauf, dass es Florian Vogel war, der da unter den Steinen gelegen hatte.

Pinto und Soares kümmerten sich derweil darum, etwas über den verschwundenen Deutschen zu erfahren, das ihnen eine Identifikation ermöglichen würde. Er hatte Soares angewiesen, Druck wegen der Akte aus Deutschland zu machen. Pinto sollte Kontakt zu dem Mann aufnehmen, mit dem Florian Vogel in Silves verabredet gewesen war. Die Spurensicherung war noch vor Ort. Zwei Tote im selben Gebiet. Und seine Halbschwester noch immer verschwunden. Während der Rückfahrt hatte er sich überwunden und kurz mit Inês gesprochen. Sie hatte nichts von ihr gehört. Und er selbst noch immer nichts von Bruno. Er hatte ihm eine Nachricht geschickt. Bisher ohne Reaktion. Almeida konzentrierte sich wieder auf den Mann, der vor seinem Schreibtisch saß.

«Mein Beileid zum Tod Ihrer Freundin, Mister Andrews. Es ist leider nötig, dass ich Ihnen einige Fragen stelle.»

«Ja. Sicher.» Leise Stimme, kurzes Schniefen. Der Blick war auf einen Punkt unterhalb der Schreibtischecke gerichtet.

«Wann haben Sie zuletzt mit April gesprochen?»

«An dem Abend, bevor sie losgewandert ist.»

«Worum ging es in dem Gespräch?»

«Sie ...» Er verstummte.

«Ja? Sprechen Sie bitte weiter. Und seien Sie so gut und sehen mich an.»

Der junge Mann hob den Kopf. Ihm standen Tränen in den Augen. «Wir haben uns gestritten.» Er flüsterte fast. «Sie ... sie wollte nicht mehr.»

«Was wollte sie nicht mehr?»

«Mich. Uns.»

Almeida wartete ein paar Sekunden.

«Sie meinen, sie wollte ihre Beziehung beenden?»

«Nach vier Jahren!» Kein Flüstern mehr, die Stimme empört und wütend. «Und alles nur, weil …»

«Ja?»

«Ach verdammt. Sie war auf diesem Öko-Trip. Wollte nach Nepal gehen. Für mindestens ein Jahr, in irgend so ein Umweltprojekt. Total schräg.» Bei Andrews' nächstem Satz musste Almeida zweimal nachfragen und eine Übersetzer-App zu Hilfe nehmen. Erst dann verstand er, dass April Thompsen ihren Freund rücksichtslos genannt hatte, weil er Wirtschaft studierte und weil sie fand, dass Klima- und Umweltschutz sich rechnen müssten.

«Und auf diesem Öko-Trip, wie Sie es nennen, war sie erst seit kurzem?»

«Das ist immer extremer geworden. Und die Spitze war diese Nepal-Sache.»

«Darüber werden Sie beide an diesem Abend kaum zum ersten Mal gesprochen haben.»

«Ja, das stimmt. Wir haben öfter darüber gestritten. Auch in Tavira, da waren wir ja ein paar Tage zusammen.»

Almeida nickte, die Eltern von April Thompsen hatten das erwähnt. Allerdings nichts von den Plänen und dem Umweltengagement ihrer Tochter. Oder von einer angespannten Beziehung zwischen ihr und Colin Andrews.

«Aber an dem Abend … also, an dem Abend hat sie gesagt, dass sie es ihren Eltern erzählen wird. In Alte, wenn sie sie trifft. Das mit Nepal und dass es zwischen uns aus ist. So deutlich hatte sie das noch nie gesagt. Und dann – einfach so. Wumm. Am verdammten Telefon. Warum nicht in Tavira? Warum hat sie mir nicht ins Gesicht gesagt, dass sie sich trennen wollte? Das ist so feige!»

«Aprils Eltern wussten von alledem nichts?»

Andrews schüttelte den Kopf. «Die beiden gingen davon aus, dass wir nach meinem Studium heiraten würden. Ich habe nicht das Herz, ihnen zu sagen, was wirklich los ist … war.»

«Verstehe. Könnte es außer Ihren, sagen wir mal, politischen Differenzen einen Grund für die Trennung gegeben haben?»

«Was meinen Sie?»

«April hat an jenem Abend noch jemanden angerufen, hier in Portugal. Fällt Ihnen da jemand ein?»

«Hier? Sie meinen, Sie hatte jemand anders kennengelernt? Aber das hätte sie mir doch gesagt, oder?»

«Sie hat nie erwähnt, dass sie hier jemanden kennt?»

«Nein, nie.» Der junge Mann sah ratlos und verwirrt aus.

«Und Sie selbst? Haben Sie Bekannte in Portugal?»

«Ich hab in Lagos ein paar Jungs kennengelernt, beim Surfen. Hab versucht, den Kopf frei zu kriegen.»

«Weiter im Inland kennen Sie niemanden?»

«Nein.»

«Dann würde ich jetzt gern noch wissen, wo Sie am Abend des Telefonats mit April gewesen sind und die Nacht verbracht haben.»

«Da war ich noch in der Pension in Tavira. Bea's Bed and Breakfast.»

«Zeugen?»

«Sie glauben doch wohl nicht, dass ich …? Sind Sie verrückt? Ich hätte April nie …»

«Also keine Zeugen?»

«Nein.»

«Haben Sie hier einen Mietwagen?»

«Nein. Ich benutze Bus und Bahn. April …» Er verstummte.

«Wie lange bleiben Sie noch im Land?»

«Noch eine Woche.»

«Gut, dann danke ich Ihnen.»

Nachdem sich die Tür geschlossen hatte, blieb Almeida nachdenklich am Schreibtisch sitzen. Er glaubte nicht, dass dieser junge Mann etwas mit dem Tod seiner Freundin zu tun hatte. Trotz des Streits, trotz der Trennung und der Wut, die Colin Andrews zweifelsohne empfunden hatte. Dennoch war dieses Gespräch keine Zeitverschwendung gewesen. Das bisher blasse Opfer hatte Farbe bekommen. Er musste endlich wissen, wen April Thompsen angerufen hatte.

Pinto steckte den Kopf zur Tür herein.

«Anruf von Lourenço. Sie sind durch. Er sagt, nach dem Unwetter könnte nicht mal ein australischer Buschmann in dem Gebiet am Bach noch irgendeine verwertbare Spur finden. Aber sie haben wohl reichlich Abfall eingesammelt.»

«Was ist mit Gepäck?»

«Nichts gefunden», sagte Pinto. «Und noch was. Die Akte aus Deutschland ist gekommen. Soares hat sie an die

Übersetzer weitergegeben.» Er verzog das Gesicht. «Die Damen sind wegen dem großen Prozess überlastet. Du weißt schon, die Sache mit der Betrügerin, die hier dutzendweise Auswanderer geschröpft hat. In drei Wochen dürfen wir noch mal anfragen.»

«Das ist doch wohl nicht wahr!»

«Doch», sagte Pinto trocken. «Aber du weißt ja bestimmt eine Lösung. Bis nachher.»

Almeida griff zum Telefon.

«Doutor Fernandes? Almeida hier. Ich brauche eine Kostengenehmigung für den Einsatz eines freien Übersetzers.» Er spielte mit einem Bleistift auf seinem Schreibtisch. Was gab es denn da lange zu überlegen? «Erst nach der Obduktion, wenn sicher ist, dass der Mann ermordet wurde? Wie Sie meinen, Doutor Fernandes.»

17

João meldete sich nicht. An sich keine große Sache. Auch keine Überraschung. Wir gehörten nicht zu den Paaren, die ständig miteinander sprechen. Oder sich sehen. Wir waren ja nicht mal ein richtiges Paar, mit Zukunftsplänen und allem Drum und Dran. Als der Sturm tobte, hatten wir uns ein paar Nachrichten geschrieben. Aber ich gestehe, dass ich an diesem Abend immer wieder mein Telefon ansah, als könnte ich es durch einen Blick zum Klingeln bringen.

Warum ich ihn nicht einfach anrief? Na ja, man könnte es wohl Sturheit nennen. Vielleicht auch Stolz. Ich würde dem Herrn Chefinspektor samt seiner neuen Leiche – wenn es denn seine war – nicht hinterherlaufen. Kam gar nicht in Frage. Aber verdammt, er wusste doch genau, dass ich mir Gedanken machte. Auch wegen Liliana. Wie konnte er mich so hängenlassen? Mit anderen Worten: Ich war nicht besonders gut auf ihn zu sprechen, als er mich am späten Vormittag des nächsten Tages endlich anrief. Da kam ich gerade mit Mutters Sandalen aus dem Schuhgeschäft. Fast hätte ich den Anruf nicht angenommen. Aber ganz so kindisch bin ich dann doch nicht.

«Chefinspektor João Almeida persönlich – dass ich das noch erleben darf!»

Der Mistkerl lachte und sagte: «Ich habe deine charmante Art vermisst. Hört sich an, als ginge es dir gut. Bis auf die Laune vielleicht, aber die könnte sich möglicherweise gleich bessern.»

«Willst du mir vielleicht endlich erzählen, ob du mit dem Mann zu tun hast, den sie bei uns aus einem Teich gezogen haben?» Ich hatte überhaupt keine Lust auf Geplänkel.

«Sagen wir so: Du wirst über diese Sache mehr erfahren, als du dir im Moment vorstellen kannst.»

«Könntest du aufhören, in Rätseln zu sprechen?»

«Gegenfrage: Könntest du nach Faro ins Präsidium kommen?»

«Heute noch?»

«Das wäre gut. Es geht um einen Auftrag für dich als Übersetzerin.»

«Ehrlich?»

«Ehrlich.»

«So richtig offiziell?»

«So richtig offiziell. Zum vollen Honorar.»

In meinem Innern knallte ein kleiner Sektkorken.

«Wann soll ich da sein? Ich bin gerade in Tavira. Also schon fast um die Ecke.»

«Wenn du um 15:00 Uhr hier bist, reicht das völlig.»

Ich sah auf meine Uhr. Jetzt war es kurz nach zwölf. «Mit Zahnbürste oder ohne?»

Wieder lachte mein Lieblingskommissar. War er gerade wieder geworden. So schnell kann's gehen.

«Gerne mit. Im Präsidium melde dich am Empfang.»

Nachdem ich mich mit allem Nötigen für eine Übernachtung bei João versorgt hatte – vielleicht war es an der Zeit, wenigstens einen Kulturbeutel bei ihm zu deponieren –, fuhr ich über die N125 in Richtung Faro aus der Stadt. Bei der Ausfahrt Santa Luzia bog ich ab. Eigentlich hatte ich heute an meinem Lieblingsstrand in Cacela Velha spazieren gehen wollen und auf der Fahrt nach Tavira dort auch angehalten. Aber ein Blick von oben auf die Ria Formosa, das Lagunengebiet vor Cacela Velha, hatte gereicht: Hochwasser. Zu Fuß gab es keine Chance, direkt ans offene Meer zu kommen. Aber mir stand der Sinn nun mal nach einem langen Strandspaziergang. Also hatte ich meine Pläne geändert und mich für einen zugänglicheren Strand entschieden.

Noch vor dem Ort Santa Luzia, in Pedras d'El Rei, gibt es eine Brücke über die Lagune auf die Ilha de Tavira. Sogar ein kleiner Zug fährt bis an den Bilderbuchstrand Praia do Barril. Der hat feinen weißen Sand und ist bestimmt zehn Kilometer lang. Jetzt, nach dem Unwetter und außerhalb der Saison, war der Sand allerdings nicht ganz so sauber. Treibholz, Algen, Plastikreste. Doch der Himmel war von einem schier unglaublichen Blau und spiegelte sich im Meer. Barfuß, mit den Schuhen in der Hand, lief ich langsam an der Wasserkante entlang und fühlte mich wunderbar leicht. Mit einem sanften Grollen rollte die Dünung an den Strand, ehe sich das Meer leise schlürfend wieder zurückzog. Nur wenige Menschen waren unterwegs, und ich hatte das Gefühl, der Atlantik gäbe sein Konzert ganz allein für mich. Glücklich lief ich in Richtung Fuseta los. Erst als der nächste Wasserarm mir den Weg versperrte und mein Magen hörbar knurrte, kehrte ich um.

Nur eine der Bars an der Praia do Barril hatte geöffnet. Ich bestellte einen Hamburger und aß ihn mit Blick auf den Ankerfriedhof. Früher mal hatte das Gebäude, vor dem ich saß, in den Sommermonaten Fischerfamilien beherbergt. Die Männer hatten Thunfische gefangen, die ins Mittelmeer und zurück in den Atlantik wanderten. Mehr als einhundertzwanzig Jahre lang, bis die großen Schwärme ausblieben. Jetzt erinnerten Fotos an den Wänden der Bar, ein Museum und der Ankerfriedhof an diese Zeit. Die riesigen Anker waren in den 1960er Jahren in die Dünen eingebettet worden, als die Fischer nicht mehr von ihrem Fang leben konnten und den Ort aufgaben. Seitdem rosteten sie malerisch vor sich hin. Ich war noch ein Kind gewesen, als mein Großvater sie mir zum ersten Mal gezeigt hatte. Damals waren die Anker ungefähr so groß gewesen wie ich.

Ich tauchte aus meinen Erinnerungen auf, bezahlte, ging noch schnell auf die Toilette und machte mich auf den Rückweg zum Wagen. Erst als ich mein Auto anließ, bekam die Glücksblase, in der ich die vergangenen zwei Stunden verbracht hatte, einen Riss. Wenn ich gleich in der PJ ankam und mit einer Übersetzung beauftragt wurde, dann verdankte ich das schon zum zweiten Mal dem Tod eines Menschen. Vielleicht einem Mörder. Kein schöner Gedanke.

Eine Stunde später unterschrieb ich wie schon einmal zuvor einen Vertrag und eine Verschwiegenheitserklärung.

Und wie schon einmal war es Inspektor Paulo Pinto, der mir die Papiere vorlegte. Nicht, ohne dabei säuerlich zu lächeln. Wir mochten uns nicht besonders. In meinen Augen war er ein Macho, und ich kam einfach nicht dahinter, wieso João mit ihm befreundet war. Immerhin hatte er kein Gel mehr im Haar.

João hatte ich übrigens nicht zu Gesicht bekommen. Als ich am Empfang nach ihm gefragt hatte, war Pinto erschienen und hatte mich zu seinem Büro gebracht. In dem er nun also säuerlich lächelte. Sollte er doch.

«Wieso wird per Tagessatz abgerechnet und nicht nach Seiten?»

«Es kann sein, dass wir Sie in den nächsten Tagen auch als Dolmetscherin brauchen. Passt Ihnen das nicht?»

«Doch, doch.»

Schließlich reichte er mir eine ziemlich dicke Akte.

«Die ist nicht digitalisiert?»

«Offensichtlich nicht. Ihr Deutschen seid uns nicht annähernd so weit voraus, wie ihr immer meint.»

Ich schenkte mir eine Replik. Der Aktendeckel trug den Stempelaufdruck *Kopie* und den Namen Florian Vogel.

«Ist das der Mann, der bei Alcoutim im Wasser gefunden wurde?»

Statt mir zu antworten, sagte Pinto: «Sie müssen nicht jedes einzelne Blatt übersetzen. Für den Anfang bitten wir Sie, die Akte zu sichten und uns einen groben Überblick über die Vorstrafen des Mannes zu geben. Können Sie gleich anfangen?»

Dann eben nicht.

Ich nickte und bemühte mich um ein versiertes Gesicht.

In Wahrheit hatte ich einen Heidenrespekt vor dem Berg Justizdeutsch, den ich zwischen zwei Pappdeckeln im Arm hielt.

«Gut, dann zeige ich Ihnen, wo Sie arbeiten können. Kommen Sie.»

Wir waren gerade aufgestanden, als die Tür aufging und eine junge Frau in Pintos Büro kam. Klein, kurze tiefschwarze Haare, dunkler Teint. Auf die sportliche Art kräftig. Kleiner als ich. Ein offenes, ungeschminktes Gesicht. Nur ein bisschen Wimperntusche und sorgfältig gezupfte, fast gerade Augenbrauen. Sie trug schwarze Jeans und eine weiße Leinenbluse. Wo sie die wohl herhatte? Kleidung aus Leinen ist hierzulande nicht leicht zu bekommen. Selbst nach Baumwolle von Qualität muss ich zwischen Massen aus Polyester und Nylon lange suchen. Oder für eine Bluse sehr viel Geld ausgeben.

Die Frau sah kurz auf die Akte und lächelte mich an. «Sie sind die Übersetzerin? Toll, dass Sie so schnell kommen konnten. Samanta Soares.»

Ich lächelte zurück. «Anabela Silva. Freut mich.»

Wie viel freundlicher der Raum gleich wirkte, wenn er nicht nur von Paulo Pinto bevölkert wurde.

«Brauchen Sie etwas zu schreiben?»

«Nein danke, ich habe meinen Laptop dabei.»

«Dann können Sie mir bitte Ihre Zusammenfassung mailen.» Sie setzte sich an den zweiten Schreibtisch im Raum, schrieb die Mailadresse auf einen Zettel und gab sie mir.

«Können wir endlich?», maulte Macho-Man.

Ich fragte mich, wie die sympathische Samanta Soares mit ihm klarkam. Mit Pinto das Büro zu teilen, erschien mir so verlockend wie der Besuch eines fünfstündigen Punkrock-Konzerts.

Nur ein Tisch, drei Stühle, die Akte und ich. Die Wände und die Möbel grau. Vielleicht war das hier ein Vernehmungsraum. Ich versuchte, Angst und Unsicherheit zu riechen. Nach Angst und Unsicherheit musste ein Vernehmungsraum doch riechen, oder etwa nicht? Aber ich roch und spürte nichts anderes als einen Hauch meines eigenen Parfüms und meine eigene Unsicherheit. Dann fing ich an zu lesen.

Ach du Scheiße.

Florian Vogel war ein gottverdammter Neonazi.

18

Chefinspektor João Almeida saß allein in seinem Büro, trank bereits den dritten Kaffee und dachte nach. Der Mann im Teich war nicht ertrunken, sondern erstochen worden. «Breite Klinge, sehr scharf, ein einziger Stich durch die Rippen von unten ins Herz. Da hat jemand entweder sehr viel Glück gehabt oder sehr viel Erfahrung.»

Almeida ging im Geiste noch einmal die Morgenbesprechung durch, in der Doutora Letícia Pestana über das Obduktionsergebnis informiert hatte. Sein Gehirn hatte alle Einzelheiten so genau abgespeichert wie eine Aufzeichnung.

«Kannst du etwas über das Messer sagen? Ihr habt ja wohl keins gefunden, Lourenço?»

Beleidigtes Kopfschütteln seitens des Chefs der Spurensicherung. «Das hätte ich dich ja wohl wissenlassen.»

Alle im Raum ignorierten die Bemerkung.

Letícia beantwortete Almeidas Frage. «Glatte, relativ breite Klinge, wie gesagt, bis zu fünfzehn Zentimeter lang. Einschneidig.»

«Ein Jagdmesser?»

«Möglich.»

«Was hast du noch?»

«Wir haben die Fingerabdrücke des Toten.» Stolz schwang in der Stimme der sonst so sachlichen Rechtsmedizinerin.

«Wie das?»

«Ein noch relativ neues Verfahren. Thanatoprint. Ist an einer Universität in Deutschland entwickelt worden. Voraussetzung für die Anwendung ist, dass noch Oberhaut vorhanden ist. Das Verfahren beginnt mit der Legung eines Sicherheitsvenenweilkatheters an der Handgelenksschlagader. Danach –»

«Lass gut sein, Letícia, Hauptsache, du hast sie. Das ist phantastisch. Wir haben die Abdrücke eines Vermissten für einen Abgleich.» Noch war der Name Florian Vogel an der Wand mit einem Fragezeichen versehen.

«Ich schicke sie gleich rüber», sagte Samanta Soares. «Können Sie abschätzen, wie lange die Leiche im Wasser gelegen hat, Doutora?» Die junge Inspektorin im Praktikum stand am Whiteboard, um die neuen Erkenntnisse zu notieren. Nach der Konferenz würde sie alles in die Fallakten einpflegen.

«Algenrasen bildet sich erst nach zehn bis vierzehn Tagen», sprach die Rechtsmedizinerin weiter. «So lange mindestens. Sehr viel länger nicht.»

«Das kommt hin.» Paulo Pinto wies auf das Todesdatum von April Thompsen. «Der gleiche Zeitraum. Zwei Tote, zwei Jagdwaffen. Ein Täter.»

«Ich habe gesagt, *möglicherweise* ein Jagdmesser, Paulo.»

«Ja, Letícia, ich hab's gehört. Trotzdem, denkbar wäre es.»

«Aber warum?», fragte Samanta Soares.

«Bleiben wir erst einmal bei den Fakten. Von dir noch was, Letícia?»

«Es gibt ein paar postmortal entstandene Abschürfungen. Außerdem hatte er ein Supinationstrauma des rechten Sprunggelenkes. Bluterguss und eine Außenbandzerrung. Ich würde sagen, er ist nicht lange vor seinem Tod böse mit dem Fuß umgeknickt. Sonst nichts Auffälliges.»

«Okay, danke.» Almeida schaute den Spurensicherer an. «Lourenço?»

«Die Taucher haben im Wasser Draht gefunden, der von einem Weidezaun oben am Hügel stammt, über den der Schäfer gekommen ist.»

«Der Draht passt zu Abdrücken am Körper des Mannes», ergänzte Letícia Pestana. «Mit hoher Wahrscheinlichkeit hat der Täter mit Hilfe des Drahtes Steine am Opfer befestigt, um es unter Wasser zu halten. Und anschließend die anderen Steine darüber geschichtet.»

«Wenn er den Draht vom Zaun hat, hat er improvisiert.» Alle nickten zu Almeidas Bemerkung. «Was noch, Lourenço? Habt ihr endlich die Auswertung der Faserspuren?»

«Haben wir. Sowohl die von der Börse des Deutschen als auch die von der Tasche der Engländerin.» Er strich sich mit selbstzufriedener Miene über den kapitalen Bauch, sprach aber nicht weiter. Almeida hasste die dramatischen Pausen des Spurensicherers. Er tat ihm nicht den Gefallen, nachzufragen. Auch die anderen warteten ab. «Sie passen zusammen.»

«Ha! Ich sag's doch!» Pinto klatschte in die Hände.

Almeida sah noch keinen Grund zum Jubeln. «Und was für Fasern sind das nun? Wenn du die Güte hättest, uns an deinem Fachwissen teilhaben zu lassen?»

«Leder, mit Spuren von Polyester und Baumwolle. Wird für Arbeitshandschuhe verwendet.»

«Arbeitshandschuhe. Die gibt es in Massen.»

«Aber nicht mit derselben Anhaftung von Altöl. Das Öl ist hochspezifisch.»

Altöl – das klang in der Tat schon besser. Sehr viel besser. Zum ersten Mal in dieser verflixten Geschichte gab es etwas Greifbares. Jetzt spürte auch Almeida einen winzigen Anflug von Optimismus. Wenn der Täter – und tatsächlich sprach jetzt einiges für einen einzigen Täter –, wenn er diese Handschuhe nicht vernichtet hatte und wenn sie sie fanden, waren sie zumindest ein bedeutsames Indiz. Wenn.

Kaum war Almeida zurück im Büro, meldete sich der Mönch von sich aus und genehmigte die Kosten für die Übersetzung der Akte Vogel. Er sah auf die Uhr. Inzwischen war Anabela wahrscheinlich schon bei der Arbeit. Almeida hatte Pinto beauftragt, sie einzuweisen und das Formelle abzuwickeln. Er selbst würde im Präsidium möglichst Abstand zu ihr halten. Außer Pinto wusste hier niemand von ihrer Beziehung. Und das durfte gern so bleiben.

Seit ein paar Minuten lag nun auch das Resultat des Fingerabdruckabgleichs auf seinem Schreibtisch. Das Fragezeichen hinter dem Namen Florian Vogel konnte endgültig gestrichen werden.

Wann genau der Mann gestorben war, ließ sich nicht

feststellen. Mehr als die grobe Schätzung würden sie von Letícia nicht bekommen. Aber sie konnten versuchen, seine letzten Bewegungen so genau wie möglich nachzuvollziehen. Sie würden mit diesem deutschen Freund reden, den der Mann in Silves hatte treffen wollen. Außerdem mit den Leuten von der letzten Unterkunft, in der er übernachtet hatte. Wann war das gewesen?

Er suchte in der Fallakte, fand die Information nicht sofort, wurde ungeduldig und rief Samanta Soares an. «Erinnern Sie sich an das Datum der Übernachtung des Deutschen in Furnazinhas? ... Der 6. April? Also die Nacht, in der April Thompsen gestorben ist. Danke. Bis nachher.»

Soares machte sich gut. Intelligent, fleißig, umsichtig. Mit jedem Arbeitstag selbstsicherer. Almeida stellte fest, dass er die junge Frau mochte, die die Polizeischule mit Bestnote abgeschlossen hatte. Ein Jahr würde ihr Praktikum dauern. Es sei denn, er setzte sich dafür ein, sie früher als Inspektorin zu übernehmen. Mal sehen.

Er konzentrierte sich wieder auf den Fall. Florian Vogel hatte noch gelebt, als der tödliche Schuss auf die Engländerin fiel. Was sagte ihm das? Ein Täter, der an verschiedenen Tagen getötet hatte? Oder doch zwei völlig voneinander unabhängige Ereignisse? Nein. Nicht mit identischen Faserspuren an den Geldtaschen beider Opfer.

Der Teich, in dem der Deutsche gelegen hatte, war etwa fünfhundert Meter von der Stelle entfernt, an der der Wanderweg den Bach kreuzte. Sie suchten nach einem Mann, davon war Almeida überzeugt. Um einen schweren Körper bis zu dem Teich zu tragen, war einige Kraft nötig. Auch ohne Spuren und Beweise war sich der Kommissar sicher, dass der Tatort nah am Weg und nicht am Teich gewesen war.

Aber warum?, hatte Soares gefragt.

Ja, warum? Warum sollte jemand einen deutschen Solartechniker und eine britische Umweltschützerin umbringen? Konnten sie sich gekannt haben? Was mochte diese beiden miteinander verbinden? Was außer dem Wanderweg? Dem Weg, auf dem auch Liliana möglicherweise unterwegs war.

Er griff zu seinem Handy und suchte in seinen Kontakten.

«Bruno? Endlich.»

19

Landfriedensbruch, Volksverhetzung, schwere Körperverletzung, Tragen verbotener Nazi-Symbole – Florian Vogel hatte in seiner Karriere als Rechtsradikaler kaum etwas ausgelassen. Zuletzt war er verurteilt worden, weil er gemeinsam mit ein paar Gleichgesinnten einen Äthiopier zum Krüppel geprügelt hatte. Das Opfer würde nie wieder normal laufen können.

Ich brodelte vor Wut. Nazis und Rassisten kann ich nicht ertragen, da liegt meine Toleranzschwelle bei null. Das Denken dieser Leute liegt komplett außerhalb meines Begreifens.

Vor lauter Abscheu über Florian Vogel fiel mir erst spät auf, dass die Akte ziemlich alt war. Der letzte Eintrag stammte aus dem Jahr 2002. Da war er aus dem Gefängnis entlassen worden. Übrigens vorzeitig. Und danach? Darüber stand dort nichts. Zum Zeitpunkt seiner Entlassung war er dreiundzwanzig gewesen. Von Beruf Elektriker. Ich tippte die gewünschte Zusammenfassung für Pinto, ging aber noch nicht zu ihm.

Was, fragte ich mich, brachte einen Nazi dazu, auf einer Solaranlage in Portugal anzuheuern? Gab es hier eine entsprechende Szene? Meines Wissens nicht. Im Gegenteil:

Unlängst hatte es in der internationalen Presse diverse Betrachtungen über die Frage gegeben, warum Portugal gegen Rechtspopulismus gefeit schien. Zwar hatte sich am rechten Rand die neue Partei CHEGA gegründet, aber sie spielte, soweit ich wusste, in der portugiesischen Politik kaum eine Rolle. Mir gefiel der Gedanke sehr, in einem Land zu leben, das freiwillig Flüchtlinge aufnahm und insgesamt tolerant gegenüber Fremden war. Doch stimmte das auch?

Mit meinem Mobiltelefon richtete ich einen Hotspot ein und ging mit meinem Laptop ins Netz, gab das Stichwort «rechtsradikal» in die Suchmaschine ein. Oha. Ganz so frei von Rechtsextremisten, wie ich dachte, war mein neues Heimatland wohl doch nicht. Ich recherchierte, bis Pinto in der Tür stand und fragte, wie weit ich sei.

«Fertig. Ich muss nur noch die Mail verschicken. Moment.»

Pinto blieb in der Tür stehen, bis ich meinen Laptop geschlossen, ihn in die Tasche gesteckt und meine Jacke angezogen hatte.

«Kommen Sie mit.»

Er führte mich in einen größeren Raum, der mir bekannt vorkam, obwohl ich ihn noch nie betreten hatte. Ein großer Tisch, ein paar Stühle, hell gestrichene Wände. Aber es war das breite Whiteboard mit Daten, Fotos und einem Zeitstrahl, das mich an meinen ersten Einsatz für die PJ erinnerte. Nach einem schnellen Blick sah ich wieder weg. Ausnahmsweise war meine Neugierde nicht stärker als alles andere. Auf keinen Fall wollte ich das Bild einer kopflosen verwesten Leiche genauer ansehen.

«Setzen Sie sich.»

Ich wählte einen Stuhl mit Blick auf die leere Wand gegenüber dem Whiteboard. Pinto ging zu der Tafel und schrieb etwas auf. Ein paar Minuten später öffnete sich die Tür und Samanta Soares trat in den Raum, gefolgt von João. Sie reichte ihrem Chef gerade bis zur Brust. Da hatten wir etwas gemeinsam.

João begrüßte mich mit einem kleinen Lächeln, aber förmlich.

Botschaft angekommen, dachte ich und grüßte ebenso förmlich zurück. Keine Vermischung von Dienstlichem und Privatem. Das war mir nur recht. Auch wenn es sich sehr seltsam anfühlte, plötzlich von João gesiezt zu werden. Kurz schoss mir der Gedanke durch den Kopf, dass ich meinen Einsatz vielleicht seiner Protektion verdankte. Hoffentlich nicht. Ich würde ihn später danach fragen.

Samanta Soares verteilte Ausdrucke meiner Zusammenfassung.

«Am besten sagen Sie uns kurz das Nötigste, Anabela», forderte João mich auf.

Ich tat, wie mir geheißen.

Dreifaches verblüfftes Kopfschütteln.

João sprach als Erster. «Ein Rechtsradikaler? Wissen wir irgendetwas über politische Aktivitäten des Mannes, Paulo?»

«Wie denn? Wir haben sein Umfeld bisher noch nicht überprüft.»

«Stimmt, dumme Frage. Samanta, ich möchte, dass Sie sich mit der aktuellen Situation in Sachen Rechtsextremismus hier in Portugal auseinandersetzen und prüfen, ob Vogel Verbindung zu der Szene hatte.»

«Ich habe eben schon mal im Netz …», setzte ich an.

Aus zwei Augenpaaren trafen mich böse Blicke und ließen mich verstummen.

«Zu Ihrer nächsten Aufgabe komme ich noch, Anabela.»

«Samanta, prüfen Sie insbesondere, ob er Kontakt zu der Szene um Manuel Marques hatte.»

Sie nickte, wusste offenbar, von wem die Rede war. Auch ich war auf den Namen gestoßen, kurz bevor Pinto meine Recherche unterbrochen hatte. Der Mann war Portugals bekanntester Rechtsextremist und bereits mehrfach verurteilt worden. Seine Straftaten standen denen Vogels in nichts nach. Die beiden Männer waren sogar ungefähr im gleichen Alter.

«Sie, Anabela, führen in meinem Auftrag ein Gespräch mit den deutschen Justizbehörden. Bei der Vorgeschichte müssten die deutschen Kollegen diesen Vogel eigentlich im Auge behalten haben.»

Wohl eher der Verfassungsschutz, dachte ich, hielt aber meine Zunge im Zaum.

«Ich will wissen, was er seit 2002 bis zu seiner Einreise in Portugal gemacht hat. Das war vor gut einem Jahr, wenn ich mich richtig erinnere. Danach forschen Sie im Netz nach Informationen jüngeren Datums. Morgen brauche ich Sie bei einer Befragung. Hast du diesen Senhor E-E-Mann in Silves erreicht, Paulo?»

«Ja, wir haben einen Termin um elf Uhr.»

«Gut. Da fällt mir ein … Anabela, schauen Sie, ob Sie auch den Namen im Netz finden.»

«Wie schreibt der sich? Und den Vornamen bräuchte ich auch.»

Paulo Pinto schrieb ihn für mich auf und riss den Zettel aus seinem Notizblock.

Klaus Hehemann. Aha. Ich konnte mir gerade noch das Grinsen verkneifen. Das H in der deutschen Sprache ist für Portugiesen sozusagen das R der Chinesen.

«Soares, was ist mit der Familie?»

«Er hat einen alten Vater, der in einem Seniorenheim in einem kleinen Ort in Bayern lebt. Der einzige Bruder ist vor zwei Jahren gestorben, die Mutter schon vorher. Und er ist geschieden. Seit 2006.» Soares sah in meine Zusammenfassung. «Da saß er noch in Haft. Seine Exfrau habe ich noch nicht erreicht. Der Vater wird von deutschen Kollegen informiert und befragt.»

«Gut. Bleiben Sie an der Exfrau dran.»

«Paulo, hast du in der Unterkunft von Vogel irgendetwas gesehen, das in die Richtung weist?»

«Nein, mir ist nichts aufgefallen. Er hatte allerdings ziemlich viele Bücher, die habe ich nicht alle durchgesehen. Warum hätte ich auch sollen? Außerdem waren das fast alles deutsche Titel.»

«Schon gut.»

Zehn Minuten später saß ich in Joãos Büro vor seinem Schreibtisch, während er in meinem Rücken seine Kaffeemaschine bediente. Wir waren allein. Und er hatte außer «Café cheio?» noch kein Wort gesagt. Schließlich stellte er meine Espressotasse vor mir ab und ging mit seiner eigenen auf die andere Seite des Tisches. Trank einen Schluck. Genau wie ich.

Ehrlich gesagt fand ich, jetzt hätte er schon etwas weniger distanziert sein können. Immerhin hatten wir uns tagelang nicht gesehen und die Bürotür war zu. Aber er saß da in seinem grauen Anzug und war in seinen Gedanken ganz offensichtlich keine Sekunde bei mir. Oder uns.

«Wie gut kennst du dich mit dem Thema Rechtsextremismus aus?», fragte er schließlich.

«Nicht sehr gut. Ich weiß nur das, was in der Zeitung steht.»

«In Deutschland gibt es ziemlich viele von diesen Leuten, oder? Neonazis, so nennt ihr sie doch?»

«Wie gesagt, viel weiß ich nicht.»

Mein mangelndes Interesse an Politik war ein steter Streitpunkt zwischen mir und meinem Exmann, Herrn Prof. Dr. Justus Arschloch, gewesen. Entschuldigung. Justus ist Politologe und seit geraumer Zeit mit einer seiner Studentinnen zusammen.

Reiß dich zusammen, Bela, das gehört nicht hierher.

«Aber es stimmt schon, es sind erschreckend viele, und inzwischen haben die extremen Rechten in Deutschland leider politischen Einfluss. Wobei die entsprechende Partei natürlich bestreitet, faschistisches Gedankengut zu vertreten.»

«Ich bin froh, dass bei uns keine große Tendenz in diese Richtung existiert. Aber das heißt natürlich nicht, dass es solche Leute nicht gibt. Genauso wie diejenigen, die sich immer noch – oder wieder – einen neuen Salazar wünschen.»

«Glaubst du, die rechte Gesinnung von Vogel spielt bei dem Fall eine Rolle?»

«Im Moment kann ich nichts ausschließen. Zumal wir

nicht wissen, ob der Mann hier in Portugal mit der rechten Szene zu tun hatte. Und was er zuletzt in Deutschland getrieben hat. Oder warum er ausgerechnet nach Portugal gekommen ist. Aber wenn der Mord an ihm damit zu tun hat – wie passt dann die tote Engländerin ins Bild? Eine Umweltschützerin? Nach der aktuellen Spurenlage müssen wir von einem Täter für beide Morde ausgehen.» Er seufzte. «Wir wissen einfach nicht genug.»

«Sie war Umweltschützerin?»

«Ja, sehr engagiert, sagt ihr Freund. Exfreund.»

«Vielleicht haben sie sich gekannt?»

«Und woher bitte?»

«Da fällt mir auf Anhieb auch nichts ein. Hast du eigentlich inzwischen etwas Neues wegen Liliana erfahren? Ich meine, dieser Mann ist nun auch tot und …»

«Lass uns darüber nachher bei mir reden.»

Ich nickte. Kurz darauf formulierte ich nach einem knappen Telefonat mit der Zentrale des Bundesamtes für Verfassungsschutz eine schriftliche Anfrage zum Thema Florian Vogel, von der ich bezweifelte, dass sie bald beantwortet werden würde.

«Wo kann ich hier ins Netz?», fragte ich, nachdem João den Text abgeschickt hatte. Sah ich gar nicht ein, dass ich mein privates Datenvolumen für einen hochoffiziellen Rechercheauftrag der PJ verbrauchte.

«Am einfachsten ist es, du fährst schon zu mir. Meinen WLAN-Code hast du ja. Kannst du unterwegs noch etwas zu essen besorgen? Ich hab nicht viel im Haus.»

Er zog seinen Hausschlüssel aus der Tasche und lächelte breit. Na endlich. Ich lächelte zurück.

Dann fiel mir noch etwas ein. «Gibt es eigentlich ein einigermaßen aktuelles Bild von Florian Vogel?»

«Nur sein Passbild.»

«Kann ich das mal sehen?»

Er gab ein paar Befehle auf seiner Computertastatur ein und drehte kurz darauf den Bildschirm zu mir um.

Ich stutzte. Seit bei Passfotos neutraler Gesichtsausdruck und geschlossener Mund Pflicht sind, sieht ja eigentlich niemand mehr auf einem solchen Bild besonders nett aus. Florian Vogel schon. Ein offener, ich würde fast sagen warmer Blick. Die blonden Haare mehr als schulterlang und offen. Der Mann hatte rein optisch mit meinen Vorstellungen von einem Neonazi so viel gemein wie der Langhaardackel meiner Freundin Susanne. Aber nicht das war es, was mich stutzen ließ. Ich kannte dieses Gesicht.

20

Auf dem Weg nach Estói durchforstete ich meine Erinnerung. Kannte ich den Mann aus Alcoutim? Immerhin hatte er in unserer Gegend gearbeitet. Durchaus möglich. Aber ich konnte das Gesicht mit keiner Szene in Verbindung bringen. Wo, verdammt, hatte ich diesen Mann schon gesehen?

Selbst im Supermarkt, wo ich ein paar Dinge für ein einfaches Abendessen einkaufte, dachte ich dauernd an das Foto. Vielleicht sah der Mann nur irgendjemandem ähnlich, den ich kannte. Aber wem? Mir wollte partout niemand in meinem Bekanntenkreis einfallen, der ihm auch nur annähernd ähnelte.

Kaum in Joãos Wohnung angekommen, stellte ich den Laptop auf den Esstisch, fuhr ihn hoch und sah mir das Foto noch mal an, das João mir auf meine Bitte hin gemailt hatte. Immer noch nichts. Ich gab es auf, hatte mich wohl getäuscht.

Fast zwei Stunden suchte ich dann nach Informationen über Aktivitäten Florian Vogels nach dem Jahr 2002. Nichts. Auch der Name Klaus Hehemann tauchte nicht in Verbindung mit der rechten Szene auf. Genug für heute.

Ich schnitt Champignons, machte einen Tomatensalat,

packte den Computer weg und deckte den Tisch. Gerade hatte ich mir ein Glas Wein eingeschenkt, als mein Chefinspektor nach Hause kam.

Er gab mir einen Kuss. «Ich ziehe mich schnell um, dann können wir von mir aus essen. Was gibt es?»

«Lombinhos de Porco mit geschmorten Champignons, Tomatensalat und Baguette. Ist in zehn Minuten fertig.»

«Perfekt.»

Ich schnitt das Schweinefilet in Scheiben, briet sie kurz in Olivenöl und Butter und schmorte die Pilze mit Knoblauch und Weißwein. Während des Essens redeten wir nicht viel. Mir stand der Sinn nicht nach Plauderei, dazu drehten sich zu viele Fragen um Mörder und Opfer in meinem Kopf, begleitet von Gedanken über rechtsradikale Idioten.

«Danke, das war gut», sagte João schließlich und tupfte sich mit der Serviette die Mundwinkel ab. «Kaffee?»

«Für mich nicht, danke.»

Ich stellte mich an die Küchentheke und sah ihm bei seiner schon fast rituellen Kaffeezubereitung zu.

«Ich würde gern etwas wissen.»

«Und was?», fragte er, ohne sich umzudrehen.

«Hast *du* dafür gesorgt, dass ich den Job bekomme?»

«Wieso fragst du?»

«Weil ich ihn nicht haben will, nur weil ich mit dir ins Bett gehe. Und weil sich dann über kurz oder lang jeder das Maul darüber zerreißen würde.»

«Wie romantisch du dich ausdrückst, meine Liebe. Aber ich kann dich beruhigen: Ich habe dich angefordert, weil die anderen Übersetzerinnen fast ausnahmslos in einen großen Gerichtsprozess eingebunden sind und du unter den wenigen Ausnahmen auf der Liste die Einzige bist, mit der ich schon zusammengearbeitet habe. Zufrieden?»

Er drehte sich grinsend zu mir um. «An dummem Gerede habe ich übrigens auch kein Interesse, wie dir heute aufgefallen sein dürfte, *Dona* Anabela.»

Ich lachte. «Ist es mir in der Tat.»

«Und jetzt lass uns mal eine Weile über etwas anderes reden. Was hast du in den letzten Tagen gemacht? Wie geht es deinem Vater?»

«Einigermaßen. Er wird immer weniger. Weißt du, was er vorgestern zu mir gesagt hat? ‹Manchmal bin ich mir nicht sicher, um wen es sich bei mir eigentlich handelt.› Das ist so traurig. Körperlich baut er auch immer mehr ab. Ich hab Angst, dass wir es auf Dauer zu Hause nicht schaffen und er doch ins Heim muss.»

«Kopf hoch.» Er streichelte meine Hand. «Noch ist es nicht so weit.»

«Nein, zum Glück nicht. Übrigens war ich neulich mit ihm bei einer Versammlung der Jäger. Da hatte er einen guten Tag. Aber ich sage dir, die Leute dort waren ganz schön sauer, weil sie befragt werden sollten. Ist dabei eigentlich was rausgekommen?»

«Kann man nicht sagen. Wir suchen noch immer nach der Waffe. Aber ich bin nicht sehr zuversichtlich. Soares prüft noch, ob in der Gegend in den vergangenen Jahren Jäger durch nicht waidgerechtes Verhalten aufgefallen sind und ihre Lizenzen verloren haben. Aber genug davon. Wollen wir uns rüber setzen?» Er wies auf das Sofa. «Ich könnte ein bisschen Musik vertragen.»

«Ja, gern. Ich bring den Wein.»

Kurze Zeit später saßen wir auf seiner kleinen schwarzen Ledercouch und lauschten Jeremy Buck, dessen ruhige Stücke wir beide sehr mochten. Ich kuschelte mich an ihn. In Momenten wie diesen konnte ich mir durchaus vorstellen, dass mehr aus uns werden könnte. «Who's gonna take all my broken pieces and glue me back to life?», sang Jeremy Buck. War João derjenige, der die Scherben wieder zusammenkleben konnte, die Justus hinterlassen hatte? Konnte ich das von irgendjemandem erwarten, außer von mir selbst?

Erst als die zweite Flasche Wein auf einem der beiden Beistelltische neben dem Sofa stand und João uns nachgeschenkt hatte, fragte ich nach Liliana.

«Es gibt Neuigkeiten.» Seine Miene verriet mir, dass es keine guten sein konnten. Er sprach nicht sofort weiter, trank erst einen Schluck Wein, ließ noch einen Moment verstreichen.

Ich wartete ab und überlegte vergeblich, was das für Neuigkeiten sein mochten, die auszusprechen ihm offenbar schwerfiel.

«Erinnerst du dich, dass du in Tavira vermutet hast, Liliana hätte ein neues Telefon? Damit hattest du recht.»

«Woher weißt du das?»

«Nicht wichtig. Wichtig ist, mit wem sie telefoniert hat.»

«Und mit wem?»

«Mit der Engländerin. Und zwar am Tag, bevor April Thompsen erschossen wurde.»

21

«Bom dia, Chefinspektor. Sie sollen zu Staatsanwalt Fernandes kommen. Sofort, hat er gesagt.» Amália Moleiro, die Sekretärin des Kommissariats, sah ihn mit großen Augen an. «Er schien ... ziemlich erregt zu sein.» Amália war eine unauffällige Mittfünfzigerin mit halblangen grauen Haaren, die auf Almeida immer etwas verhuscht wirkte.

«Aha. Danke. Dann geben Sie bitte dem Kollegen Pinto Bescheid, dass die Morgenbesprechung später anfängt.» Er zog seinen leichten Mantel wieder an, den er eben ausgezogen und über seinen Arm gehängt hatte. «Ich denke, ich bin in etwa einer halben Stunde zurück.» Der Sitz der Staatsanwaltschaft lag zehn Fußminuten entfernt in der Rua Vasco da Gama. Almeida konnte sich vieles vorstellen, aber nicht, dass eine Besprechung mit dem Mönch länger als ein paar Minuten dauerte.

«Ähm. Vielleicht sollten Sie das hier vorher lesen. Falls Sie es noch nicht getan haben.» Er war schon halb aus der Tür, drehte sich aber wieder zu der Sekretärin um, die ihm jetzt die Tageszeitung *Correio da Manhã* entgegenhielt. «Seite 12.»

Zwei Tote – ist die Via Algarviana noch sicher?
PJ verschweigt Todesfälle am Wanderweg

A verdade é como o azeite: Vem sempre ao de cima, dachte Almeida. Die Wahrheit ist wie Olivenöl, sie kommt immer nach oben. Ob ein Staatsanwalt das nun will oder nicht. Der Artikel war kurz, enthielt wenig Fakten und viel Spekulation. Das Wort Serienmörder wurde zwar nicht genannt, stand aber zwischen den Zeilen. Die Pressestelle hatte auf Anfrage der Zeitung eine kurze Stellungnahme abgegeben, derzufolge die Polícia Judiciária mit der Untersuchung zweier ungeklärter Todesfälle im Kreis Alcoutim/Pereiro befasst sei. Nähere Angaben könnten nicht gemacht werden, um die Ermittlungen nicht zu gefährden.

Dr. César Fernandes Frade saß in Hemd und Krawatte hinter seinem Schreibtisch. Es war ein heller, fast quadratischer Raum, Regale mit juristischen Werken säumten zwei Wände. Der Schreibtisch stand vor dem Fenster und war penibel aufgeräumt. Computerbildschirm, Tastatur, Telefon, Schreibtischunterlage aus Leder, darauf eine Akte, in die Fernandes scheinbar vertieft war. Almeida fragte sich kurz, wo das Jackett sein mochte, er sah es nirgends.

Wie üblich stand der Mönch nicht auf, als der Chefinspektor den Raum betrat. Almeida wusste seit langem, dass der nur etwa ein Meter sechzig große Mann es tunlichst vermied, ihm stehend zu begegnen, um nicht zu ihm aufsehen zu müssen. Fernandes grüßte auch nicht, sondern blätterte eine Seite in der Akte um. Almeida hasste solche Spielchen. Unaufgefordert setzte er sich auf den

Besucherstuhl vor dem Tisch, schwieg ebenfalls, holte sein Telefon aus der Tasche und suchte im Netz nach weiteren Artikeln. Er fand drei.

Der Mönch gab als Erster auf. Er schlug die Akte zu und zog darunter die Zeitung hervor. «Sie haben den Artikel gelesen, Chefinspektor?»

«Das war früher oder später zu erwarten. Meines Erachtens ist jetzt der Zeitpunkt gekommen, an die Öffentlichkeit zu gehen. Es könnte bei den Ermittlungen helfen. Ich schlage eine Pressekonferenz vor.»

«Erzählen *Sie* mir nicht, was ich zu tun habe!» Die bleiche Gesichtshaut des Staatsanwalts bekam einen roten Schimmer.

«Wie Sie meinen.»

«Ich habe Sie aus einem anderen Grund kommen lassen.» Er lehnte sich in seinem Stuhl zurück und musterte den Chefinspektor mit dem Blick einer Katze, die eine fette Maus im Visier hat. Jedenfalls kam es Almeida so vor.

«Wann gedachten Sie mir zu erzählen, dass es eine dritte Person gibt, die auf dem Wanderweg vermisst wird?»

Scheiße, dachte Almeida. Woher hat er das? Inês? Er hätte dem Staatsanwalt sein falsches Lächeln am liebsten aus dem Gesicht gewischt.

«Ich hatte vorhin ein interessantes Gespräch mit dem Chef der PSP von Tavira», fuhr Fernandes fort. «Anscheinend liest er ebenfalls Zeitung. Guter Mann, wir kennen uns von einer Tagung.»

Almeida atmete kurz durch. Nicht Inês. Also kannte der Mönch seine persönliche Beziehung zu Liliana nicht. Er musste mit Inês sprechen, schnell.

«Also, Chefinspektor?»

«Weder die Kollegen von der PSP noch ich haben der Sache große Bedeutung beigemessen. Es handelt sich um eine erwachsene Frau, die sich bei ihrer Freundin schriftlich abgemeldet hat.»

«Und wie haben Sie davon erfahren, wenn ich fragen darf?»

«Diejenige, die die Vermisstenanzeige aufgegeben hat, ist eine Bekannte von mir. Sie hat etwas hysterisch reagiert, weil sie auf einen Anruf ihrer Freundin gewartet hat. Ich habe mich bei den Kollegen in Tavira lediglich nach deren Einschätzung erkundigt, um meine Bekannte zu beruhigen. Und, wie gesagt, wir haben die Lage gleich beurteilt.»

«So, so. Aber anscheinend ist die Dame noch nicht wieder zurück.»

«Nicht, dass ich wüsste. Aber meine Bekannte hat sich nicht mehr bei mir gemeldet. Wahrscheinlich hat sie inzwischen eingesehen, dass ihre Sorge übertrieben war. Oder sie hat inzwischen von ihrer Freundin gehört, aber die PSP nicht informiert.» Gott, klang das schwach. Er bewegte sich auf dünnem Eis. Sehr dünnem Eis.

«Dann klären Sie das! Ich habe ein Auge auf Sie, Chefinspektor. Wenn dieser Frau, wie heißt sie doch gleich?» Der Mönch sah auf die Zeitung, auf der er den Namen offenbar notiert hatte. «Wenn dieser Liliana Aveiro ebenfalls an der Wanderstrecke etwas zugestoßen ist und wir sie nicht in die Ermittlungen einbezogen haben – wenn *Sie* sie nicht einbezogen haben –, macht die Presse uns fertig. Und ich Sie.»

Almeida stand auf. «Wie gesagt, für mich haben diese Fälle nichts miteinander zu tun. Aber ich werde mir die Sache noch einmal genauer ansehen.»

«Und Sie erstatten mir Bericht. Was gibt es Neues zum Tod des Deutschen?»

«Möglicherweise eine Verbindung zur rechtsradikalen Szene. Er war in Deutschland ein bekannter Neonazi.»

«Gott bewahre. Das nicht auch noch. Nun gehen Sie schon und machen Ihre Arbeit. Ich habe zu tun. Sie erfahren dann den Termin der Pressekonferenz.»

Arschloch, dachte Almeida, lächelte und ging.

Er wollte persönlich mit Inês sprechen. Ein Telefonat würde nicht reichen. Kurz vor neun. Selbst wenn er die Morgenbesprechung ausfallen ließ, war es völlig ausgeschlossen, nach Tavira und zurück zu fahren und dennoch rechtzeitig für die Zeugenbefragung in Silves zu sein. Kaum auf der Straße, griff Almeida zum Telefon.

«Paulo? Hör zu, ich muss weg. Ich erklär's dir später. Übernimm du bitte die Morgenbesprechung und die Befragung des Deutschen. Ich sage Anabela Bescheid. Ja, ja, bis nachher. Ich melde mich, sobald ich zurück bin.»

22

Knapp eineinhalb Stunden allein mit Paulo Pinto im Auto – ein Traum, keine Frage. Immerhin hatte er mich höflich begrüßt. Aber seit er den Wagen gestartet und eine Adresse ins Navi eingegeben hatte, schwieg er beharrlich. Genau wie ich. Wir fuhren auf der Autobahn gen Westen. Im Radio lief Popmusik. Zurückgelehnt im durchaus bequemen Beifahrersitz fragte ich mich, wie Pinto das Gespräch wohl führen würde. Und ob auch Klaus Hehemann am rechten Rand unterwegs war. Dann wanderten meine Gedanken zurück zu der ersten Zeugenbefragung, bei der ich für die PJ gedolmetscht hatte. Ich war ein bisschen stolz. Diesmal war ich keine Notlösung, so wie damals. Sondern Profi.

Abfahrt Lagoa, Silves. Pinto setzte den Blinker. Kurz darauf drehte er das Radio leiser und sagte: «Damit das klar ist – die Fragen stelle ich. Nur ich. Und Sie übersetzen. Sonst nichts.»

Anscheinend erinnerte auch er sich an meinen ersten Einsatz. Ja, ich war ein-, zweimal aus der Rolle gefallen und hatte eigene Fragen gestellt. Kann ja mal passieren, wenn man keine Erfahrung hat.

«Natürlich.»

Apropos ein-, zweimal: Öfter war ich auch noch nicht

in Silves gewesen. Klaus Hehemann wohnte unterhalb des Castelo dos Mouros, einer riesigen Burg aus rotem Sandstein mit diversen imposanten Türmen. Bei meinem ersten Besuch hatte ich eine Stadtführung mitgemacht. Die Stadt Silves ist uralt, die älteste der Algarve. Zur Zeit der maurischen Besetzung war sie sogar die Hauptstadt von Al-Gharb, dem Land im Westen. Viel mehr hatte ich mir von der Geschichte der Stadt nicht gemerkt, die ungefähr so lang und bewegt ist wie die der Knochen des heiligen Vinzenz.

Wir überquerten den Fluss Arade und fuhren bergan in Richtung Burg.

Nach einiger Kurverei durch schmale Einbahnstraßen und mehrfachen Wendemanövern wegen Baustellen fand Pinto schließlich einen Parkplatz. Zweihundert Meter bis zum Ziel, meldete das Navi. Kurz darauf standen wir vor einem schmalen Haus. Eine Tür, daneben ein Fenster. Das Haus hatte zwei Stockwerke. Im oberen überspannte ein Balkon mit rostigem Gitter die volle Breite von vielleicht vier Metern. An den Wänden blätterte der Putz, aber Fenster und Tür im Erdgeschoss waren neu. Es gab keine Klingel.

Pinto klopfte. Und klopfte noch mal. Schließlich öffnete uns ein blonder, vollbärtiger Mann in farbbekleckster Arbeitskleidung. Der Geruch von frischer Farbe schlug uns entgegen. Ich schätzte Hehemann auf Anfang, Mitte fünfzig. Pinto stellte sich als Kriminalinspektor und mich als Dolmetscherin vor. Der Mann lächelte erleichtert. «Mein Portugiesisch ist in noch schlechterem Zustand als mein Haus. Aber ich bin zuversichtlich, beides auf Vordermann bringen zu können. Kommen Sie rein. Wir gehen am besten nach draußen.» Sein Lächeln offen, der Blick direkt. Sympathisch. Ich dachte an das Foto von Florian Vogel. Ein sympathisches Äußeres besagte gar nichts.

Hehemann führte uns durch einen schmalen Flur, in dem rechter Hand zwei offene Türen den Blick in winzige Zimmer freigaben. Farbeimer, Pinsel, die Böden mit Folie abgedeckt. Der Farbgeruch jetzt übermächtig. Am Ende des Flures führte eine niedrige Tür in eine mit dunklen alten Möbeln vollgestopfte Küche. Noch eine Tür, diesmal nach draußen. Dann standen wir in einem herrlichen Innenhof voller Pflanzen mit einem Zitronenbaum im Zentrum. An der Rückseite des Hauses führte eine steile, schmale Treppe zum ersten Stock hinauf.

Der Zitronenbaum war etwa fünf Meter hoch, trug Früchte und frische Blüten gleichzeitig. Er war so beschnitten, dass darunter ein Holztisch mit Stühlen Platz hatte. Nach dem Geruch der Farbe im Haus war der Duft der Zitronen überwältigend frisch.

Klaus Hehemann bot uns Wasser an, Pinto lehnte ab, ehe ich auch nur den Mund aufmachen konnte. Dabei hatte ich Durst. Aber ich sagte nichts, ich Profi. Pinto zog einen Recorder und seinen Block aus der Tasche und legte beides auf den Tisch. Ich saß rechts neben ihm, Hehemann uns gegenüber.

«Sind Sie mit der Aufzeichnung des Gespräches einverstanden?», fragte ich Hehemann nach Aufforderung von Pinto.

Er nickte. Pinto sprach die Formalien aufs Band. Name, Datum, Grund der Befragung.

«Ich kann noch gar nicht glauben, dass Florian nicht mehr lebt. Ist er wirklich ermordet worden, oder habe ich etwas falsch verstanden? Mein Englisch ist auch nicht gerade perfekt.»

Aha. Offenbar hatte Pinto ihn am Telefon über den Grund unseres Besuches informiert. Laut João spricht Pinto ziemlich gut Englisch.

«Ja, daran gibt es keinen Zweifel», sagte ich und erntete den ersten Räusperer von links. Okay, okay, schon verstanden. «Senhor Hehemann hat gefragt, ob Senhor Vogel wirklich ermordet wurde. Ich habe das bejaht», sagte ich und schaute Pinto kurz an. Er sparte sich eine Bemerkung, schoss nur einen Augenblitz ab.

«Woher kannten Sie den Toten?», fragte er.

Und von nun an übersetzte ich artig alles, was die beiden sagten, und verlor kein Wort darüber hinaus.

Vogel und er hätten sich vor ungefähr eineinhalb Jahren kennengelernt, erzählte Hehemann. «In einem Baumarkt in Guia. Da hatten meine Frau und ich gerade beschlossen, dieses Haus zu kaufen. In ein paar Jahren, wenn ich in Rente bin, wollen wir uns ganz hier niederlassen.»

«Wo ist Ihre Frau jetzt?»

«In Deutschland. Sie kommt, wenn ich mit der Küche anfange, nächste Woche. Ihr war Flori damals auch sofort sympathisch. Wir haben uns im Baumarkt über ein paar technische Fragen unterhalten. Er hatte Ahnung, das merkte man gleich. Danach sind wir noch auf ein Bier in eine Bar gegangen. Ich hab ihm von dem Projekt hier erzählt. Und wir sind in Verbindung geblieben.»

«Er hat Sie hier vor kurzem besucht?»

«Ja, das war aber nicht das erste Mal. Er hat angeboten, die elektrische Anlage zu erneuern. Wir wollen auf dem Dach auch Solarpaneele installieren. Er war zum dritten Mal hier.»

«Was wissen Sie über seine Vorgeschichte?»

«Seine Vorgeschichte? Was meinen Sie damit?»

«Hat er Ihnen erzählt, wann und warum er nach Portugal gekommen ist?»

«Er war erst ein paar Monate hier, als wir uns kennengelernt haben. Hatte einen Job bei einer Solarenergiefirma an der Ostalgarve angenommen, oben bei Alcoutim.»

«Was wissen Sie über sein Leben in Deutschland?»

«Nicht viel. Er hat mal erwähnt, dass er aus dem süddeutschen Raum stammt und ein paar Jahre in Skandinavien gearbeitet hat, bevor er hergekommen ist.»

Skandinavien? Warum blieb ich bei dem Wort kurz hängen? Ich hatte keine Zeit, darüber nachzudenken, das Gespräch ging weiter. Und zwar verdammt schnell. Pinto redete im Expresstempo, und Hehemann tat es ihm nach. Diese Stakkato-Befragung war höllisch anstrengend. Ich vermisste Almeidas sehr viel ruhigere Art.

«Portugal hat ihm besser gefallen. Das Klima vor allem. Obwohl der Job im Sommer in der prallen Sonne superhart war.»

«Haben Sie mit ihm über Politik gesprochen?»

«Über Politik?» Hehemann schüttelte den Kopf und sah mich erstaunt an. «Ist nicht mein Thema. Seines wohl auch nicht, jedenfalls hat er nie davon angefangen. Wieso fragen Sie das?»

«Uns liegen Erkenntnisse vor, denen zufolge Florian

Vogel in Deutschland in der rechtsextremen Szene aktiv war.»

«Der Flori?!» Hehemann sah ehrlich geschockt aus. «Im Leben nicht.»

«Es gibt darüber eine Akte. Hat er sich Ihnen gegenüber je ausländerfeindlich geäußert?»

«Nie. Dann hätte er gleich wieder gehen können.»

«Was sagt Ihnen der Name Manuel Marques?»

«Nichts. Wer soll das sein?»

Pinto antwortete nicht, sondern blätterte in seinen Notizen. Ein paar Sekunden Verschnaufpause für mich. Ein Königreich für ein Glas Wasser. Aber nein.

«Was hat er Ihnen über seine weiteren Pläne erzählt, als er von hier weggegangen ist?»

«Er wollte zurück nach Alcoutim wandern. Ich hab ihn nach Enxerim gebracht, von da ist er losgelaufen.»

«Wie kam er Ihnen vor? War er angespannt, besorgt?»

«Nein, gar nicht. Jedenfalls ist mir nichts aufgefallen. Er war bester Dinge, würde ich sagen.»

«Was hatte er an Gepäck dabei?»

«Einen Rucksack.»

«Können Sie uns den beschreiben?»

Hehemann überlegte kurz und schloss dabei die Augen. Das mache ich auch manchmal, wenn ich mir ein Bild ins Gedächtnis rufen will.

«Grün mit Grau. Grasgrün würde ich sagen. Von Jack Wolfskin, die Marke stand drauf.»

«Moment», sagte ich und verständigte mich kurz mit Pinto. Dann nahm ich mein Handy und suchte im Netz nach Herrenrucksäcken dieser Firma.

«So einer?»

«Ja, zumindest ganz ähnlich.»

Pinto nickte und machte weiter. «Eine letzte Frage, der Ordnung halber: Wo waren Sie in der Zeit zwischen dem 7. und 10. April?»

«Hier, wo sonst?»

«Kann das jemand bestätigen?»

«Das ist jetzt nicht Ihr Ernst!»

«Antworten Sie einfach.»

«Vielleicht finde ich ein paar Quittungen von der Drogaria hier im Ort. Für einen Minibaumarkt ist der Laden gar nicht schlecht sortiert. Im Moment kaufe ich da so ziemlich jeden Tag Material. Irgendwas fehlt immer. Und abends nach der Arbeit gehe ich auf ein Bier ins Café Inglês an der Burg. Das werden Ihnen verschiedene Leute bestätigen können. Die Kellnerinnen dort kennen mich.»

«Gut, danke, wir werden das überprüfen.»

Pinto klappte sein Notizbuch zu und streckte die Hand nach dem Aufnahmegerät aus. Wie bitte? Das konnte jetzt nicht sein Ernst sein. Da fehlten doch noch Fragen! Am liebsten hätte ich ihn unter dem Tisch getreten. Tat ich natürlich nicht.

«Ähm.»

«Was ist denn?» Pinto sah mich ungnädig an. «Müssen Sie mal?»

«Fragen Sie ihn, ob er andere Bekannte oder Freunde von Vogel in Portugal kennt. Und ob er ein aktuelles Foto von ihm hat», flüsterte ich ihm zu und lächelte dabei Klaus Hehemann an. Wie Pinto gerade guckte, wollte ich gar nicht sehen. Ich hörte ihn tief einatmen.

Und dann – es klang, als presste er die Worte durch die Zähne: «Also gut, fragen Sie ihn danach.»

«Wissen Sie, ob Florian Vogel in Portugal noch andere Freunde oder gute Bekannte hatte? Vielleicht hatten Sie ja sogar gemeinsame?»

«Er kannte natürlich die Leute, mit denen ich mein Feierabendbier trinke. Da ist er mitgegangen, wenn er hier war. Aber zu denen hatte er weiter keinen Kontakt, soweit ich weiß. Nein, sicher nicht. Das wüsste ich.»

Ich übersetzte für Pinto und hakte nach: «Und in seinem direkten Umfeld? Wissen Sie etwas darüber?»

«Ich glaube, da gab es einen Portugiesen bei der Solaranlage, den er sehr geschätzt hat. Der Flori sprach die Sprache ziemlich gut. Lernt sich ja auch leichter, wenn man mit Einheimischen zusammenarbeitet. Aber wie der Mann hieß und wie gut die sich kannten? Keine Ahnung.»

«Vielleicht hat er erwähnt, was genau sein Bekannter dort gearbeitet hat?»

«Der war auch Techniker, meine ich.»

«Was ist mit anderen Deutschen hier in Portugal?»

Falls Hehemann auffiel, dass die Fragen plötzlich nur noch von mir kamen, ließ er sich nichts anmerken.

«Doch, er hat da mal was erwähnt. Warten Sie … Richtig, ab und zu hat er sich mit zwei Seglern getroffen, die wohl schon seit Jahren mit ihren Booten im Rio Guadiana liegen. Einer heißt Alex, an den Namen des anderen kann ich mich nicht erinnern. Ist aber auch ein Deutscher. Mit dem Alex wollte er demnächst segeln gehen. Mein Gott, und jetzt ist er tot. Ich darf gar nicht darüber nachdenken.»

Pinto schaltete sich wieder ein. «Was war mit Frauen?

War er hier liiert? Oder hatte er vielleicht noch eine Freundin in Skandinavien?»

Hehemann schüttelte den Kopf. «Erwähnt hat er niemanden. Meine Frau hat ihn sogar mal danach gefragt. Aber da hat er sofort dichtgemacht.»

«Okay, danke. Sagen Sie, haben Sie vielleicht Fotos von ihm aufgenommen, als er hier war?», fragte ich.

Er überlegte und zupfte dabei an seinem Bart. «Kann sein, dass meine Frau welche hat. Sie dokumentiert die Fortschritte am Haus, wenn sie hier ist. Ich kann sie ja mal fragen.»

«Ja, bitte tun Sie das.» Ich wandte mich an Pinto: «Die Ehefrau von Senhor Hehemann hat möglicherweise aktuelle Bilder von Florian Vogel. Wo soll sie die gegebenenfalls hinschicken?» Pinto suchte eine seiner Visitenkarten heraus. «Unten steht die E-Mail-Adresse.»

«Haben Sie auch eine Karte?», fragte Klaus Hehemann mich. «Für den Papierkram wegen des Hauses brauchen wir noch immer Übersetzungen. Wir haben zwar jemanden, sind aber nicht so ganz zufrieden. Oder arbeiten Sie nur für die Polizei?»

«Ich bin Freiberuflerin», antwortete ich und gab ihm erfreut meine fast noch druckfrische Karte. Schlicht, aber edel fand ich. Ein befreundeter Graphiker hat meine Initialen zu einem schicken Logo designt. Das prangte nun in Türkis auf dunkelgrauem Grund, daneben mein Name und darunter: Übersetzerin und Autorin. Alles andere stand gut lesbar auf der Rückseite.

Hehemann steckte sich die Karte in die Hosentasche. «War's das jetzt? Ich würde gern weiterarbeiten. Ach so, ja, fast hätte ich es vergessen: Wissen Sie schon, wo und wann Florian bestattet wird?»

«Nein», sagte Pinto. «Aber wir können Sie informieren.»

Langsam gingen wir die kurze Strecke zurück zum Auto. Ich wartete auf meinen Anschiss. Aber Pinto sagte kein Wort. Beim Auto angekommen, ging er daran vorbei, noch immer schweigend. Was blieb mir anderes übrig, als ihm hinterherzulaufen? So langsam kippte meine verhalten reumütige Stimmung. Was sollte das hier werden? Bestrafung durch Schweigen? Immerhin hatte ich sein Okay gehabt, die Fragen zu stellen. Der sollte mir jetzt bloß nicht dummkommen, der Herr Inspektor.

Pinto steuerte ein kleines Café mit Außenterrasse an und kriegte endlich den Mund auf. «Was möchten Sie trinken?»

«Ein Mineralwasser und einen Milchkaffee», sagte ich, einigermaßen verblüfft. «Und könnten Sie mir bitte auch eine Tosta mista bestellen? Bitte mit Pão caseiro.» Man soll die Feste schließlich feiern, wie sie fallen. Toast mit Käse und gekochtem Schinken ist mein Lieblingssnack. Ganz besonders mit Brot nach Hausmacherart anstelle von pappigem Toastbrot aus der Packung. Pinto ging in das Café und kam mit zwei Flaschen Mineralwasser zurück.

«Der Rest kommt gleich.»

Dann schwiegen wir uns wieder an.

Bis ein paar Sekunden später das Wunder von Silves geschah.

Macho-Man sagte: «Danke, Anabela. Sie hatten völlig recht. Ist wohl nicht mein Tag.»

23

Die Türen der Tavira Lounge waren noch verschlossen. João Almeida schirmte seine Augen gegen das Sonnenlicht ab und sah durch die Glasscheiben. Im Gastraum drückte eine Frau in Kittelschürze eben einen Wischmopp im Eimer aus. Sie war allein. Aber die Tür zu dem Raum hinter der Theke stand einen Spalt weit offen. War Inês dort drinnen? Er hoffte es. Ihm war ganz und gar nicht danach, sie in ihrer Wohnung zu treffen, die sie mit Liliana teilte. Und ganz sicher würde er sich nicht mit ihr in Tavira in einem öffentlichen Café sehenlassen.

Almeida fluchte leise vor sich hin. Hätte er sich doch nie von Anabela überreden lassen, sich einzumischen, sondern wäre einfach seinem ersten Gefühl gefolgt. Aber jetzt hing er drin, jetzt musste er Liliana wirklich finden. Möglichst schnell. Er zog den Zettel mit den Informationen, die er von Bruno bekommen hatte, aus der Jackentasche und las ihn zum soundsovielten Mal.

02. April Einkaufszentrum Gran-Plaza, Tavira, Kauf einer Prepaidkarte (Nr. 921 211135) und eines Telefons, Marke Maxcom MM920 Single SIM (sog. Senioren-

	telefon, ohne GPS und Internetfunktion)
03. April	17:05 Uhr, Anruf bei britischer Nr. +44 7973 797333. Gesprächsdauer: 45 Min.
05. April	18:02 Uhr, Anruf von +44 7973 797333. Gesprächsdauer: 9 Min. Telefon seitdem nicht mehr aktiv, Kreditkarte nicht mehr belastet
09. April	Bargeldabhebung 1000 Euro von Privatkonto Millennium bcp (NIB 0033 000 45297 48437 605), keine weiteren Bewegungen auf dem Konto
	Mailaccount konnte nicht geprüft werden.
	Keine weiteren Gespräche, Telefon deaktiviert.

Mehr hatte Bruno nicht erreichen können, er war ohnehin in einer rechtlichen Grauzone unterwegs gewesen, milde gesagt. Schwarzzone traf es besser. Almeida riss den Zettel in kleine Fetzen, ging ein paar Meter zurück und warf die Papierschnipsel in den Rio Gilão.

Wieder vor der Tür der Tavira Lounge nahm er sein Telefon und rief Inês an. Er konnte den Klingelton durch die Scheibe hören. Im nächsten Moment sah er sie aus dem Raum kommen und sich suchend umschauen, bis sie ihr Telefon hinter dem Tresen entdeckte. Wie schon bei seinem ersten Besuch trug sie ein schwarzes T-Shirt mit dem roten Namenszug der Bar. Almeida beobachtete, wie sie auf das Display schaute und die Stirn runzelte, und beendete seinen Anruf, ehe sie das Gespräch annehmen konnte. Mit den Fingerknöcheln klopfte er kräftig an die Scheibe. Inês fuhr erschreckt zusammen. Kurz darauf schloss sie ihm auf.

«Was ist passiert? Gibt es etwas Neues?»

«Können wir in Ruhe reden?»

Sie sah zu der Putzfrau hinüber, die inzwischen staubwischte. «Kommen Sie mit.»

Der Raum hinter der Theke erwies sich als Küche. Eine weitere Tür führte in eine Mischung aus Büro und Aufenthaltsraum. An der Kopfwand stand ein Regal mit Ordnern und einem kleinen Safe, daneben ein schmaler Schreibtisch mit einem Laptop. Nicht irgendeiner, sondern ein offensichtlich neues MacBook. Die waren verdammt teuer. Über dem Schreibtisch hing eine Pinnwand aus Kork voller Zettel. Rechts hinten, in der Ecke des Raumes, stand ein Bistrotisch mit zwei Stühlen.

«Bitte.» Inês wies auf die Stühle und setzte sich.

Almeida musterte ihr Gesicht. Die Aggression, die die Frau bei seinem ersten Besuch ausgestrahlt hatte, war verschwunden. Sie wirkte erschöpft. Fast teilnahmslos.

«Haben Sie sie gefunden?»

«Nein. Aber ich muss Ihnen sagen, dass es am Wanderweg zwei Tote gegeben hat. Es steht heute in der Zeitung.»

«So?»

Als hätte er ihr erzählt, heute wäre Käse im Sonderangebot.

«Gibt es etwas, das ich wissen sollte? Hat Liliana sich bei Ihnen gemeldet, haben Sie mit ihr gesprochen?»

«Nein.» Sie sah ihn nicht an.

«Wir wissen inzwischen, dass Ihre Lebensgefährtin sich ein neues Telefon zugelegt hat. Einige Tage bevor sie gegangen ist.»

«Ach tatsächlich? Schön für sie.»

So langsam wurde er wütend. Erst der Alarm, die Aufregung, die Wut und jetzt diese Lethargie. Irgendetwas musste in der Zwischenzeit passiert sein. Sie log. Hatte wahrscheinlich von Anfang an gelogen. Oder zumindest etwas verschwiegen. Wegen dieser Frau hier riskierte er eine Abmahnung, wenn nicht Schlimmeres – und sie? Nicht ihretwegen, João, es geht um Liliana. Sei ehrlich.

Doch vor ihm saß nicht seine Halbschwester, sondern ihre grässliche Freundin. «Sie sagen mir jetzt sofort, was los ist! Erst machen Sie einen riesigen Aufstand, und jetzt tun Sie so, als ginge Sie das alles nichts an? Nun reden Sie schon!»

Sie stand wortlos auf und ging zu dem Schreibtisch. Zog eine Schublade auf und kehrte mit einem weißen Briefumschlag zurück an den Tisch. «Der kam vor zwei Tagen.» Sie hielt ihm den offenen Umschlag hin.

Das Schreiben war von einer Anwältin namens Veronica Pisco und an die *TAVILO-Lda.* adressiert. Offenbar hatten Inês und Liliana eine Gesellschaft mit beschränkter Haftung gegründet, als sie die Bar eröffneten. Almeida überflog den Brief. Und verstand.

Die Anwältin informierte Inês darüber, dass Liliana Aveiro zum Jahresende das Gesellschafterverhältnis kündigte. Der übrige Text drehte sich um Vertragsklauseln. Das zweite Blatt war ein von Liliana unterzeichnetes Kündigungsschreiben.

Das Schreiben war am 3. April aufgesetzt worden. Also an dem Tag, an dem Liliana fünfundvierzig Minuten lang mit der Engländerin telefoniert hatte. Almeida glaubte nicht an Zufälle. Er sah auf den Poststempel. 6. April. Wieso war der Brief erst jetzt zugestellt worden? Er gab sich die Antwort selbst: Wahrscheinlich bei der Post hängengeblieben. Das kam vor. Er würde später Kontakt zu der Anwältin aufnehmen.

Inês unterbrach seine Gedanken. Mit ätzender Stimme zitierte sie den Zettel, den Liliana ihr hinterlassen hatte. «‹Ich muss nachdenken und brauche Ruhe› – ha!» Fast tat sie ihm leid, wie sie da vor ihm stand, die Arme um den Oberkörper geschlungen, die Augen verdächtig schimmernd. «Belogen hat sie mich, feige belogen. Und jetzt zerstört sie meine Existenz! Von mir aus kann sie mausetot sein, das würde sogar alles leichter machen. Doch, das würde mir gefallen. Und falls sie wiederauftaucht, kratze ich ihr persönlich die Augen aus, das schwöre ich!» Sie riss ihm den Brief aus den Händen. «Und jetzt gehen Sie. Raus!»

Almeida ignorierte ihren Ausbruch. «Ich habe noch eine Frage: Was sagt Ihnen der Name April Thompsen?»

«Ist das ihre Neue? Hab ich es mir doch gedacht. Alleine hätte Liliana doch gar nicht den Mut.» Sie wedelte mit dem Umschlag. «Das ist alles so jämmerlich.»

«Der Name sagt Ihnen nichts?»

«Nein. Interessiert mich auch nicht, mit wem sie jetzt ins Bett geht.»

«April Thompsen ist eine der Toten.»

«Umso besser.»

24

«Mister Andrews? Schön, dass ich Sie erreiche. Chefinspektor Almeida hier. Ich habe noch eine Frage an Sie. Sind Sie mit April in Tavira je in einer Bar namens Tavira Lounge gewesen? Die liegt in der Nähe der römischen Brücke und dem großen Platz mit den halbrund angeordneten Steinstufen.»

Auf einer dieser Stufen saß Almeida eben jetzt. Vor ihm lag die Praça da República, hinter dem Platz beschien die Vormittagssonne die Arkaden des Rathauses.

«Sie haben dort einmal zusammen gegessen? Gut. Und können Sie sich vielleicht erinnern, ob April sich dort mit jemandem länger unterhalten hat? Mit einer Frau, etwa in ihrem Alter?» Er dachte kurz nach. Wie sollte er seine Halbschwester beschreiben, die er kaum kannte? Zu Anabela hatte er gesagt, sie sähe seinem Vater ähnlich. Aber das war wohl nur für ihn sichtbar. Dunkelhaarig, braune Augen, hätte er sagen können. Sehr hilfreich, hier in Portugal. Er wusste nicht einmal, ob sie die Haare inzwischen lang oder kurz trug. Also sagte er weiter nichts.

«Nein», hörte er Colin Andrews antworten, «nicht, dass ich wüsste. Aber ich glaube, sie ist da noch mal allein gewesen. Wir waren ja nicht die ganze Zeit zusammen, und ihr hat der Laden supergut gefallen. Ja, doch, ich bin ganz sicher. Sie hat mir was von einem tollen Salat erzählt, den sie zum Lunch hatte. Hat Ihre Frage mit Aprils Tod zu tun?»

«Nein, nein, es geht um eine andere Sache, danke.» Almeida hoffte inständig, dass es stimmte, was er gerade gesagt hatte. Er blieb sitzen, bis das Sitzen auf dem kalten Stein unangenehm wurde. Dann gab er sich einen Ruck. Zurück zu Inês.

An der inzwischen offenen Tür der Lounge blieb er kurz stehen und suchte nach einer Information über die Videokameras, die es drinnen angeblich gab. Und tatsächlich entdeckte er einen Aufkleber, ein gelbes Dreieck mit schwarzem Rand, in der Mitte das Symbol einer Kamera. Darunter der Text: Para sua proteção este local é objeto de videovigilância. Zu Ihrer Sicherheit ist dieses Lokal videoüberwacht.

Colin Andrews und April Thompsen waren Ende März, Anfang April in Tavira gewesen. Jetzt war die Frage, ob und wenn ja wie lange die Aufnahmen gespeichert wurden. Am Tresen saßen inzwischen zwei junge Frauen und tranken Espresso. Inês war nicht zu sehen. Die Bedienung hinter der Bar kannte er nicht; es war nicht das Mädchen, mit dem Anabela gesprochen hatte. João sah auf ihre Fingernägel. Kurz und nicht lackiert. Außerdem war diese Angestellte blond. Er fragte nach der Chefin und überlegte, auch einen Café zu bestellen. Nein, den trank er später lieber woanders.

«Was wollen Sie denn noch?»

«Lassen Sie uns nach hinten gehen.»

«Ich wüsste nicht, warum. Ich habe Ihnen nichts mehr zu sagen.»

Drei Gesichter wandten sich ihnen interessiert zu.

«Sind Sie sicher, dass Sie lieber hier mit mir über die Überwachung Ihrer Kunden, Ihrer Angestellten und Ihrer Partnerin sprechen möchten?» Almeida lächelte.

Inês lief rot an, während die drei anderen Frauen große Augen machten. «Kommen Sie mit.»

«Werden die Aufnahmen aus der Videoüberwachung gespeichert?», fragte Almeida auf dem Weg durch die Küche.

«Ja.»

«Wie lange?»

«Einen Monat, dann werden sie automatisch gelöscht.»

«Zeigen Sie mir die Aufnahmen aus der Woche vor dem 3. April.»

«Warum?»

«Weil ich es sage.»

«Sie haben kein Recht …»

«Doch, das habe ich sehr wohl. Und jetzt machen Sie schon.»

Das MacBook war tatsächlich ein topaktuelles Modell, er hatte erst kürzlich im Einkaufszentrum vor dem gleichen gestanden und es für zu teuer befunden.

Inês rief den ersten Video-Ordner auf. Die Kameras hatten nicht annähernd die Qualität des Computers. Die Bildauflösung war mäßig, aber ausreichend, um die Menschen auf den Aufnahmen zu erkennen. Insgesamt gab es Aufnahmen von vier Kameras, zwei im Gastraum, je eine in der Küche und in dem Büro, in dem er selbst gerade saß. Nur in den Toiletten gab es offenbar keine. Almeida sah sich um, entdeckte das kleine weiße Gerät mit der schwarzen Linse über der Tür. Vorhin war es ihm nicht aufgefallen.

«Sind Ihre Mitarbeiter über diese Überwachung informiert?»

«Ja.»

Er beließ es dabei und setzte sich an den Schreibtisch. «Danke. Jetzt komme ich allein klar.»

«Aber ...»

«Ich sagte danke.»

Einen Augenblick stand sie noch mit zornigem Gesicht vor ihm, dann verließ Inês unter protestierendem Gemurmel den Raum. Almeida klickte das erste Überwachungsvideo an. Dann das nächste.

Lange brauchte er nicht, bis er April Thompsen und Colin Andrews entdeckte. Am letzten Märztag saßen sie mittags gleich vorn an einem der Tische und teilten sich verschiedene Vorspeisen. Beide schienen in entspannter Stimmung zu sein, wirkten aber auch nicht gerade wie die Turteltäubchen. Almeida sah ihnen im Schnelldurchlauf beim Essen zu, bis sie nach einer Dreiviertelstunde gemeinsam wieder gingen.

Liliana hatte sie bedient, doch auf dem Video war keine besondere Interaktion zwischen ihr und April Thompsen zu sehen. Einzige Erkenntnis: Seine Halbschwester trug ihre Haare noch genauso wie damals auf dem Friedhof, halblang und zu einem Bob geschnitten.

Almeida spulte vor, ließ die nächsten zwei Tage im Eiltempo durchlaufen, rief die Aufnahmen der beiden Kameras im Gastraum nebeneinander auf den Bildschirm. Nichts. Doch dann, am dritten Tag, tauchte April Thompsen allein wieder auf, erneut zur Mittagszeit.

Sie blieb kurz am Tresen stehen und sprach mit der Angestellten mit den langen, glitzernden Fingernägeln. Die zweite Kamera fing ein, wie sie anschließend zielstrebig durch das gutgefüllte Lokal in den hinteren Teil des Gastraumes ging und auf einem der Sofas Platz nahm. Kamera Nummer eins zeigte jetzt, dass Liliana mit der Angestellten sprach und in Richtung Sofa gestikulierte. Inês war nicht zu sehen. Er checkte die Aufnahmen der anderen Kameras für diesen Tag. In der Küche arbeiteten zwei Leute. Inês saß im Büro am Laptop, ihr Rücken verdeckte den Blick auf den Bildschirm. Almeida wechselte wieder zu den Aufnahmen aus dem Gastraum.

Seine Halbschwester kam seitlich ins Bild von Kamera zwei. Er sah sie ein Tablett auf dem niedrigen Tisch vor der Engländerin abstellen. Darauf ein Glas Weißwein, eine Flasche Wasser und ein großer Salatteller. April beträufelte ihren Salat mit Dressing aus einem Kännchen, probierte und sah mit einem strahlenden Lächeln zu Liliana auf, die noch immer am Tisch stand. Die beiden redeten kurz miteinander. Liliana verschwand aus dem Bild. Kam mit einem Brotkorb und einem Wasserglas zurück. Wieder das strahlende Lachen der jungen Engländerin, wieder ein paar gewechselte Worte. Wenige Minuten später das Gleiche, allerdings erschien Liliana diesmal mit leeren Händen. Almeida brauchte keinen Ton. «Schmeckt es? Kann ich noch etwas bringen?» Und das nicht nur ein Mal. Jedes Mal lächelte April Thompsen, jedes Mal blieb Liliana etwas länger bei dem Sofa stehen, sprachen die beiden Frauen miteinander. Jetzt hätte Almeida doch gerne Ton gehabt.

Gut eine Stunde verging, bis Thompsen ihren Lunch beendet hatte – und Liliana insgesamt sieben Mal zu ihrem Tisch gekommen war. Almeida spulte noch mal zurück und zählte nach. Beim siebten Mal schrieb Thompsen etwas auf einen Zettel, den Liliana ruck, zuck in ihrer Hosentasche verschwinden ließ. Die Telefonnummer von Thompsen, da hielt er jede Wette.

Aber nicht dieser Moment war für Almeida der Höhepunkt der Videoshow – obwohl er natürlich befriedigt konstatierte, dass sich seine Vermutung bestätigte. Liliana und April hatten sich in der Bar kennengelernt. Nein, der Höhepunkt kam kurz danach, als die Engländerin gegangen, die Mittagszeit vorbei und die Angestellte in ihrer Pause verschwunden war. Wieder spielte der Chefinspektor das Video zurück. Diesmal fror er ein Bild ein. Auf dem Monitor lächelte April Thompsen.

Almeida rief nach Inês.

«Sie wissen nicht, wer das ist?»

«Nein. Ich kann mir nicht jeden Gast merken.»

«Natürlich nicht.»

Almeida spulte im Schnelllauf vor. Ein ums andere Mal stand Liliana vor der Engländerin. Er wechselte zum zweiten Film. Kamera eins hatte gefilmt, wie seine Halbschwester am Ausgang des Lokals stand und April Thompsen nachsah, die links an den Glasscheiben entlang in Richtung Praça da República verschwand. Bestens war auch zu erkennen, wie Liliana sich mit einem versonnenen Lächeln umdrehte und direkt in das zornige Gesicht ihrer Partnerin sah. Wieder war kein Ton nötig, um die Szene zu verstehen. Liliana zuckte zusammen, als Inês zu zetern begann, das Gesicht von Wut verzerrt.

«Und?»

«Das ist April Thompsen. Das *war* April Thompsen.»

Scheinbar ungerührt stand Inês vor ihm. Entweder war sie wirklich so kalt, oder sie hatte sich sehr gut im Griff.

«Das war der Anfang, nicht wahr?»

Achselzucken.

«Liliana will Sie keineswegs heiraten, sie ist auf dem Weg zu neuen Ufern, offen für Neues. Für eine Frau in ihrem Alter. Ist es nicht so?»

Kein Wort von Inês.

«Und Sie wollten mich benutzen, um sie zu finden. Aber Sie haben nicht einen Moment geglaubt, dass ihr etwas passiert ist, oder? Was hatten Sie vor?»

«Spielt das jetzt noch eine Rolle?»

25

Ja, ich neige zu Übertreibungen. Ist mir bewusst. Aber für mich war «Danke, Anabela» aus dem Mund von Paulo Pinto wirklich wie ein kleines Wunder. Wahrscheinlich starrte ich ihn im ersten Moment an wie ein seltenes Tier.

«Gern geschehen. Und jetzt? Was passiert als Nächstes?», fragte ich. Immer schön sachlich bleiben. Nur weil er kurz nett zu mir war, bedeutete das noch lange nicht den Beginn einer wunderbaren Freundschaft.

«Wir fahren zurück nach Faro. Verdammt, ich war mir so sicher, dass die Sache was mit Rechtsradikalen zu tun hat. Dann hätten wir wenigstens ein Motiv finden können.»

«Und jetzt nicht mehr? Wieso? Vogel hat sich Hehemann gegenüber bedeckt gehalten, hat nicht über Politik gesprochen. Der wird seine Einstellung nicht gleich jedem auf die Nase gebunden haben. Außerdem kann Hehemann gelogen haben.»

«Dafür, dass er gelogen hat, gab es nicht das geringste Anzeichen. Wie auch immer. Wir werden in alle Richtungen weiter ermitteln. Ist immer schlecht, sich zu früh auf etwas festzulegen.»

Endlich kam unsere Bestellung. Für sich selbst hatte

Pinto einen Espresso und ein Stück Nusskuchen bestellt. Er hatte es halb gegessen, als Samanta Soares anrief.

Pinto hörte kurz zu, ehe er sagte: «Ja, ich sag's ihr. Nein, kein Problem, das können wir leicht schaffen. Bis dann.» Er sah mich an. «Samanta hat ein Videotelefonat mit der Exfrau von Vogel verabredet. Sie sollen dolmetschen.» Sein Blick fiel auf meinen riesigen Toast, von dem Butter auf den Teller triefte. «Keine Sorge, Sie können noch in Ruhe aufessen.»

«Den schaffe ich sowieso nicht ganz.»

Samanta Soares saß an ihrem Schreibtisch, als wir ankamen.

«Haben Sie was von Almeida gehört?», fragte Pinto.

«Noch nicht.» Sie stand auf und gab mir die Hand. «Olá, Anabela, wir haben nur noch ein paar Minuten. Kommen Sie mit. Wir führen das Gespräch oben.»

Ich folgte ihr eine Treppe hinauf ins nächste Stockwerk, wo in einem Raum verschiedene technische Geräte standen, darunter ein Computer mit großem Bildschirm, zwei externe Lautsprecher und zwei Tischmikrophone. Der Rechner war bereits an, der Bildschirm zeigte das blaue Skype-Symbol. Zwei Stühle standen bereit. Wir setzten uns.

«Wir sprechen gleich mit Martina Wittenbacher, geschiedene Vogel», erklärte Samanta. «Sie spricht zwar Englisch, aber nicht sehr gut. Kennen Sie sich mit Skype aus?» Ich nickte. «Als Erstes bitten Sie sie, ihren Ausweis vor die Kamera zu halten, in Ordnung? Sie ist darauf vorbereitet. Und sagen Sie ihr, dass ich das Gespräch aufzeichne.» Sie legte ein Aufnahmegerät neben ihr Mikro.

«Ja, gut.»

Ich hatte noch nie ein Gespräch gedolmetscht, bei dem das Gegenüber vor einer Kamera saß, und war etwas angespannt. Soares dagegen wirkte locker. «Okay, versuchen wir's.» Sie tippte eine deutsche Telefonnummer ein. Die Vorwahl begann mit einer Acht, also lebte die Frau irgendwo in Bayern. Kurz darauf hörten wir eine weibliche Stimme, sahen aber noch nichts.

«Hallo, hallo?»

«Guten Tag. Hier spricht Anabela Silva, ich bin die Dolmetscherin. Sie müssten bitte das Kamerasymbol anklicken.»

«Ach so, ja, natürlich. Moment.»

Kurz darauf erschien das Gesicht einer Frau mit kurzem blondiertem Haar und müden blaugrauen Augen.

«Frau Wittenbacher?»

Sie nickte.

«Guten Tag. Bitte seien Sie so nett und halten Ihren Ausweis vor die Kamera. Nicht ganz so nah. Ja, so ist es gut. Danke.»

Martina Eva Wittenbacher, las ich, geboren am 17.03.1979 in Kaufbeuren. Ich rückte zur Seite und überließ den Platz direkt vor der Bildschirmkamera Soares. Sie nickte mir zu.

«Frau Soares wird Ihnen jetzt einige Fragen stellen, die ich ebenso wie Ihre Antworten übersetze. Das Gespräch wird aufgezeichnet. In Ordnung?»

«Ja, ist okay. Aber ich muss gleich zur Arbeit, wär gut, wenn es nicht so lange dauert.» Sie sprach Hochdeutsch mit bayrischem Akzent.

«Wie lange waren Sie mit Florian Vogel verheiratet?»

«Zu lange.»

«Geht das genauer?»

«Von 1998 bis 2006.»

«Als Sie geschieden wurden, war Ihr damaliger Mann wegen schwerer Körperverletzung in Haft.»

«Das stimmt.»

«War die Verurteilung der Grund?», wollte Soares wissen.

«Nein. Ich wollte mich schon früher trennen. Hab ein paar Anläufe gebraucht. Und dann hat das ja auch gedauert mit der Scheidung.»

«Wann haben Sie Ihren geschiedenen Mann zuletzt gesehen oder gesprochen?»

«Am Tag der Scheidung.»

«Sie hatten seitdem keinerlei Kontakt mehr zu ihm?»

«Nein.»

«Ihr Mann hatte damals bereits andere Vorstrafen, er war ein bekannter Rechtsradikaler. Waren Sie ebenfalls in der Szene aktiv? Oder sind es noch?»

Ich konnte an ihrem Gesichtsausdruck ablesen, dass ihr dieses Thema nicht behagte. Soares und ich warfen uns einen kurzen Blick zu. Martina Wittenbacher zögerte. Und ich bezweifelte, dass sie uns ehrlich antworten würde. Insbesondere auf den zweiten Teil der Frage.

«Anfangs ja», sagte sie schließlich.

«Was heißt das?»

«Hören Sie, ich war siebzehn und leicht zu beeindrucken, als ich in die Clique kam. Über eine Schulfreundin, die da mitgemacht hat. Und bei uns zu Hause … na, ist ja egal jetzt. Jedenfalls war das so eine Art Protest, ich fand das alles cool. Die Musik, die Sprüche, das Radikale. Wir haben viel Party gemacht. Und zusammengehalten. Das war wie eine andere Familie, eine bessere als meine. Dann bin ich mit Florian zusammengekommen. Der hat verdammt gut ausgesehen.» Ein kleines Lächeln schlich sich bei der Erinnerung in ihr müdes Gesicht. «Ich konnte erst gar nicht glauben, dass er mich wollte.»

«Welche Rolle spielte Florian Vogel in der Gruppe?»

«Der war damals nur ein kleines Licht, ein Mitläufer. Genau wie ich.»

Wollen sie hinterher nicht alle Mitläufer gewesen sein? Egal. Was hieß Mitläufer auf Portugiesisch? Ich musste den Begriff umschreiben. Soares schien zu verstehen, was gemeint war.

«Aber dann ... mit der Zeit ... als er mit der Ausbildung fertig war und erst mal keinen Job bekam, da wurde er extremer.»

«Was hat er gelernt?»

«Elektriker. Einer von den Veteranen hat ihm dann eine Stelle besorgt. Aber nach einem Jahr oder so kam er zum ersten Mal ins Gefängnis. Zehn Monate wegen Volksverhetzung. Nach der Haft wurde es noch schlimmer. Er hat dauernd über Ausländer und Juden gehetzt, war ständig auf Versammlungen und Demos und hat tierisch viel gesoffen. Hat dann nicht lange gedauert, bis er wieder saß. Zu der Zeit habe ich mich das erste Mal von ihm getrennt. Wieso fragen Sie mich eigentlich nach diesem alten Kram? Ich hatte überhaupt nichts mehr mit ihm zu tun.»

«Sagen Sie ihr, dass sie nur die Fragen beantworten soll», bat mich Soares.

Die Frau auf dem Bildschirm zuckte mit den Schultern. «Ich hab wirklich nicht mehr viel Zeit.»

«Wie ging es weiter?»

«Wissen Sie das denn nicht? Ist doch durch die Presse gegangen.»

«Was ist durch die Presse gegangen?»

«Der hat sich anwerben lassen. Als V-Mann. Vom Verfassungsschutz. Nach der letzten Haftstrafe. Also, als wir schon geschieden waren. Da hatte ich längst meinen jetzigen Mann kennengelernt und mit der rechten Szene nichts mehr am Hut. Wissen Sie, ich wollte doch eine Zukunft und nicht einen Mann, der ständig im Knast sitzt wegen so 'nem Scheiß!»

«Wenn das durch die Presse gegangen wäre, hätte ich das gelesen, das kann nicht stimmen», sagte ich. Im selben Moment blitzte eine Erinnerung auf.

«Anabela? Übersetzen Sie bitte?»

«Entschuldigung, Samanta.»

Ich fasste zusammen, was Martina Wittenbacher gerade behauptet hatte, und wiederholte auch meinen Einwand. Kaum hatte ich ausgeredet, sagte die Frau auf dem Bildschirm: «Dann googeln Sie mal Floki Vogel. Mein Ex ist Norwegen-Fan und nennt sich schon ewig so. Nach Norwegen ist er dann auch abgehauen, hab ich gehört.»

«Floki mit einfachem o?»

«Ja, aber da ist ein Akzent drauf.»

Als ich diesen Namen – Flóki – hörte, wusste ich plötzlich, wo ich das Gesicht von Vogel schon gesehen hatte. In einer Fernsehdokumentation über Spitzel im Staatsdienst. Es war einer der seltenen Abende gewesen, an denen mein Ex und ich gemeinsam eine politische Sendung verfolgt hatten.

Soares stieß mich an und bedachte mich mit einem leicht vorwurfsvollen Blick. Ich hatte etwas verpasst, das Martina Wittenberger gesagt hatte.

«Könnten Sie Ihren letzten Satz bitte wiederholen?»

«Ich hab gesagt, in Norwegen war er ja wohl nicht mehr, wenn die ihn in Portugal erwischt haben.»

«Wie bitte?»

«Na, was glauben Sie denn? War doch klar, dass ihn das irgendwann einholt. Sie haben keine Ahnung von der rechten Szene, was? Das ist wie 'ne Sekte. Wer aussteigt, gilt als Vaterlandsverräter. Und dann noch ein Spitzel? Darauf steht Tod.»

26

Nachdem ich die Protokolle der beiden heutigen Gespräche getippt hatte, ging ich zu Joãos Büro. Er kam mir auf dem Flur entgegen, in seinem Gesicht stand Anspannung.

«Anabela, für dich ist heute Schluss. Wir reden nachher.» Wenn ich mich nicht täuschte, hatte er sich über irgendetwas geärgert. Aber so kurzangebunden, wie er gerade war, hatte es keinen Zweck nachzufragen.

«Ist gut», sagte ich also, «bis heute Abend.»

Bei einem Glas Wein würde er mir schon erzählen, was los war. Hoffte ich. Bei João weiß man nie. Dass ich ihn an diesem Tag nicht mehr sehen würde, konnte ich ja nicht ahnen.

Mãe rief an, als ich gerade in Estói ankam und auf die Igreja Matriz zufuhr. Es war halb fünf.

«Anabela, ich weiß, du musst arbeiten. Aber kannst du heute Abend nach Hause kommen? Pai geht es gar nicht gut, und er fragt ständig nach dir.»

Da gab es nichts zu überlegen. Ich setzte den Blinker und bog links ab, um Richtung Autobahn zu fahren.

Der zweite Anruf meiner Mutter kam, als ich schon von der Autobahn auf die IC27 abgefahren war. «Und kannst du noch kurz zu Bela fahren? Uns fehlt Milch.»

Also gut, dann erst nach Alcoutim. Bela ist die Chefin des Supermarktes im Ort. Voller Ungeduld stand ich eine halbe Stunde später in dem gesteckt vollen Laden in der Schlange. Zum Glück war niemand da, den ich näher kannte. In unserem kleinen Ort war das ein großes Glück, hier läuft man ständig Bekannten vor die Füße. Genervt hörte ich mir an, wie zwei ältere Damen Bela in allen Einzelheiten ihre Wehwehchen schilderten, und wartete dann ewig, bis eine von ihnen ihren Einkauf mit lauter Münzen bezahlt hatte. Plötzlich merkte ich, wie erschöpft ich war.

Bevor ich mich um Pai kümmern konnte, brauchte ich noch ein bisschen Zeit für mich. Nur eine halbe Stunde. Ohne Autoverkehr, ohne andere Menschen um mich herum. Ohne mich auf irgendetwas oder irgendwen konzentrieren zu müssen.

Ich fuhr zum Friedhof. Auf dem Platz davor stehen zwischen hohen Zypressen ein paar Bänke mit Blick auf den Guadiana.

Flüsse haben für mich etwas Beruhigendes. Hatten sie schon immer. Ich kann stundenlang auf einen breiten Strom schauen, ihm beim Fließen zusehen, mich in der Bewegung des Wassers verlieren. So ein Fluss ist nie gleich und trotzdem beständig. Geradezu hypnotisierend. Eine Weile tat ich tatsächlich nichts anderes, als dem Guadiana zuzuschauen.

Dann versuchte ich, João zu erreichen, bekam aber nur die Mailbox. Ich hinterließ ihm eine knappe Nachricht und bat um Rückruf. Wieso er wohl so angespannt war? Hing es mit heute früh zusammen? Er hatte mir nur gesagt, dass er nicht mit nach Silves kommen könne. Aber nicht, warum. Seitdem hatte ich nur die paar Worte im Flur mit ihm gewechselt, hatte also keine Ahnung, wie sein Tag gewesen war.

Hör auf zu grübeln, Anabela, du wirst es schon erfahren. Bestimmt meldet er sich. Versuch doch mal abzuschalten.

Auf dem Fluss standen die ankernden Boote quer zum Ufer. Die Flut hatte ihren Höchststand erreicht. In ein paar Minuten würde das Wasser, das von der Atlantikmündung bei Vila Real bis nach Mértola in den Fluss drückte, wieder zum Meer ablaufen und die Boote würden sich in der veränderten Strömung neu ausrichten. Aber jetzt war es, als hielte der Guadiana einen Moment inne und wäre ganz still.

Welches der Boote gehörte wohl dem Deutschen namens Alex, mit dem Florian Vogel hatte segeln gehen wollen? Florian Vogel, der Neonazi. Florian Vogel, der V-Mann. Der Mann, der diejenigen ausspioniert hatte, mit denen er marschiert war. Angeblich war er irgendwann ganz aus der rechten Szene ausgestiegen und hatte seine Taten bereut. Warum? Konnte ein Mensch sein Denken tatsächlich komplett ändern, einfach so eine Weltanschauung gegen eine andere austauschen? Und gegen welche? Einfach so sicher nicht, dachte ich. Falls stimmte, was Martina Wittenbacher gesagt hatte, dann musste der Mann sich über das Risiko klar gewesen sein, das er als V-Mann einging. Zahlte der Verfassungsschutz so gut? War es das? Schwer vorstellbar. Außerdem wäre er dann wahrscheinlich immer noch bei dem Verein. Und läge nicht tot in einer Schublade in der Gerichtsmedizin. Aber was wusste ich schon.

So viel zum Thema Abschalten.

Hinter mir lief jemand über den Platz. Vielleicht der Friedhofsangestellte. Normalerweise war hier um die späte Nachmittagsstunde nicht viel los, wenn nicht gerade eine Bestattung stattfand. Deshalb saß ich ja auf dieser Bank und nicht irgendwo im Ort. Die Schritte stoppten. Direkt in meinem Rücken.

«Hab ich doch richtig gesehen!»

Eine hocherfreut klingende junge Männerstimme. Mist. Ich wollte mit niemandem reden. Widerwillig drehte ich mich um und musste gegen das Licht der tiefstehenden Sonne blinzeln. Wer war das? Ehe ich mich versah, saß der Typ auch schon neben mir. Hallo? Geht's noch? Dachte ich. Sagte aber nichts. Dies war ein öffentlicher Platz.

«Como está?»

Ging ihn gar nichts an, wie es mir ging.

«Kennen wir uns?», fragte ich, so unfreundlich wie ich konnte.

«Noch nicht sehr gut, aber wir haben uns schon ein paarmal gesehen. Ich bin Marco.»

Ich schloss kurz die Augen. Natürlich. Der Superbock-Fan. Heute mal ohne seine Clique. Und ohne Pickel. Was wollte der Junge bloß von mir? Ihn *Junge* zu nennen, war vielleicht nicht nett. Er war kein Jugendlicher mehr, wirkte auf mich aber auch nicht wie ein erwachsener Mann. Zwar war er groß und kräftig, hatte aber fast kindliche Züge.

«Hallo», sagte ich und dachte: Vai pentear macacos. Geh und kämm Affen. Was so viel heißt wie: Verschwinde. «Ich will gerade los.»

«Ach, ein paar Minuten haben Sie bestimmt noch, Anabela.»

Er kannte meinen Namen? Woher? Die Frage stand mir offenbar ins Gesicht geschrieben.

«Ich hab Luís gefragt, wie Sie heißen. Ihren Cousin. Der ist ein Nachbar von uns.»

Mein gottverdammter Cousin. Ich muss wohl nicht eigens erwähnen, dass er gerade mal wieder fette Minuspunkte sammelte. Was fiel ihm ein, mit irgendwelchen hergelaufenen Nachbarn über mich zu reden?

«Stimmt es, dass Sie für die Kripo arbeiten und mit einem von der Kripo zusammen sind? Voll spannend.»

Richtig, er war ja auch bei der Versammlung des Jagdvereins gewesen, bei der Pedro seine blöde Bemerkung von sich gegeben hatte. Und noch etwas fiel mir ein: Er hatte mich in dem Moment angesprochen, als ich das schmierige Kerlchen von der Solaranlage zu sehen geglaubt hatte. Ich zog es vor, ihm nicht zu antworten.

«Und gerade jetzt, wo sogar in der Zeitung steht, dass hier ein Serienmörder unterwegs ist. Hammer, oder?»

«In der Zeitung? Seit wann?» Die Frage war raus, ehe ich sie zurückhalten konnte. Seit Tagen hatte ich keine Zeitung mehr gelesen.

«Seit heute, der *Correio da Manhã* hat's gebracht. Aber Sie wissen doch bestimmt viel mehr, als da drinsteht.»

Womöglich hatte mich Mãe gar nicht wegen meines Vaters angerufen, dachte ich, sondern weil sie mich aushorchen wollte. Genau wie dieser junge Mann hier. Wehe! Mein nächster Gedanke: War João wegen des Artikels so angespannt? Hatte er Ärger mit dem Staatsanwalt?

Laut sagte ich: «Ich wüsste nicht, was dich mein Privatleben angeht.»

Falls er sich darüber ärgerte, dass ich ihn duzte, ließ er sich nichts anmerken.

«Glaubt die Kripo immer noch, es war einer von den Jägern?»

«Du jagst selber auch, oder?»

«Ich? Ich hab keinen Schein. Aber ich kenn die meisten, mein Vater war Jäger. Der ist aber seit ein paar Monaten tot.» Er sah kurz hinüber zum Friedhof.

«Das tut mir leid», sagte ich.

Marco zuckte nur mit den Achseln, aber ich meinte, seine Trauer spüren zu können. Ein bisschen schämte ich mich meiner anfänglichen Ruppigkeit. Wir schwiegen ein paar Minuten gemeinsam, sahen zu, wie die Boote sich an ihren Ankerketten zu drehen begannen. Die kleineren, leichteren Yachten zuerst.

Meine Gedanken wanderten zurück zu seiner Frage. Selbst wenn ich gewollt hätte, hätte ich ihm nicht sagen können, ob João und die anderen überhaupt noch in Richtung Jäger dachten. Jetzt, wo sie von Vogels Vergangenheit wussten. Doch, Moment, João hatte erwähnt, dass Soares noch irgendwas im Zusammenhang mit Jagdlizenzen überprüfte. Wieder stand mir der schmale Kerl von der Solaranlage vor Augen, der mir so suspekt erschienen war.

«Kann ich dich mal was fragen?»

«Ja, klar. Immer zu Diensten.» Marco setzte sich tatsächlich aufrechter hin.

Herrje, was tat ich hier?

«Also, worum geht's?»

«Auf der Versammlung, als wir schon draußen standen und du mit mir gesprochen hast, da war ein Mann. Er stand in meiner Nähe. Du müsstest ihn eigentlich gesehen haben. Etwa meine Größe, aber jünger. Vielleicht um die dreißig. Dünn, sehr schmale Schultern. Leicht fliehendes Kinn. Schien auch ein Jäger zu sein. Ich glaube, der arbeitet auf der Solaranlage bei Vaqueiros. Von dem Projekt hast du doch bestimmt schon gehört.»

«Klar kenn ich die Anlage. Ich hab sogar schon drüber nachgedacht, mich da zu bewerben. Kann doch nicht so schwer sein, diese Solardinger zusammenzuschrauben. Ich hab gehört, die zahlen gut. Besser als die Gemeinde. Da arbeite ich im Moment, Schilder aufstellen und so.»

«Kennst du den Mann vielleicht, den ich beschrieben habe?»

«Fliehendes Kinn, sagen Sie, und klein? Mhm. Hört sich nach Chico an, Chico Teixeira. Der arbeitet für die Firma. Und bei der Versammlung hab ich ihn gesehen. Meinen Sie, der war's, der hat die Leute umgebracht?»

Wie blöd kann man sein? Und damit meine ich mich.

«Unsinn. Ich frage aus einem anderen Grund. Das hat mit den Ermittlungen nichts zu tun, ist rein privat. Ich muss dann auch wirklich los.»

«Nun warten Sie doch. Bestimmt kann ich helfen.»

«Ich wüsste nicht, wobei.»

«Na, bei den Ermittlungen. Im Fernsehen sehe ich jede Real-Crime-Serie, die sie zeigen. Und ich kenn alles hier in der Gegend.»

«Danke, aber ich glaube ganz sicher, dass die Kriminalpolizei auch ohne deine Kenntnisse zurechtkommt.»

«Pfft. Was wissen denn diese Städter schon?»

«Mehr, als du denkst.» Ich stand auf. «Boa tarde.»

Auch Marco erhob sich und ging mit mir in Richtung meines Wagens. Mein Auto war das einzige auf dem Platz. Ich schloss die Tür auf.

«Wir könnten doch mal zusammen was trinken gehen.»

«Wer weiß.»

Wer weiß? Also wirklich, Anabela Silva. Dein Text wäre ja wohl gewesen: Vergiss es! Aber leben Sie mal in einem Land, in dem direktes Neinsagen als unhöflich gilt. Irgendwann färbt das unweigerlich ab. Ganz besonders, wenn man wie ich von portugiesischen Eltern erzogen wurde. Dann geht am Thema Höflichkeit kein Weg vorbei. Seit ich wieder in Portugal war, sagte ich am Ende eines Telefonates sogar com licença, mit Verlaub, ehe ich auflegte.

Apropos Eltern. Ich hatte Mãe gedanklich unrecht getan. Sie sah so erschöpft aus, wie ich sie lange nicht gesehen hatte, als ich zu Hause ankam. Das Gesicht ganz grau, mit tiefen Schatten unter den Augen.

«Gut, dass du da bist, Filha. Heute ist es wirklich schlimm mit ihm. Er hat gar keine Ruhe. Dreimal mussten wir ihn schon suchen. Ich hatte keine freie Minute.»

Auch Tante Paula wirkte geschafft. Pai selbst saß auf der blauen Bank, von der man einen freien Blick auf die lange Straße zwischen den Dörfern hat, schaute aber auf seine Hände, die er ohne Unterlass ineinander verschlang und wieder voneinander löste. Zwischendurch sah er die Hände an, als fragte er sich, wie diese Gebilde an seinen Körper gekommen waren. «Pendel», hörte ich ihn murmeln, als ich zu ihm ging, «pendel, pendel, pendel.» Was auch immer das bedeutete. Ich setzte mich neben ihn.

«Olá, Pai. Ich bin wieder da.»

Er blickte von seinen Händen auf zu mir. Nach einem kleinen Moment, in dem er die Augen zusammenkniff, breitete sich ein strahlendes Lächeln auf seinem faltigen Gesicht aus. «Bela. Gut, gut.»

«Wollen wir Karten spielen?»

Sofort stand er auf und ging, gestützt von mir, mit kleinen Trippelschritten auf mein Haus zu.

Nach einer guten halben Stunde, in der wir nach unseren speziellen und ständig wechselnden Regeln Karten spielten, lag er in meinem Wohnzimmer auf dem breiten roten Sofa und schlief. Ich deckte ihn mit einer Wolldecke zu, wartete noch zwanzig Minuten und ging dann schnell hinüber zum Haus meiner Eltern. Hoffentlich würde er ruhig weiterschlafen, bis ich zurückkam.

Mãe hatte Tee gekocht und saß gemeinsam mit Tia Paula in der Küche.

«Auf die Dauer geht das so nicht weiter, Rita», sagte meine Tante gerade, als ich die Küche betrat. «Ich verstehe ja, dass Anabela arbeiten muss, aber du schaffst das nicht mehr allein mit ihm. Und ich bin nächste Woche wieder weg.»

Sie hatte recht.

Mãe schenkte mir ungefragt Tee ein und schob einen Teller Kekse vor mich.

«Ich werde jemanden finden, der hier ist, wenn ich wegmuss», sagte ich.

«Wen denn?», fragte Mãe. «Und wie stellst du dir das vor? Wovon sollen wir das bezahlen?»

«Ich werde schon jemanden finden», wiederholte ich. «Und auch bezahlen. Es geht ja nur um die Tage, an denen ich nicht hier sein kann. Und an denen verdiene ich gut.» Ich nahm mir einen Keks. «Gab es heute eigentlich etwas Besonderes, das Pai so durcheinandergebracht hat?»

Beide schüttelten die Köpfe. «Einfach ein schlechter Tag», sagte Mãe.

Wie schlecht, konnte ich auch daran ablesen, dass der *Correio da Manhã* unberührt auf der Anrichte lag. Normalerweise liest sie die Zeitung nach dem Mittagessen, das ist fast ein heiliges Ritual. Ich trank meinen Tee aus. «Pai bleibt am besten heute Nacht bei mir, dann kommst du zur Ruhe.» Wenn mein Vater aufgewühlt ist, dann meistens auch noch nachts.

«Das ist lieb von dir, Filha.»

Sie ging aus der Küche und kam kurz darauf mit Pais Pyjama und frischer Wäsche für ihn zurück. Ich stand auf, gab erst ihr und dann meiner Tante einen Kuss auf die Wange und nahm mir noch einen Keks auf die Hand. «Até amanhã e boa noite.»

Inzwischen war es fast halb acht. Um Pai nicht zu stören, nahm ich meine Tasche mit ins Schlafzimmer und stellte den Laptop auf den Nachttisch. Vielleicht gab es die Dokumentation über Spitzel im Staatsdienst noch im Netz. Später würde ich meinen Vater wecken und für die Nacht fertig machen. Aber erst einmal wollte ich raus aus den Klamotten, die ich seit zwei Tagen trug. Ich zog einen Jogginganzug an und legte mich auf mein Bett. Nur kurz ausruhen.

Mein Telefon riss mich aus tiefsten Träumen, und im Wohnzimmer fiel irgendwas um.

27

João Almeida hatte Hunger, er wollte ein Bier, und er wollte raus aus dem Präsidium. Die offizielle Teambesprechung war eben vorbei, nur Pinto, Soares und er saßen noch grübelnd zusammen vor dem Whiteboard.

«Wir machen bei Zeca weiter und essen einen Happen.» Almeida war sicher, dass keiner von ihnen die Notiztafel vor Augen brauchte.

«Samanta, ist das für Sie in Ordnung?»

Pinto zog kurz die Augenbrauen hoch, gab aber keinen Kommentar dazu ab, dass Almeida die Kollegin mit in ihre Stammkneipe nehmen wollte.

«Essen klingt gut», sagte Soares.

Zwanzig Minuten später saßen sie in der Bar um einen Tisch, weit weg vom plärrenden Fernseher. Paulo und er hatten Bierflaschen vor sich stehen, Samanta ein Glas Weißwein. Aus der offenen Küchentür kam der Duft von gebratenem Fleisch und Knoblauch. Sie alle hatten Bifanas bestellt, dünne Schweineschnitzel im Brötchen.

«Da wir nun zusammen in dieser heiligen Halle sitzen, Samanta», sagte Almeida und lächelte, «können wir auch aufhören, uns zu siezen.» Er streckte die Hand aus. «Ich bin João.»

Soares griente und schlug ein. «Samanta.»

«Wenn's auch weniger feierlich sein darf?» Pinto hob sein Bier. «Paulo.»

Zeca brachte die Bifanas.

Nach dem Essen wischte Almeida sich die fettigen Mundwinkel ab, trank noch einen Schluck Bier und sagte: «Keine Ahnung, wie es euch geht, aber ich für meinen Teil weiß überhaupt nicht mehr, was ich von dieser ganzen Geschichte halten soll. Wenn dieser Vogel sich hier in Portugal vor seinen alten Nazi-Kumpeln versteckt hat und sie ihn gefunden haben, dann war das eine gezielte Tat. Aber das passt nicht zu der Sache mit dem Weidedraht, zu dieser Improvisation beim Versenken der Leiche. Von April Thompsen ganz zu schweigen.»

«Zu den Nazis würde eine illegale Waffe passen», sagte Pinto, «die tauchen in der Szene immer wieder auf.»

«Der Gedanke hat einen Schönheitsfehler, Paulo. Selbst wenn es tatsächlich ein illegales Gewehr war, ist nicht Vogel damit erschossen worden, sondern April Thompsen. Und zwar noch vor Vogel, wenn ich dich daran erinnern darf.»

«Nicht nötig, João. Aber ich finde, wir müssen trotzdem auch in diese Richtung denken.»

«Zum Thema illegale Waffen fällt mir noch was ein», sagte Soares. «Dieser ultrarechte Manuel Marques ist auch schon deswegen verurteilt worden. Das ist aber schon länger her.»

«Ist der nicht auch in der Rockerszene aktiv?», fragte Pinto.

«Stimmt. Er hat eine Brudergruppe der Bandidos gegründet, Red & Gold. Wieso fragst du, Paulo?»

«Könnt ihr euch an die Geschichte in Loures erinnern? Als Hells Angels auf Bandidos losgegangen sind? Die Rocker, die bei dem Überfall verletzt wurden, waren Deutsche. Und einer der mutmaßlichen Täter ebenfalls, soweit ich mich erinnere. Vielleicht finden wir da eine Verbindung.»

«Ich werde mit der Behörde für Innere Sicherheit Kontakt aufnehmen. Die extreme Rechte steht unter Beobachtung.»

«Gut, Samanta, mach das», sagte Almeida. «Je mehr wir wissen, desto besser. Allerdings bleibt das Problem bestehen: Nichts passt zusammen. Und ab morgen wird uns die Presse im Nacken sitzen.»

«Ich frage mich wirklich, was diese Pressekonferenz bringen soll. Für die Ermittlungen jedenfalls nichts, denke ich. Oder seht ihr das anders?»

Der Mönch hatte den Termin für den nächsten Vormittag angesetzt.

«Fernandes muss versuchen, die Öffentlichkeit zu beruhigen», antwortete Almeida.

Pinto setzte eine skeptische Miene auf. «Bin gespannt, wie er das schaffen will.»

«Er wird erklären, dass es keinerlei Hinweise auf einen Serienmörder gibt, der es auf Wandertouristen abgesehen hat, und ansonsten möglichst wenig sagen.»

«Und du?»

«Das Übliche: Aus ermittlungstaktischen Gründen können wir keine Einzelheiten nennen. Und ich denke, ich werde das neue Foto von Vogel präsentieren, das dir dieser deutsche Zeuge gemailt hat. Vielleicht bekommen wir mit dem aktuellen Bild Hinweise darauf, mit wem der Mann hier bei uns in Verbindung stand. Außerdem zeigen wir ein Bild von seinem Rucksack.»

«Wirst du das Thema Rechtsextremismus ansprechen?»

«Das wird morgen früh entschieden. Wo wir gerade über morgen sprechen: Nach der PK fahre ich nach Alcoutim. Ich will den Segler befragen und noch mal mit dem Chef von Vogel reden. Der weiß womöglich auch, mit welchem der anderen Techniker Vogel mehr zu tun hatte.»

«Dann bleibt für uns morgen wohl der Schreibtischkram.» Pinto lächelte schief.

Samanta Soares saß seit ein paar Minuten zurückgelehnt auf ihrem Stuhl und drehte einen Zipfel ihrer Bluse zu einem kleinen Knäuel.

«Und wenn es doch zwei Täter sind?», fragte sie plötzlich.

«Zwei Täter, aber trotzdem dieselben Faserspuren, dieselben Handschuhe?» Pinto schnaubte. «Wohl kaum. Das hatten wir doch schon.»

«Vielleicht müssen wir ganz neu denken.»

Almeida sah Unsicherheit in ihrem Blick, als frage sie sich, ob sie den Mund gerade zu voll nehme. «Nur zu, Samanta, hier ist jeder Gedanke erlaubt.»

Sie richtete sich auf, strich sich eine Haarsträhne aus dem Gesicht und blickte ihn direkt an. «Ganz am Anfang sind wir davon ausgegangen, dass April Thompsen von einem Jäger erschossen wurde. Ja, ich weiß, wir haben das Gewehr nicht finden können, aber lassen wir das doch mal für einen Moment beiseite. Nur mal angenommen …» Sie brach ab, trank den letzten Schluck von ihrem Wein. «Nur mal angenommen, der Mörder hat Vogel umgebracht, sich über die Via Algarviana vom Tatort entfernt und die Leiche von Thompsen entdeckt.»

«Und weil die Gelegenheit gerade günstig war, hat er sich ihr bisschen Geld genommen, die Leiche besser versteckt und ist weitergezogen?» Pintos Gesichtsausdruck zeigte deutlich, was er von dieser Theorie hielt: Schwachsinn.

«Hm.» Almeida wollte die junge Kollegin nicht vor den Kopf stoßen. «Eher unwahrscheinlich, würde ich auch sagen. Aber in einem hast du recht, Samanta: Wir dürfen uns durch Vogels Vorgeschichte nicht zu sehr von Thompsen ablenken lassen. Und die Jäger sind für mich auch noch nicht ganz außen vor. Hat eigentlich deine Überprüfung der Jagdlizenzen etwas gebracht?»

«Nichts. Keine entzogenen Jagdscheine in der gesamten Umgebung.»

«Trinkt ihr noch was?», fragte Pinto.

«Für mich bitte Água com gás», antwortete Samanta.

«Mineralwasser?»

«Ich muss noch fahren. Und ich vertrag nicht viel.»

Almeida trank sein Bier aus und reichte Pinto die Flasche. Der ging zur Theke. Zeca hatte mittlerweile zu viel zu tun, um sie am Tisch zu bedienen.

Samanta seufzte. «Ich hab das Gefühl, wir kommen keinen Schritt weiter. Wir haben ja nicht mal einen Verdächtigen. Ist das normal?»

Almeida lachte kurz auf. «Das kommt vor, ja. Besser, du gewöhnst dich an zähe Ermittlungen.»

«Noch mal zu April Thompsen», sagte Samanta, als Pinto eben die Getränke auf den Tisch stellte. «Wir wissen immer noch nicht, mit wem sie telefoniert hat. Ich meine die portugiesische Nummer. Dieser Telefonanbieter lässt sich unverschämt viel Zeit. Morgen hake ich da noch mal nach.»

Almeida tauschte einen schnellen Blick mit Pinto. Der zog die Schultern hoch und signalisierte mit seinem Blick: deine Entscheidung.

Am Nachmittag, während Samanta mit Anabela im Videogespräch gewesen war, hatte Almeida Pinto kurz über die neueste Entwicklung in Sachen Liliana informiert. Aber erst jetzt machte er sich klar, dass er auch Samanta einweihen sollte, wenn er nicht wollte, dass der Name seiner Halbschwester in der Ermittlungsakte auftauchte. Und das wollte er auf keinen Fall.

Die junge Inspektorin gehörte erst seit kurzem zum Team. Sie mochte sympathisch, klug und begabt sein – aber war sie auch loyal? So loyal, dass sie einen Namen unter den Tisch fallen ließ?

28

Das Telefon ignorierend, rannte ich ins Wohnzimmer. Pai stand mit verwirrtem Blick mitten im Raum und starrte auf eine zerbrochene Vase neben dem Beistelltisch, die er offensichtlich umgestoßen hatte, als er vom Sofa hochgeschreckt war. Rote Gerbera lagen verstreut auf meinem weißen Teppich, der sich gerade mit dem Blumenwasser vollsog.

«Ist nicht schlimm, Pai.» Sanft nahm ich seinen Ellbogen. Vermutlich hatte auch ihn der laute Klingelton geweckt. Aber im Gegensatz zu mir hatte er nicht in seinem vertrauten Bett gelegen.

«Komm, wir gehen ins Bad. Du ziehst deinen Schlafanzug an und gleich legst du dich wieder hin und schläfst schön weiter.» Er hatte sich eingenässt. Wie lange mochte ich geschlafen haben? Ich sah schnell auf die Uhr meines Telefons. Mehr als drei Stunden, verdammt. Ich hätte mich ohrfeigen können.

Armer Pai. Ich versorgte ihn und brachte ihn wieder zum Sofa, stellte die Blumen in einer anderen Vase auf den Küchentisch, sammelte die Scherben auf und tupfte den Teppich, so gut es ging, trocken. Pai war hellwach und knetete nervös die Wolldecke, den Blick starr nach oben gerichtet. Vielleicht würde ein Tee aus Kamille, Lindenblüten und Gewürznelken ihn beruhigen, meine bewährte Schlaftee-Mischung. Während die Kräuter die vorgeschriebenen fünfzehn Minuten zogen, rief ich João zurück. Er ging sofort dran.

«Alles in Ordnung, Anabela? Was ist mit deinem Vater?»

«Er hatte einen schlechten Tag. Heute Nacht schläft er bei mir, ich muss gleich wieder zu ihm. Wann soll ich morgen in Faro sein?»

«Bleib zu Hause, ich hole dich gegen Mittag ab. Wir befragen den Segler, wenn wir ihn finden. Vorher will ich noch mit dem Chef von Vogel sprechen.»

«Okay. Wenn du willst, fahre ich vormittags schon mal an den Fluss und höre mich um.»

«Das könnte viel Zeit sparen, gute Idee.»

«Rita?» Pais Stimme aus dem Wohnzimmer.

«Entschuldige, aber ich fürchte, wir müssen morgen reden, mein Vater ruft.»

Hastig verabschiedete ich mich, ging zurück ins Wohnzimmer. Pai saß aufrecht auf dem Sofa. «Rita?»

«Mãe ist nebenan, Pai, ich bin es. Bela. Komm, leg dich wieder hin, ich bringe dir noch einen Tee.»

Eine Stunde später war er endlich wieder eingeschlafen. Ich dagegen lag aufgedreht auf meinem Bett, machte mir Sorgen und lauschte in die Nacht. Irgendwann wanderten meine Gedanken zu dem Segler namens Alex, den ich morgen ausfindig machen wollte. Hatten wir nicht damals im Zusammenhang mit dem erschlagenen Rentner schon mal einen segelnden Alex befragt? Alexander Lange, genau.

Das war in Guerreiros do Rio gewesen. Was natürlich nicht hieß, dass es derselbe Alex war oder dass ich ihn noch dort finden würde. Er konnte sonst wo in der Welt herumsegeln. Andererseits waren viele der Segler schon jahrelang auf dem Fluss. Nicht wenige von ihnen hatten sich inzwischen am Ufer des Guadiana Grundstücke gekauft. Vor gar nicht langer Zeit hatte ich gehört, wie sich im Quiosque zwei Engländer darüber unterhielten, dass viele mit dem Boot kamen und blieben. «It's the river glue», hatten sie gesagt und gelacht.

Er war es tatsächlich. Offenbar trank Alexander Lange sein Bier noch immer gern in der Bar do Rio. Dort hatte ich nach ihm gefragt. Der Wirt – ein Mann, der noch größer war als João und fast so schön lächeln konnte – wusste sofort, wen ich meinte.

«Alex, klar. Sein Boot ist im Moment am Steg in Laranjeiras.» Laranjeiras lag ein paar Kilometer von Guerreiros am Fluss. Auf dem Weg von Alcoutim hierher war ich erst vor wenigen Minuten durch den Ort gefahren. Ich bedankte mich und fuhr zurück.

Sonne, Wind und Salzwasser hatten vielleicht noch ein paar mehr Furchen in das Gesicht des Seglers gegraben. Sein Haar in der Farbe von Pfeffer und Salz war aber noch genauso voll und wuschelig, wie ich es in Erinnerung hatte. Er saß im Cockpit seines kleinen Einmasters mit dem rot lackierten Decksaufbau und polierte irgendein Teil aus Messing.

«Kennen wir uns nicht?», fragte er prompt, als ich auf dem Steg stand und ihn ansprach.

«Ja, wir hatten schon einmal miteinander zu tun. Ich arbeite als Übersetzerin für die Kriminalpolizei.»

Wie das klang!

«Kommen Sie wegen Florian?»

Ich nickte.

«Hässliche Geschichte. Aber ich wüsste beim besten Willen nicht, was ich dazu sagen kann.»

Die Versuchung, ihm jetzt sofort ein paar Fragen zu stellen, war fast übermächtig. Aber ich widerstand.

«Das wird sich zeigen. Chefinspektor Almeida von der Kripo Faro ist unterwegs hierher. Es kann aber noch eine knappe Stunde dauern.» Er hatte sich vor kurzem bei mir gemeldet.

«Wenn ich was reichlich habe, dann Zeit.» Lange lachte auf. «Wollen Sie an Bord kommen?»

«Nein danke, ich warte in der Bar.»

Auch in Laranjeiras gab es eine charmante kleine Bar direkt am Ufer.

«Warten wir zusammen? Ich spendiere Ihnen einen Kaffee.»

«Warum nicht?»

«Ich mach das hier noch schnell fertig.» Er hob das Messingteil hoch, das er in der Hand hielt. «Dann komme ich nach.»

In der Bar schickte ich João eine Nachricht: *Sitze mit Alexander Lange in der Guadibar in Laranjeiras. Até já.*

Lange erschien ein paar Minuten später. Ich ging in den Plaudermodus.

«Ein schönes Boot haben Sie. Sind Sie damit schon weit herumgekommen?»

«Zweimal um die Welt – und dann bin ich im Guadiana klebengeblieben.» Er lachte fröhlich.

Von der früheren Ermittlung war mir dunkel in Erinnerung, dass Lange Mitte fünfzig war und hier im Ort eine Freundin hatte.

«Und, wollen Sie irgendwann noch mal los auf große Tour?»

«Kann schon sein. Früher oder später werde ich wahrscheinlich wieder unruhig. Aber im Moment reichen mir kleine Törns. Mal nach Cádiz oder Gibraltar. Eigentlich wollte ich jetzt mit Florian in Marokko sein.»

«Darüber sprechen wir, wenn der Inspektor hier ist.»

Wie gesagt: fast übermenschlich.

Eine Dreiviertelstunde später wusste ich mehr über das Leben eines Einhandseglers, als ich je hatte wissen wollen – und war zu einem mehrtägigen Segeltörn eingeladen. Das mit der Freundin hatte sich wohl inzwischen erledigt. Als Joãos Wagen auf den Parkplatz neben der Bar rollte, schob ich gerade zum zweiten Mal Langes Hand von meinem Knie und war ziemlich erleichtert über die Ankunft meines Lieblingskommissars.

29

João kam schnell zur Sache.

Wir klärten die Formalien ab, und er aktivierte die Aufnahmefunktion seines Handys. Lange erhob keine Einwände gegen den Mitschnitt.

«Senhor Lange, soweit wir wissen, waren Sie mit Florian Vogel befreundet.»

«Das stimmt.»

«Wo haben Sie sich kennengelernt?»

«Hier, in der Guadibar, im letzten Frühling. Florian war mit ein paar Kollegen zu einem Grillabend hier. Da sind wir ins Gespräch gekommen.»

«Wissen Sie noch, worüber Sie gesprochen haben?»

«Keine Ahnung. Wir hatten alle schon ein paar Bier intus. Kann alles Mögliche gewesen sein. Wahrscheinlich ging es ums Segeln, darüber rede ich meistens.»

Er grinste kurz und blinzelte mir zu. Ich übersetzte, ohne eine Miene zu verziehen.

«Danach ist er noch ein paarmal auf ein Bier vorbeigekommen, und wir haben uns angefreundet. Also jetzt nicht gleich ziemlich beste Freunde oder so, eher locker.»

«Wie oft haben Sie sich gesehen?»

«Vielleicht einmal im Monat.»

«Vogel war auch Segler?»

«Er hatte als Junge einen Segelschein gemacht, mehr nicht.»

«Und dennoch wollte er mit Ihnen auf einen Törn gehen? Wohin?»

«Nach Marokko. Sollte vor ein paar Tagen losgehen.»

«Das ist kein Tagesausflug. Wer hat das Ziel vorgeschlagen?»

«Florian. Er war noch nie in Marokko, hat er gesagt.»

«Wann war das?»

«Wann war was?»

«Wann hat er Ihnen diese Fahrt vorgeschlagen?»

Lange runzelte die Stirn. «Ist noch nicht lange her. Er hat mich angerufen, Anfang des Monats.»

Moment mal, ich stutzte. Anfang des Monats? War er da denn nicht schon …? Ich kam nicht dazu, den Gedanken zu Ende zu denken.

«Anabela? Was hat er gesagt?»

«Vogel hat ihn Anfang des Monats angerufen.»

João zog sein Notizbuch aus der Jacke, sah hinein und fragte: «War das am 6. April?»

«Kann sein. Wissen Sie, Daten spielen in meinem Leben nicht gerade eine große Rolle. Außer natürlich, wenn ich segeln will, dann guck ich nach dem Tidenhub und dem Wetter.»

João hielt ihm das aufgeschlagene Notizbuch hin. «Ist das Ihre Telefonnummer?»

«Moment.» Lange zog eine Lesebrille aus der Innentasche seiner Jacke. «Ja, ist sie.»

«Kam Ihnen der Anruf nicht seltsam vor?»

«Nein, wieso?»

«Ich würde denken, so eine gemeinsame Fahrt bespricht man in Ruhe und nicht am Telefon. Insbesondere, wenn man sich kaum kennt.»

«Darüber habe ich mir keine Gedanken gemacht. Hatte ich auch kein Problem mit.»

«Kam er Ihnen nervös oder besorgt vor, als er den Vorschlag machte?»

«Nervös?» Lange überlegte. «Nervös eigentlich nicht. Florian war insgesamt ein entspannter Typ, den brachte so schnell nichts aus der Ruhe. Geredet hat er wie immer. Aber jetzt, wo Sie fragen: Ich hab mich ein bisschen gewundert, weil er so bald loswollte. Das schien ihm ziemlich wichtig zu sein. Aber dann hab ich überlegt, dass er ja arbeitet und es mit seinem Urlaub passen muss.»

«Sie wussten nichts von seiner Wanderung?»

«Was für eine Wanderung?»

«Chefinspektor? Können wir eine kurze Pause machen? Ich brauche ein Wasser.»

Joãos Fragen kamen heute fast im gleichen Tempo wie gestern die von Pinto.

«Was? Ja, natürlich.»

«Hat sonst noch jemand einen Wunsch?», fragte ich. João wollte natürlich einen Espresso, Lange ein Bier.

Ich bestellte und ging aufs Klo. Ein paar Minuten konnten die Männer ruhig auf mich warten. Während ich mir die Hände wusch, dachte ich über die Stoßrichtung von Joãos Fragen nach. Wie kam er darauf, dass Vogel besorgt gewesen sein könnte? Der war doch laut Hehemann völlig entspannt von Silves aus losgewandert. João musste in der

Zwischenzeit etwas erfahren haben, von dem ich nichts wusste.

Als ich zurückkam, standen die Getränke auf dem Tisch. Kaum dass ich saß und einen Schluck getrunken hatte, schaltete João sein Telefon wieder auf Aufnahme.

«Zu etwas anderem: Haben Sie mit Florian Vogel je über Politik gesprochen?»

«Nicht direkt.»

«Soll heißen?»

«Vor ein paar Monaten haben wir hier mit ein paar Leuten zusammengesessen. Ich hatte einen Artikel zum Thema Bürgerlohn in Finnland gelesen und wollte wissen, was die anderen grundsätzlich von der Idee halten. Ich finde sie großartig, und wenn es nach mir ginge …»

Ich bremste ihn mit einer Handbewegung. «Moment, das ist jetzt nicht so leicht zu übersetzen.»

Bürgerlohn. Hm. Vielleicht *salário do cidadão*? Ich wusste nicht, ob dieses Konzept auch in Portugal diskutiert wird. Und ob es diesen Begriff hier wirklich gibt. Vorsichtshalber umschrieb ich kurz, was damit gemeint ist.

«RBI, verstehe», sagte João.

«RBI?»

Ohne in Eigenlob zu verfallen, darf ich sagen, dass mein portugiesischer Wortschatz doch recht groß ist. Aber der Hang meiner Mitbürger zu Abkürzungen macht mir das Leben immer wieder schwer. Bei Schlagzeilen wie «Sousa Franco einverstanden mit der OPA des BPI über den BFE» bin ich erst einmal raus.

«Rendimento básico incondicional», erklärte João und ließ mich ganz kurz sein kleines Lächeln sehen. Aha. Bedingungsloses Grundeinkommen. Hätte ich auch selbst draufkommen können.

«Und was hatte Vogel für eine Meinung dazu?» Schon sah er wieder Alexander Lange an, und ich übersetzte.

«Gar keine. Jedenfalls hat er keinen Ton dazu gesagt, sondern sein Bier ausgetrunken und ist gegangen. Ich hab ihn später noch mal allein darauf angesprochen. Da meinte er, dass er von Politik die Schnauze voll hätte. Wörtlich.»

«Okay. Was können Sie mir über Vogels Bekanntenkreis hier in Portugal sagen?»

«Herzlich wenig. Manchmal haben wir zu dritt zusammengesessen, da war dann noch Olli dabei.»

«Olli? Und wie weiter?»

«Keine Ahnung. Sein Boot heißt *Sirius*. Er ist vor ein paar Monaten los in Richtung Karibik. Wie gesagt, ich hab Florian immer nur hier getroffen. Dann kam er entweder allein oder mit ein paar Kollegen. Mal Spanier, mal Portugiesen. Einmal war ein Chinese dabei. Ob er die Leute näher kannte, kann ich nicht sagen. Glaub ich eher nicht.»

«Wie haben Sie von Vogels Tod erfahren?»

«Das ist hier rumgegangen. Ein Deutscher von der Solaranlage sei tot, hat es geheißen. Da hab ich gedacht: Scheiße, hoffentlich nicht der Florian. Weil er nicht aufgetaucht ist zu dem Törn und auch nicht abgesagt hat. Ich hab zigmal versucht, ihn zu erreichen», sagte Lange. «Aber da hieß es immer nur irgendwas mit ‹não disponível›. Das versteh sogar ich. Ehrlich gesagt war ich deswegen ziemlich sauer. Aber dann …»

Lange trank einen großen Schluck von seinem Bier und wischte sich über den Mund. Joãos Espresso stand bisher unberührt auf dem Tisch und war inzwischen garantiert kalt. Jetzt nahm er einen Schluck und verzog das Gesicht.

«Dann war neulich einer von seinen spanischen Kollegen hier. Den hab ich gefragt, und der hat es gewusst. Echt übel. Der Florian war ein netter Kerl. Wer bringt denn so jemanden um?»

«Das versuchen wir herauszufinden. Sie sind in nächster Zeit hier, oder segeln Sie nach Marokko?»

«Nur wenn die reizende Dame hier mitkommt.»

30

«Was war das denn gerade?», fragte João, als wir zum Parkplatz gingen.

Und schon wieder musste ich über eine Vokabel nachdenken. Aber nur kurz. «Die Charme-Attacke eines *mulherengo* würde ich sagen. Der Mann ist ein Schürzenjäger und hält sich für den Herzensbrecher schlechthin.»

«Und, bist du in Versuchung?»

«Ich kann kaum an mich halten, was denkst denn du? Der Mann hat ein Boot, der segelt mit mir in den Sonnenuntergang.»

Es tat gut, nach dem anstrengenden Gespräch zusammen zu lachen.

«Ich habe Hunger», sagte mein Chefinspektor. «Was schlägst du vor?»

«Das Restaurant hier im Ort hat leider dichtgemacht. Lass uns ins Arcos do Guadiana nach Foz de Odeleite fahren.»

«Erzählst du mir, warum du so auf dieser geplanten Marokko-Reise und dem Anruf herumgeritten bist?», fragte ich, als wir auf unsere gegrillten Douraden warteten und derweil Kleinigkeiten knabberten, die die Kellnerin vorab gebracht hatte.

«Ich hatte eben in Vaqueiros ein hochinteressantes Gespräch mit Vogels Chef. Dieser Ziegenkäse ist wirklich gut, findest du nicht?»

«Der kommt aus der Käserei hier im Dorf. Möchtest du dich vielleicht auch noch über den Schinken oder die Oliven auslassen?»

«Deine Geduld ist mir ein steter Quell der Freude.»

«João!»

Er grinste breit, und ich war versucht, ihm vors Schienbein zu treten. Genau genommen bewahrte ihn nur die Ankunft des Hauptgangs davor.

«Und jetzt möchte ich in Ruhe diesen hervorragend aussehenden Fisch essen, Verehrteste. Aber ich gelobe, danach ausführlich zu berichten.»

Wir hatten eine kleine Flasche Weißwein bestellt. Er hob sein Glas. «À nossa.»

Eigentlich heißt es ja «à nossa saúde», auf unsere Gesundheit, aber ich sag auch immer nur «à nossa».

Wir stießen an.

Während des Essens sprachen wir über die Situation bei mir zu Hause. João schlug vor, einen Pflegedienst zu engagieren. Ich erzählte ihm, wie eingeschränkt solche Angebote bei uns auf dem Land waren und dass uns mit Hilfe bei der Körperpflege zweimal pro Woche nicht geholfen sei. Gemeinsam überlegten wir, wie ich jemanden finden konnte, der mehrere Stunden bei Pai und Mãe verbrachte, wenn ich unterwegs war. Oder ob doch eine Tagespflege im Altenheim die beste Lösung wäre. Er plädierte dafür, ich dagegen.

Schließlich waren unsere Teller leer, und João legte sein

Telefon auf den Tisch. «Ich hatte dir doch erzählt, dass Vogels Chef ihn zu erreichen versucht hat, als es auf der Anlage ein technisches Problem gab?»

Ich nickte. «Der hat ihn auch als vermisst gemeldet, oder?»

«Richtig, nachdem er ihn tagelang erfolglos angerufen hat. Als Vogel dann nicht zur Arbeit kam, hat Nelson Neto – sein Chef – die GNR informiert. Was er allerdings bis heute nicht zu erwähnen für nötig hielt, ist, dass er sehr wohl noch mit Vogel gesprochen hat, als der schon im Urlaub war. Er fand es ‹nicht so wichtig›.» João schnaubte regelrecht.

«Tut mir leid, João, ich komme gerade nicht mit. Wieso ist das so wichtig?»

«Wieso? Weil er ihn angerufen hat, um ihm zu erzählen, dass zwei alte Freunde nach ihm gefragt hätten. Zwei deutsche Männer auf Motorrädern.»

Wie nett, dachte ich im ersten Moment. Meine frühere Chefin hätte mich garantiert nicht im Urlaub angerufen, um mir private Nachrichten zu übermitteln. Im zweiten Moment begriff ich: Motorradfahrer. Bei meiner Recherche über Rechtsradikale war ich unter anderem auf einen Bikerclub gestoßen.

«Hör dir das an», sagte João und wischte über das Display seines Handys. Kurz darauf erklang eine tiefe Männerstimme. Nelson Neto, nahm ich an.

«Moment.» João spulte vor.

«Nem por um segundo acreditei que aqueles eram velhos amigos dele.»

Nicht für eine Sekunde was?

«Der nuschelt ja furchtbar. Erzähl mir lieber, was er gesagt hat.»

João stoppte die Wiedergabe.

«Die Männer waren ihm unsympathisch. Er hat die Geschichte von den alten Freunden nicht eine Sekunde geglaubt und ihnen gesagt, auf der Anlage gäbe es keinen Florian Vogel. Darüber schienen sie ziemlich wütend zu sein, reagierten fast schon aggressiv. Deshalb hat er Vogel angerufen.»

«Um ihn zu warnen?»

«So weit wollte Neto nicht gehen. Zumal er, wie anscheinend alle anderen auch, keine Ahnung von Vogels Vergangenheit hatte. Er sagt, er habe einfach das Gefühl gehabt, Vogel solle von diesem Besuch wissen.»

«Hört sich nach einem engen Verhältnis zwischen Vogel und Neto an, wenn du mich fragst. Vielleicht ist er der Mann, von dem Klaus Hehemann geredet hat. Der, von dem er meinte, dass Vogel ihn geschätzt hätte.»

«Vermutlich. Jedenfalls hat Vogel noch am selben Tag Alexander Lange angerufen und den Marokko-Törn verabredet. Ich kann immer noch nicht glauben, dass wir diese Telefonate bei den Verbindungsnachweisen von Vogel übersehen haben. Möchte wissen, wer da geschlampt hat.»

«Vogel wollte sich also nach Afrika absetzen?»

«Das halte ich für mehr als wahrscheinlich.»

«Hat Neto die Männer beschrieben?»

«Zwei kräftige Männer mit Jeans und Motorradjacken um die dreißig. Sie haben Englisch gesprochen. Einer blond, einer dunkelhaarig. Die Nummernschilder waren aber deutsch, da ist er sich sicher. Keine auffälligen Embleme oder so was. Starke Maschinen, aber keine Harleys, hat er gesagt.»

«Nicht sehr hilfreich, was?»

«Nein.»

Die Kellnerin kam an unseren Tisch und fragte, ob wir noch ein Dessert wollten. Wollten wir nicht. Nur Espresso und die Rechnung.

«Was ich nicht verstehe», sagte ich, kaum dass sie wieder gegangen war. «Vogel war doch offenbar auf dem Rückweg nach Vaqueiros. Warum hat er sich nicht gleich abgesetzt beziehungsweise ist nicht sofort zu Lange gelaufen?»

«Vermutlich hatte er nicht alles dabei, was er mitnehmen wollte. Vielleicht wollte er sich auch von Neto verabschieden, da kann man nur spekulieren. Übrigens fahren wir gleich in die Wohnung von Vogel.»

«Da ist Pinto doch schon gewesen.»

«Ja, schon. Aber unter anderen Voraussetzungen. Und ohne dich.»

Was immer er damit meinte.

«Woher wussten die überhaupt, wo Vogel gearbeitet hat?»

«Das wüsste ich auch zu gerne.»

31

«Das nenn ich mal übersichtlich, gemütlich ist anders.» Ich stand in einem großen, kahlen Wohnzimmer mit integrierter Küche.

João gab mir recht. Kein Wunder, seine eigene Wohnung ist zwar auch eher minimalistisch eingerichtet, aber mit viel Stil. Das hier war ein geschmackloses Sammelsurium.

Florian Vogel hatte in einem zweistöckigen Reihenhaus neueren Datums am Ortsrand von Vaqueiros zur Miete gewohnt. Das Erdgeschoss wurde komplett von einer Wohnküche eingenommen. Eine billige Einbauzeile in Eichenoptik, ein Esstisch mit vier zusammengewürfelten Stühlen, ein grün-rot kariertes Sofa, gegenüber auf einem Glastisch der obligatorische Flachbildfernseher. Hellbraun gefliester Boden, hochglänzend. Keine Vorhänge, keine Teppiche, keine Dekorationsgegenstände.

Den Schlüssel hatten wir vom Besitzer geholt, dem die Einrichtung zu verdanken war: Er vermietete möbliert. Sein eigenes Haus in derselben Häuserreihe war deutlich geschmackvoller eingerichtet. Vogels Mietvertrag lief noch. Zum Kummer des Vermieters, der ihn danach fragte, hatte João keine Ahnung, wer überhaupt dafür zuständig war, nach dessen Tod den Vertrag zu kündigen. Vermutlich Vogels Vater.

«Hat Pinto nicht etwas von vielen Büchern erzählt?», fragte ich.

«Vielleicht oben.»

Eines der beiden Schlafzimmer hatte Vogel offenbar als Lager für sämtliche Gegenstände benutzt, die er nicht um sich haben wollte. Vasen mit Stoffblumen, aufgerollte Teppiche und eine große Obstschale aus bunter Keramik standen in einer Ecke.

Im zweiten Schlafzimmer war das Bett ordentlich bezogen. Und hier fanden wir die Bücher, von denen Pinto gesprochen hatte, aufgestapelt an einer Wand.

«Sehr viele sind das aber nicht», sagte ich.

«Ist wohl eine Frage des Betrachters.» João lächelte. «Unser Paulo hat's nicht so mit Literatur. Ich glaub nicht, dass er selbst überhaupt ein Buch besitzt. Guckst du die Bände bitte durch?»

«Worauf soll ich achten?»

«Auf alles, was dir ungewöhnlich erscheint und uns Aufschluss über Vogels Persönlichkeit geben kann.»

Während ich mit den Büchern anfing, öffnete er neben mir den Einbaukleiderschrank.

«Anabela, was steht hier drauf?» Er hielt mir ein T-Shirt hin.

«*Oktoberfest*. Das ist ein riesiges Bierfest in München.»

«Hab ich schon mal von gehört. Hast du schon was Interessantes gefunden?»

Ich legte ein weiteres Buch zur Seite. «Also völlig unpolitisch war der Mann nicht. Hier sind einige Titel zu

Umweltthemen. Ansonsten viel Technik und ein paar Romane. *Herr der Ringe*, alle Bände. *Per Anhalter durch die Galaxis.*»

«Noch was anderes im Bereich Politik?»

«Bisher nicht.»

Ich hörte João eine Schublade aufziehen. «Hier sind Vogels Verträge für Telefon, Miete und die Arbeit», sagte er nach einer Weile. «Außerdem Bankauszüge. Oha, der Mann hat nicht schlecht verdient. Viertausend Euro hätte ich auch gern auf der hohen Kante.»

Damit war er nicht allein.

«Aber kein Bargeld. Und keine Briefe, keine Geburtsurkunde, überhaupt nichts Persönliches.»

«Vielleicht hatte er irgendwo ein Schließfach», dachte ich laut und legte ein weiteres Buch zurück auf den Stapel. Inzwischen hatte ich fast jedes Buch einzeln durchgeblättert und nahm das letzte in die Hand. *Mein Leben als Schäfer.* Allmählich fing ich an zu glauben, dass der Mann tatsächlich mit seiner rechten Vergangenheit abgeschlossen hatte und stattdessen auf dem Naturtrip war.

«Fertig», meldete ich.

«Keine Zettel oder sonst was in den Büchern?»

«Nada.»

João sah sich noch mal in dem Raum um. «Dann sind wir hier fertig.»

«Viel hat unser Besuch ja nicht gerade gebracht.»

«Oh doch», widersprach João. «Vogel hatte keinen guten Grund, in dieses Haus zurückzukommen, wenn er sich tatsächlich in Gefahr fühlte und schnellstmöglich nach Afrika wollte. Das immerhin wissen wir nun.»

«Und jetzt?»

«Jetzt fahren wir zurück und holen deinen Wagen.»

Der stand noch in Laranjeiras.

Kurze Zeit später stiegen wir in Almeidas schwarzen Audi.

Hinter Martim Longo, auf der Straße nach Alcoutim, kamen wir an dem eingezäunten Gebiet mit Solarmodulen vorbei, von denen man nur die Rückseiten sah.

«Sieht nicht so beeindruckend aus, wie ich mir das vorgestellt habe», meinte João.

«Das hab ich auch gedacht, als ich mir das neulich mal angesehen habe. Aber du siehst jetzt nur einen winzigen Teil, die meisten Paneele werden in den Hügeln südlich von hier aufgebaut. Siehst du das Schild?»

«Solar-Lab? Ja, wieso?»

«Stell dir darunter bloß nichts Beeindruckendes vor, João. Da steht nur ein Container. Aber ich habe da einen seltsamen Kerl getroffen.»

«Du hast da jemanden getroffen? Wie meinst du das?»

«Na ja, ich dachte, wenn ich schon mal da bin, kann ich ein paar Fragen stellen.»

«Du warst bei diesem Solar-Lab? Anabela, ich hatte dir doch gesagt …»

«Der hat mich gefragt, von welcher *Fraktion* ich bin.»

Er runzelte die Stirn.

«Seltsam, oder? Ich hab später darüber nachgedacht, was er gemeint haben könnte, und ein bisschen recherchiert. Es hat gegen die Anlage Proteste von ein paar Umweltschützern gegeben. Und Vogel hat sich auch für das Thema Umweltschutz interessiert, nach seinen Büchern zu urteilen. Vielleicht haben die beiden sich doch gekannt, also die Engländerin und er. Und wenn du mich fragst, ist der Kerl nicht astrein.»

João entfuhr ein tiefer Seufzer. Er seufzte ziemlich oft in letzter Zeit, fand ich.

«Welcher Kerl jetzt?»

«Na der, mit dem ich gesprochen habe. Total unfreundlich und unangenehm. Übrigens ein Jäger.»

«Und das erzählst du mir erst jetzt?»

«Irgendwie bin ich bisher nicht dazu gekommen.»

Er schwieg, bis er in Alcoutim unterhalb des Quiosque anhielt.

«Wieso hältst du hier?», fragte ich.

«Ich brauch noch einen Kaffee.»

«Du bist sauer.»

«Das auch.»

32

Fang gar nicht erst an, dich zu verteidigen, Bela. Das hast du nicht nötig.

«Sei nicht kleinlich, João», sagte ich, als wir vom Parkplatz am Steg die Treppe zur Bar hinaufgingen. «Du tust ja gerade so, als hätte ich mich in deine Ermittlungen eingemischt, nur weil ich dem Mann die eine oder andere Frage gestellt habe. Viel wichtiger ist doch, ob das, was er gesagt hat, von Bedeutung ist. Möglicherweise hatte dieses technische Problem auf der Anlage mit Sabotage zu tun. Könnte doch sein.»

Er antwortete nicht. Erst als wir in dem kleinen, verglasten Pavillon mit der grünen Kuppel standen, in dem man beim Quiosque die Getränke bestellen muss, bekam er den Mund wieder auf.

«Auch Kaffee?»

«Ja, eine Meia-de-leite.» Also halb Kaffee, halb Milch. «Und ein Wasser ohne, bitte.»

Während João auf die Getränke wartete, setzte ich mich an einen der Tische mit Blick auf das spanische Ufer und rief schnell bei Mãe an. Zu Hause war zum Glück alles in Ordnung. Drüben am Steg in Sanlúcar hatte ein Motorbootfahrer Probleme mit dem Anlegemanöver. Ich sah ihm bei seinem Kampf mit der Strömung zu und dachte: João regt sich gleich wieder ab. Einfach abwarten, Bela.

Und tatsächlich: Nach dem ersten Schluck Espresso wurde sein Gesichtsausdruck schon milder.

«Also, dann erzähl.» Nur kein kleines Lächeln, aber ich durfte wohl auch nicht zu viel erwarten. Gerade fing ich an ihm von den befürchteten negativen Folgen für die Entwicklung des Jagd- und Wandertourismus zu berichten, als jemand fragte: «Ist er das? Der, der den Mörder fassen will?»

Ich schloss die Augen und wünschte mich weit weg. Das durfte doch wohl nicht wahr sein. Schon wieder dieser Marco. Stalkte der mich, oder was?

Als ich die Augen wieder öffnete, hielt der Junge einem völlig verdatterten Chefinspektor die Hand hin. «Schön, Sie kennenzulernen. Ich bin ein Bekannter von Anabela. Wir haben uns erst gestern über den Fall unterhalten.»

«Ach ja?» Joãos Ton war mal wieder so frostig wie pures Eis.

«Glaub ihm kein Wort, João. Marco, das ist Chefinspektor Almeida von der PJ, und ich wäre dir sehr dankbar, wenn du keinen solchen Unsinn reden würdest.»

João schwieg, wartete offenbar auf eine Erklärung.

«Marco ist ein Nachbar von Luís, meinem Cousin von der GNR», erklärte ich. «Du erinnerst dich an Luís?»

«Ungern.»

«Jedenfalls hat dieser junge Mann mich gestern angesprochen, nachdem er den Artikel im *Correio da Manhã* über die Morde gelesen hat. Dank meiner entzückenden

Familie weiß ja mittlerweile anscheinend jeder von uns beiden. Und von meiner Arbeit für die PJ.»

Marco, der sich ungefragt zu uns gesetzt hatte, mischte sich ein. «Ich hab Ihrer Freundin schon gesagt, dass ich bei den Ermittlungen helfen kann. Ich kenn mich aus. Haben Sie Chico Teixeira inzwischen überprüft?»

Ich glaube, João schwankte zwischen Loslachen und Losbrüllen. Letztendlich trank er seinen Espresso aus und stand auf.

«Vielen Dank für das Angebot, junger Mann. Ich hoffe sehr, dass wir es auch ohne Sie schaffen werden. Kommst du, Anabela?»

Marco wollte noch etwas sagen, aber João gab ihm keine Gelegenheit. Bevor wir die Treppe zum Parkplatz hinuntergingen, schaute ich mich noch einmal um. Der Junge saß am Tisch, blickte uns nach und sah verletzt aus.

«Marco hat ein ziemliches Geltungsbedürfnis. Eigentlich tut er mir leid», sagte ich zu João.

Wir stiegen in den Wagen.

«Und wer ist dieser Chico Teixeira, von dem er gesprochen hat?»

«So heißt der Mann von der Solaranlage, den ich merkwürdig fand. Chico, also eigentlich Francisco Teixeira.»

«Und du hast mit dcm gcltungsbedürftigen jungen Mann über ihn gesprochen, sehe ich das richtig?»

«Ich hab ihn nur gefragt, ob er ihn kennt. Und gesagt, dass ich das aus privaten Gründen wissen will. Die waren beide auf der Versammlung der Jäger, von der ich dir erzählt habe. Deshalb dachte ich, er kennt vielleicht seinen Namen. Kannte er ja auch. Ansonsten habe ich Marco genau das Gleiche gesagt wie du und kein Wort über die Ermittlungen verloren. Ehrlich.»

«Hm.»

Ich konnte mich täuschen, aber auf mich wirkte João jetzt eher nachdenklich als ärgerlich.

«Erzähl mir noch mehr über diesen Chico und über das, was er gesagt hat.»

Als ich fertig war, griff João zum Telefon.

«Senhor Neto? Noch einmal Almeida hier. Können Sie bitte eine Liste Ihrer Mitarbeiter an folgende E-Mail-Adresse schicken?» Er buchstabierte sie. «Ja, heute noch. Danke. Ach, noch etwas: Es ist möglich, dass ich Sie morgen früh noch einmal brauche. Sie sind ab neun Uhr im Büro? Gut. Boa tarde. Com licença.»

Direkt danach rief er Paulo an.

«Ihr kriegt gleich eine Liste mit den Namen und Anschriften der Mitarbeiter der Solaranlage. Prüf mal bitte, ob gegen einen Francisco Teixeira was vorliegt. Alter Anfang bis Mitte dreißig. Der Mann ist Jäger. Ich will wissen, ob seine Waffen zu den überprüften gehören.»

Schau mal an, dachte ich. Erst meckern und mich dann doch ernst nehmen.

«Nein, kein konkreter Verdacht. Was anderes: Hat Soares schon Bilder der Rocker aufgetrieben, die damals an dem Überfall in Loures beteiligt waren? Die soll sie mir aufs Handy schicken. Sie hat die Suche auf einschlägig vorbestrafte Biker ausgeweitet? Umso besser. Ja, die auch. Nein, ich komme heute nicht mehr rein. Até amanhã.»

Jetzt war ich wirklich erstaunt. «Du fährst heute nicht mehr nach Faro?»

«Nicht, wenn du mir Obdach gewährst.»

Ich beugte mich zu ihm und gab ihm einen Kuss auf die Wange. «A minha cama é a tua cama.»

Mein Bett ist dein Bett. Ein bisschen Abwandlung war ja wohl erlaubt.

33

Paulo Pinto musterte aus dem Augenwinkel seine Kollegin, die heute in Jeans und einer schimmernden Bluse zum Dienst erschienen war. Samanta sah auch nach Stunden im Büro noch so frisch aus wie eine Mandelblüte im Morgentau. Wie man die Farbe der Bluse wohl nannte? Grünblau? Ozeanblau? Er jedenfalls dachte an die Lagunen der Ria Formosa an einem sonnigen Tag. Und dieser raffinierte Kragen! Wie in Wellen lag der dünne Stoff über ihrem Busen. Zu einer anderen Zeit, also bevor Luísa zurückgekommen war, hätte er sie vielleicht …

«Ist was, Paulo?»

«Wie, was? Nein. Ich dachte nur gerade, dass João sich heute wahrscheinlich einen schönen Abend macht.»

«In Alcoutim? Was soll er da schon groß machen, da ist doch nichts los.»

Gerade rechtzeitig fiel ihm ein, dass Samanta nichts von dem Verhältnis zwischen Anabela und dem Chef wusste.

«Stimmt auch wieder. Hast du ihm die Fotos schon geschickt?»

«Ja, gerade eben.»

«Für wie wahrscheinlich hältst du es, dass der Chef von Vogel einen von denen erkennt?»

«Auf einer Skala von eins bis zehn? Null.» Samanta lachte, wurde aber gleich wieder ernst. «Paulo, kann ich dich mal was fragen? Wegen João?»

«Klar.»

«Wie lange arbeitest du schon mit ihm zusammen?»

«Sechs Jahre. Warum?»

«Werd' nicht sauer, okay?» Ein unsicherer Blick aus fast schwarzen Augen.

«Einfach raus damit.» Er hatte so eine Ahnung, was jetzt kam.

«Ist … ist das schon öfter vorgekommen, dass er, also ich meine, dass er am Staatsanwalt vorbei arbeitet? Etwas unter den Tisch fallenlässt?»

Hatte er sich's doch gedacht. Mist, verdammter. «Vielleicht solltest du besser mit ihm direkt darüber sprechen.»

Samanta ignorierte, was er sagte. «Also ja.»

«Das habe ich nicht gesagt!»

«Indirekt sehr wohl. Wie kommst du damit klar?»

«Samanta. João ist mein Chef. Und mein Freund.»

«Und deshalb ist es richtig, was er macht? Egal was?»

«Natürlich nicht!»

«Aber?»

«Aber ich hab noch nie erlebt, dass er etwas ohne guten Grund getan hat. Ja, okay, er geht manchmal unkonventionell vor, aber bisher immer mit Erfolg.»

«Unkonventionell.»

«Genau.»

«Du vertraust ihm hundertprozentig, oder?»

«So ist es. Und du tätest gut daran, das auch zu tun.»

«Sonst was?»

«Nichts. Hör mal. Es ist ganz allein deine Entscheidung, ob du die Sache mit der Telefonnummer in der Akte lässt oder nicht.»

Er war bloß froh, dass Almeida ihr nicht erzählt hatte, woher er die Nummer kannte. Sonst würde jetzt auch Bruno Ärger drohen. Seine Gedanken wanderten zu dem Fall mit der toten Dänin. Auch da war João seinem Gefühl gefolgt und er selbst anfangs auf der Seite des Staatsanwaltes gewesen. João hatte nicht einen Moment lang etwas anderes von ihm verlangt. Er allein hatte entschieden, letztlich seinem Chef und Freund einmal mehr zu vertrauen. Und nun saß eine Mörderin hinter Gittern.

«Geh zu Fernandes, wenn du glaubst, das tun zu müssen. Ich tue es jedenfalls nicht. João ist sich sicher, dass seine Schwester mit dem Tod der Engländerin nichts zu tun hat. Das ist genug. So einfach ist das.»

«Für dich!»

«Ja, für mich. Und glaub mir, ich hab auch lieber alles ganz klar. Richtig und Falsch, Recht und Unrecht, Schwarz und Weiß. Frag João, der kann dir ein Lied davon singen. Aber manchmal muss es eben Grau sein.»

Pinto ließ seine Worte einen Moment im Raum stehen. Samanta Soares hatte sich in ihrem Stuhl zurückgelehnt und sah ihn unverwandt an. Der Zweifel stand ihr nach wie vor ins Gesicht geschrieben. Was konnte er noch sagen?

«Der Telefonanbieter hat noch immer nicht geliefert, oder? Offiziell wissen wir also gar nicht, wem die Nummer gehört. Und solange das so ist, musst du gar nichts entscheiden.»

«Ich weiß nicht … Versteh doch, Paulo. Ich stehe noch ganz am Anfang. Meine Karriere ist zu Ende, bevor sie richtig angefangen hat, wenn João sich täuscht und das auffliegt.»

«Erstens täuscht er sich nicht, und zweitens wird er alles auf seine Kappe nehmen, wenn es drauf ankommt.»

Und drittens, junge Frau, dachte er, ist Chefinspektor Almeida derjenige, der darüber nachdenkt, dein Praktikum zu verkürzen und dich als Inspektorin zu übernehmen. Aber er sprach den Gedanken nicht aus. Stattdessen griff er demonstrativ nach der Computermaus und sah auf seinen Bildschirm.

«Genug davon. Lass uns weiterarbeiten. Ich muss noch diesen Jäger durchs System laufen lassen. Hast du den Namen schon auf der Waffenliste gefunden?»

Es dauerte einen langen Moment, bis Soares antwortete. «Muss ich noch nachsehen.»

Zwei Minuten lang war nur noch das Klappern ihrer Tastatur zu hören.

«Ja, er ist drauf. Seine Waffen kommen nicht in Frage. So wenig wie die all der anderen.»

34

Am nächsten Morgen saß Almeida Vogels ehemaligem Chef an einem Besprechungstisch in dessen Büro gegenüber. Nelson Neto hielt Almeidas Telefon in der Hand und sah sich die Fotos an, die Soares am Vorabend geschickt hatte. Während er von einem Bild zum nächsten wischte, dachte Almeida an sein Frühstück mit Anabela. Und an die Nacht davor. Beinah hätte er gelächelt.

«Nein», sagte Neto schließlich, «tut mir leid, da erkenne ich niemanden wieder, Chefinspektor.»

Almeida steckte sein Telefon wieder ein. «Den Versuch war es wert, danke. Noch eine andere Frage: Hat es in letzter Zeit Anfeindungen gegen Sie oder Ihre Firma gegeben?»

«Anfeindungen? Was meinen Sie?»

«Beispielsweise von Umweltschützern.»

«Nein, schon eine Weile nicht mehr. Anfangs gab es ein paar kritische Stimmen, aber die sind längst verstummt. Die Zustimmung für unsere Anlage ist sehr breit. Zumal wir geholfen haben, den Wanderweg zu verlegen. Das war zu Beginn ein Streitthema, da sind auch in der Kommunikation Fehler gemacht worden, würde ich heute sagen. Wir planen übrigens eine noch größere Solaranlage im südlichen Alentejo, bei Mértola. Niemand kann ernsthaft etwas gegen saubere Energie einwenden, die noch dazu Arbeitsplätze schafft. Gerade in dieser strukturschwachen Gegend hier, in der …»

Almeida stand der Sinn nicht nach PR-Blabla. «Gab es je irgendeine Form der Sabotage auf der Anlage?»

«Sabotage? Bei uns? Nie.»

«Und das technische Problem, dessentwegen Sie Florian Vogel so unbedingt erreichen wollten? Worum ging es da?»

Neto, dessen Visitenkarte ihn als Diplom-Ingenieur auswies, begann eine technische Erklärung, der Almeida schon nach einer Minute nicht mehr folgen konnte. Technik und Naturwissenschaften hatten nie zu seinen Stärken gehört. Sein Herz gehörte der Literatur, die er sogar ein Semester lang studiert hatte, ehe er zu Jura umgeschwenkt war.

«Also nichts, das von außen verursacht worden sein könnte?», fragte er schließlich.

«Das habe ich doch gerade erläutert.» Neto schaute demonstrativ auf den klotzigen Chronographen an seinem Handgelenk.

«Sie haben einen Mitarbeiter namens Francisco Teixeira. Können Sie mir sagen, was der genau macht?»

«Wir haben zwei Männer mit dem Namen.»

«Anfang dreißig, gemeldet in Pereiro.»

«Ach, Chico. Der fungiert als eine Art Hausmeister auf der Anlage. Warum fragen Sie?»

«Hatte er mit Florian Vogel zu tun?»

«Als Hausmeister hat er wahrscheinlich mit so ziemlich jedem im Betrieb mal zu tun.»

«Gibt es irgendwelche Auffälligkeiten in seiner Personalakte?»

«Nicht, dass ich wüsste. Moment.»

Neto ging zu seinem Schreibtisch. «Alina? Bring mir bitte mal die Akte von Francisco Teixeira. Dem jüngeren.»

Kurz darauf brachte eine junge Frau die Akte.

Neto blätterte sie durch. «Nein, wie ich mir schon dachte, nichts Besonderes. Keine Abmahnungen, nichts. Daran hätte ich mich wahrscheinlich auch erinnert. So viele Festangestellte haben wir ja nicht. Die meisten sind Zeitarbeiter.»

«Ein normaler Lebenslauf?», fragte Almeida nach.

Neto blätterte wieder, las einen längeren Moment. «Ich würde sagen ja. Er hat Schlosser gelernt und in verschiedenen Firmen gearbeitet, war zwischendurch ein paar Monate arbeitslos. Kann ich erfahren, warum Sie das wissen wollen?»

Seine Vorstrafe wegen Körperverletzung aus rassistischen Motiven, auf die Pinto bei seiner Suche in der Datenbank gestoßen war, hatte Teixeira bei seiner Einstellung also dezent verschwiegen und als Arbeitslosigkeit kaschiert. Alles andere hätte Almeida auch gewundert.

«Nein. Aber ich fürchte, Sie werden heute zumindest vorübergehend auf Ihren Mitarbeiter verzichten müssen. Wo finden wir ihn?»

«Wird er wegen irgendwas verdächtigt?»

«Wie gesagt, darüber kann ich Ihnen keine Auskunft geben», antwortete Almeida. «Also?»

Sobald er das Bürogebäude verlassen hatte, rief Almeida Primeiro-Sargento Quintal von der GNR in Alcoutim an und bat darum, Francisco Teixeira abholen zu lassen. Der Hausmeister überprüfte an diesem Vormittag Sanitäranlagen in einer Reihe von Wohncontainern, in denen die Firma einen Teil ihrer Arbeiter unterbrachte. Er würde ihn auf der Wache befragen, nicht am Arbeitsplatz. Almeida schätzte, dass es etwa eine Stunde dauern würde, bis der Mann in Alcoutim war.

In gemächlichem Tempo fuhr er die von Eukalyptusbäumen gesäumte Straße entlang, auf der er erst gestern gemeinsam mit Anabela unterwegs gewesen war. Von Teixeiras Vorstrafe und dessen möglicher Verbindung zur ultrarechten Szene hatte er ihr nichts erzählt. Ein Wort zu viel, und sie fühlte sich in ihrem Eigensinn bestärkt, weil er ohne sie nicht auf Teixeira gestoßen wäre, zog womöglich bei nächster Gelegenheit wieder auf eigene Faust los. Nein, besser, sie wusste nichts davon.

Kurz hinter dem Ortseingang von Alcoutim öffnete sich auf der Kuppe eines Hügels der Blick auf den Rio Guadiana und das spanische Ufer. Hoch über Sanlúcar thronte wie ein Sahnehäubchen die weiß getünchte Festung des Ortes und strahlte in der Sonne. Am Straßenrand parkte ein Kleinwagen mit dem Aufkleber einer Autovermietung. Der Fahrer war ausgestiegen und fotografierte den traumhaften Blick. Almeida brauchte keine Kamera, um das Bild festzuhalten. Er speicherte es lieber in seinem Inneren.

Seine Gedanken kreisten weiter um Anabela. Sie war störrisch wie ein Maultier, frech und schlau wie eine Katze. Mal knallhart und streitsüchtig, dann zärtlich, fürsorglich und liebevoll. So leicht zu durchschauen wie eine geschwärzte Scheibe.

Er sollte sich wirklich auf die vor ihm liegende Befragung konzentrieren.

Gestern Abend zum Beispiel war er sich sicher gewesen, wie sie auf die Neuigkeiten von Inês und Liliana reagieren würde. Er hätte ihren Text vorhersagen können: Hab ich es doch gleich gewusst, die Frau ist einfach nur furchtbar, arme Liliana. Stattdessen: «Wie brutal von Liliana, das ist doch keine Form der Auseinandersetzung, das geht ja gar nicht.» Fehlte nur noch: Arme Inês.

Was hatte Albert Einstein gesagt? Manche Männer bemühen sich ein Leben lang, das Wesen einer Frau zu verstehen. Andere befassen sich mit weniger schwierigen Dingen wie zum Beispiel der Relativitätstheorie. Dabei hatte Einstein Anabela nicht mal gekannt. Mit einem Grinsen im Gesicht machte Almeida sich auf den Weg zur Wache.

35

«Bom dia, Chefinspektor. Wir haben den Mann in unseren Konferenzraum gebracht. Oben. Er schimpft wie ein Rohrspatz und will einen Anwalt.»

«Einen Anwalt? Bevor er überhaupt weiß, worum es geht? Interessant. Danke, Primeiro-Sargento.»

Almeida war schon auf der Treppe, die in den ersten Stock führte, als sein Handy klingelte.

«Paulo, was gibt's? Ich bin auf dem Weg zur Befragung von Teixeira. Ach? Und das ist gesichert? Sehr gut, danke. Das ist aber kein Biker-Verein, oder? Okay, ich melde mich, sobald ich hier durch bin.»

«Bom dia, Senhor Teixeira. Ich bin Chefinspektor João Almeida von der PJ in Faro. Mordkommission. Ich hätte ein paar Fragen an Sie.»

«Das ist Schikane! Wie können Sie es wagen, mich von der GNR abholen zu lassen wie einen Verbrecher? Vor den Augen der Arbeiter? Wieso Mordkommission? Was soll ich mit Mord zu tun haben? Ich will einen Anwalt!»

Almeida musterte den wütenden kleinen Mann, der mit hochrotem Kopf vor ihm stand, ging dann zu dem ovalen Konferenztisch, setzte sich auf einen der sechs Stühle und nahm seinen kleinen Notizblock aus der Innentasche des Jacketts. Nicht, weil er ihn brauchte. Er schrieb sich selten etwas auf, behielt Wichtiges meist im Kopf. Während Teixeira noch immer da stand und schimpfte, las er in aller Ruhe eine längst erledigte Einkaufsliste. Dann eine Notiz über einen Roman, den er sich kaufen wollte.

«Polizeiwillkür ist das!»

Ein Rezept für Sapateira recheada, gefüllten Taschenkrebs, das er sich auf der Party eines Freundes notiert hatte. Das sollte er wirklich bald mal ausprobieren. Ohne aufzublicken, sagte er: «Wenn Sie so weit sind, setzen Sie sich doch bitte.» Er zeigte auf einen Stuhl ihm gegenüber.

Chico Teixeira setzte sich tatsächlich, sichtlich irritiert.

Almeida legte sein Telefon auf den Tisch. «Sie haben doch nichts dagegen, wenn ich unser Gespräch aufzeichne? Dies hier ist eine einfache Befragung, mehr nicht. Da brauchen Sie doch keinen Anwalt. Oder haben Sie sich vielleicht etwas vorzuwerfen?»

«Natürlich nicht! Von mir aus. Machen Sie das Ding an und stellen Sie Ihre Fragen, damit ich zurück zur Arbeit komme.»

Almeida nannte Datum, Uhrzeit und ihre Namen. Dann lächelte er.

«Ja, die Arbeit. Ein gutes Stichwort, Senhor Teixeira. Sie kommen viel rum auf der Solaranlage, habe ich mir sagen lassen, kennen alle, die da arbeiten.»

«Das stimmt.»

«Schön, schön. Sie mögen also Ihren Arbeitsplatz?»

«Ja, warum?»

«Dazu komme ich gleich. Sie kannten also auch Florian

Vogel, den deutschen Techniker, der kürzlich tot aufgefunden wurde?»

«Mit dem hatte ich nichts zu tun!»

«Aha. Aber Sie kannten ihn?»

«Ja. Vom Sehen.»

«Seinen Namen kannten Sie nicht?» Almeida lächelte noch immer freundlich.

«Doch, schon.»

«Sehen Sie, und nun frage ich mich, warum Sie Ihren so schönen Arbeitsplatz … Sie werden doch hoffentlich anständig bezahlt?»

Chico Teixeira rutschte unruhig auf seinem Stuhl herum. «Was soll das hier werden? Ja, die Bezahlung ist okay. Aber …»

«Dann frage ich mich wirklich, warum Sie Ihren Arbeitsplatz gefährden, indem Sie Ihren Freunden von *Blood and Honour* einen Tipp geben, wo ein Kollege von Ihnen zu finden ist. Damit diese Freunde diese Information wiederum an ihre Freunde in Deutschland weitergeben können. Die mit dem Mann noch eine Rechnung offen haben.»

«Blood and Honour? Was soll 'n das sein? Ich kann kein Englisch.»

«Ach so, entschuldigen Sie bitte. Ich kann gerne Blut und Ehre sagen, wenn Ihnen das lieber ist. Übrigens das Motto der deutschen Hitlerjugend, aber das wissen Sie ja sicherlich.»

«Und was soll ich damit zu tun haben?»

«Sie, Senhor Teixeira, sind ein rassistischer Nazianhänger. Sie sind bereits wegen eines Verbrechens aus Rassenhass verurteilt worden …»

«Das ist Jahre her, dafür hab ich gesessen, damit hab ich nichts mehr zu tun!»

«… und Sie waren unlängst bei einem Treffen ebendieser Gruppierung in Lissabon. Wir haben Belege dafür. Die Nazi-Szene wird inzwischen gut überwacht.»

Teixeira war blass geworden.

«Ich denke, wenn wir uns heute in Ihrer Wohnung umsehen, werden wir viele interessante Dinge entdecken. Vermutlich genug für eine Anklage wegen Zugehörigkeit zu einer faschistischen Vereinigung. Was meinen Sie?»

«Das können Sie nicht …»

«Und ob wir das können. Aber vielleicht lasse ich ja auch mit mir reden. Also: Florian Vogel. Woher wussten Sie von seiner Vergangenheit? Wen haben Sie angerufen?»

36

Mãe stand vor der Tür, kaum dass João gegangen war. «Du strahlst ja richtig, Filha. Also, mir kannst du nicht erzählen, dass das mit deinem Kommissar nicht doch was Ernstes ist.»

«Mãe, wie oft soll ich es dir noch sagen: Ich bin nicht mehr fünfzehn und werde mein Privatleben nicht mit dir diskutieren, nur weil ich jetzt nebenan wohne. Kannst du das bitte endlich akzeptieren?»

«Man wird als Mutter ja wohl mal eine Bemerkung machen dürfen. Aber wie du meinst», sagte sie schnippisch. «Ich bin im Übrigen keineswegs hier, um über dein *Privatleben* zu sprechen.»

Und ich war gerade viel zu glücklich, um mich zu streiten. Nicht nach einer solchen Nacht.

«Komm rein», sagte ich deshalb deutlich freundlicher. «Das Frühstück steht noch auf dem Tisch, trinkst du einen Kaffee mit mir?»

«Na gut.»

Meine Mutter kann so gnädig nicken wie die Queen.

«Warum bist du denn gekommen?», fragte ich auf dem Weg zur Küche.

«Da war ein Anruf für dich, von der Gemeinde.»

«Von der Gemeinde? Was wollen die denn von mir?» Ich dachte an mein Haus. Fehlte vielleicht noch irgendeine Genehmigung? Nein, das konnte es nicht sein.

«Haben sie nicht gesagt. Hier ist die Nummer von Patricia, das ist die Sekretärin vom Bürgermeister.» Sie holte einen Zettel aus der Kittelschürze.

«Danke, ich rufe da gleich an. Aber jetzt trinken wir erst einmal den Kaffee.»

–

«Stets findet Überraschung statt. Da, wo man's nicht erwartet hat.» Wilhelm Busch. Wie wahr.

Am Nachmittag hatte ich einen zusätzlichen Job. Herzlich willkommen, Anabela Silva, Pressesprecherin von Alcoutim. Auf Zeit. Der Bürgermeister brauchte jemanden, der die Medienanfragen beantwortete, die nach den jüngsten Veröffentlichungen zu den *Wandermorden* auch bei ihm eintrafen, und zwar aus dem In- und Ausland. Er sorgte sich um das Image der Gemeinde, insbesondere in Bezug auf die Via Algarviana und deren Sicherheit. Ich sollte außerdem eine Pressemitteilung und einen Artikel für das Journal *Baixo Guadiana* verfassen. Natürlich hatte ich ja gesagt, auch wenn die Bezahlung eher bescheiden war. Allerdings erst nach kurzer telefonischer Rücksprache mit João. Er hatte keine Bedenken. Und soweit er es absehen konnte, gab es für mich bei der PJ im Moment auch nichts mehr zu tun.

Vor dem Rathausgebäude am zentralen Platz von Alcoutim setzte ich mich auf eine der steinernen Bänke. Das alles musste ich erst einmal verdauen.

Die Ermittlungen liefen ohne mich weiter. Und ich hatte

das gerade ganz nebenbei erfahren. Gefiel mir nicht. Ein neuer Job, einer, der mir durchaus Türen öffnen konnte. Gefiel mir. Wieder eine Arbeit, die ich den Toten verdankte. Gefiel mir nicht. Und dann dachte ich: Wie willst du über die Via Algarviana schreiben, wenn du sie gar nicht kennst? Du wirst einen Wandertag einplanen müssen. Gefiel mir überhaupt nicht.

Eigentlich laufe ich ja gern. Gelegentlich fahre ich zum Joggen an den Strand. Oder nehme einfach den Weg, der zwischen uralten Trockenmauern aus unserem Dorf heraus- und dann durch flache Hügel hindurchführt. Besonders frühmorgens, wenn die Feuchtigkeit der Nacht noch auf den Zistrosensträuchern und Pinien liegt, das Laub in der Morgensonne hellgrün leuchtet und der feine Duft von Kräutern und Bäumen die Seele zum Schwingen bringt. Aber wandern? Stundenlang? Mit einem Rucksack auf dem Rücken? Ziemlich steile Berge hoch? Allein?

Schon das Wort sorgte für ein mulmiges Gefühl. Allein wie April Thompsen. Allein wie Florian Vogel. Oh ja, der Bürgermeister hatte schon recht: Die Via Algarviana hatte definitiv ein Imageproblem.

Nun sei mal nicht so ein Feigling, Anabela Silva. April Thompsen war nachts unterwegs gewesen. Und Florian Vogel wurde seine Vergangenheit zum Verhängnis. Mit dem Wanderweg hat das nichts zu tun. In den vergangenen zehn Jahren hat es auf der Strecke nicht mal einen schweren Unfall gegeben. Das musst du in deinem Artikel herausarbeiten und gegenüber der Presse betonen. Und du brauchst ja auch nicht die ganze Strecke zu gehen, nicht mal eine ganze Etappe. Nur ein paar Kilometer, zwei, drei

Stunden. Um einen Eindruck zu bekommen. Damit du den negativen Verknüpfungen mit dem Namen des Weges deine positiven Gefühle in der Natur entgegenstellen kannst. Die würde ich doch sicher haben, diese positiven Gefühle?

Morgen. Morgen Vormittag.

37

«Teixeira hat die Information an seine Nazi-Kumpel in Lissabon weitergegeben. Laut seiner Aussage gab es auf einer einschlägigen Seite im Internet einen Aufruf mit Vogels Bild, seinem Namen und der Unterzeile: ‹Wo ist der Verräter?› Die sind international erheblich besser vernetzt, als ich gedacht hätte.»

Almeida saß mit Pinto in seinem Büro, der Duft frischgebrühten Espressos hing im Raum. Am Vorabend war er nicht mehr zu Anabela gefahren, sondern nach Hause, hatte früh im Präsidium sein wollen. «Die Kollegen von der Anti-Terror-Einheit in Lissabon gehen dem weiter nach. Teixeira kennt die Biker angeblich nicht und hat sie nie gesehen.»

«Und das glaubst du ihm?», fragte Pinto.

«Was anderes wird ihm kaum nachzuweisen sein. Nelson Neto hat bestätigt, dass Teixeira in der Woche frei hatte, in der sie nach Vogel gefragt haben. Für die Zeit, in der Vogel umgebracht wurde, hat er ein Alibi, angeblich war er ein paar Tage bei Freunden in Martim Longo. Die GNR in Alcoutim überprüft das noch. Wenn sein Alibi wasserdicht sein sollte, ist er raus. Rechtsradikaler Mistkerl oder nicht.» Almeida hoffte inständig, dass Faschisten wie dieser Teixeira in seinem geliebten Portugal nicht noch mehr Zulauf bekamen.

«Also ist er auf freiem Fuß?»

«Ist er.»

Nach der Befragung hatte der Mönch erfolgreich einen Durchsuchungsbeschluss beantragt. Teixeiras Wohnung war voll mit rassistischer Propaganda und Nazi-Devotionalien. Aber allein der Besitz war nicht strafbar. Und eine nicht registrierte Waffe oder anderes belastendes Material, das den Mann mit den Morden in Verbindung gebracht hätte, hatten sie nicht gefunden.

Almeida fühlte sich ausgelaugt. Selbst wenn es gelang, die Informationskette von Teixeira bis zu irgendwelchen deutschen Neonazis komplett nachzuvollziehen – was er für höchst unwahrscheinlich hielt –, bezweifelte er, dass sich ein Mordauftrag beweisen ließ. Viele dieser Leute waren gefährlich und fanatisch, aber nicht dumm. Tief in seinem Inneren glaubte er, dass hier eine gewisse Ironie im Spiel war: Vogel war umgebracht worden, bevor seine Feinde aus alten Zeiten ihn erwischen konnten.

«Wir sind keinen Schritt weiter», sagte Paulo und klang genauso resigniert, wie Almeida sich fühlte. «So langsam kriege ich das Gefühl, dass wir diese seltsame Geschichte nie aufklären werden.»

«Da bist du nicht der Einzige, Paulo. Wo steckt eigentlich Soares?»

«Kümmert sich um eine Meldung, die nach der Pressekonferenz reingekommen ist.»

Einen Augenblick lang herrschte Schweigen.

«Na gut», sagte Almeida schließlich. «Irgendwie müssen wir ja weitermachen.» Und er wollte verflucht sein, wenn er nicht wirklich alles versucht hatte, um den Eltern von April Thompsen sagen zu können, wer ihre Tochter auf dem Gewissen hatte. «Also, was haben wir noch?»

Die Tür flog auf, und Soares stürmte in den Raum. «Ihr werdet es nicht glauben, aber der Rucksack von Vogel hat die ganze Zeit als Fundsache bei der PSP in Vila Real de Santo António gestanden!»

«Echt jetzt? Ist ja 'n Ding.» Pinto sah sie ungläubig an.

«Was heißt ‹die ganze Zeit›?», fragte Almeida.

Soares blickte auf den Zettel in ihrer Hand. «Ist am 7. April abgegeben worden. Von einem Marktbeschicker. Er hat ihn am Vortag in Vila Nova de Cacela gefunden, da war Markt. Er dachte, der sei von einem Touristen vergessen worden, und hat ihn schließlich zur Polizei gebracht. Die Kollegen dort haben sich erst daran erinnert, als sie nach der Pressekonferenz das Bild im Fernsehen gesehen haben.»

«Können wir sicher sein, dass es wirklich der Rucksack von Vogel ist?» Almeida war skeptisch.

Soares zog sich einen Stuhl heran. «Relativ sicher. Grasgrün mit Grau von Jack Wolfskin. Genauso wie auf dem Bild. Drin ist Herrenkleidung. Die Technik nimmt sich das Teil gerade vor.»

«Na dann», meinte Paulo. «Vielleicht findet Lourenço für uns einen schönen fetten Fingerabdruck vom Täter.» Er grinste. «Hoffen darf man ja.»

«Ist dir klar, durch wie viele Hände …»

Almeida wurde vom Klingeln seines Handys unterbrochen. «Moment.»

Die Nummer kam ihm bekannt vor, aber er konnte sie nicht zuordnen.

«Tou? Mit wem spreche ich?» Im nächsten Moment riss Almeida ungläubig die Augen auf. «Liliana? Liliana Aveiro? Das glaub ich jetzt nicht. Wo stecken Sie, verdammt?»

Das Telefon am Ohr, sah er in die konsternierten Gesichter seiner Kollegen. Er mäßigte seinen Ton.

«Entschuldigen Sie bitte. Ja, das ist richtig. Ich müsste Sie dringend sprechen.»

Offensichtlich hatte die Anwältin in Tavira seiner Bitte entsprochen und Liliana gebeten, sich bei ihm zu melden, sobald sie von sich hören ließ.

«Ja, persönlich. Nein, nächste Woche reicht nicht. Hm. Dann komme ich nach Lissabon. Ich melde mich wieder bei Ihnen. Danke.»

«Du siezt deine Schwester?», fragte Samanta, die seine Familiengeschichte nicht genauer kannte, verblüfft.

«Halbschwester», sagten er und Pinto wie aus einem Mund. Und dann lachte Almeida. Lachte, bis ihm die Tränen kamen.

Pinto und Soares warteten stillschweigend, bis er sich beruhigt und mit einem Taschentuch über die Augen gewischt hatte.

«Entschuldigt bitte. Ich weiß gar nicht, was mit mir los ist. Du hast völlig recht, Samanta. Albern von mir. Werde ich ändern. Ich glaube, ich bin einfach erleichtert, dass es ihr gutgeht.»

Erstaunlich erleichtert, dachte er bei sich.

Wieder klingelte sein Telefon. «Tou? Ja, ich weiß, ich habe eben mit ihr gesprochen. Danke dir. Für alles.»

Bruno hatte gemeldet, dass Lilianas Telefon wieder eingeschaltet wäre.

«Also, sie ist gerade in Lissabon angekommen und will da noch eine Woche bleiben.»

«Was wirst du machen? Sie vorladen?», fragte Pinto.

«Wir brauchen ihre Aussage. Vielleicht kann sie uns im Fall Thompsen endlich weiterbringen.»

Almeida sah auf seine Armbanduhr. «Wenn ich mich beeile, kriege ich noch den Flug um Viertel nach elf.» Die *TAP* flog mehrmals täglich von Faro in die Hauptstadt.

«Und was hat deine Schwester nun in den vergangenen Wochen gemacht?», wollte Pinto wissen.

«Sie ist nach Santiago de Compostela gepilgert.» Beinahe hätte Almeida wieder losgelacht. «Wir haben auf dem falschen Wanderweg nach ihr gesucht. Ach, tu mir einen Gefallen: Ruf den Mönch an und sag ihm, die vermisste Liliana Aveiro ist wiederaufgetaucht. Von Lissabon muss er nichts wissen. Den Flug zahle ich selbst.»

38

Lourenço de Castro e Sousa steckte den Kopf durch die Tür des Chefinspektors und fand dessen Büro verwaist. Er überlegte, ihm eine Nachricht auf den Schreibtisch zu legen, ging dann aber doch weiter zum Büro von Pinto und Soares. Die würden ja wohl nicht alle ausgeflogen sein.

Tatsächlich saß nur Pinto an seinem Platz und bearbeitete mit zwei Fingern die Tastatur seines Computers. Er sah auf.

«Olá, Lourenço. Was gibt es?»

«Wo sind denn Almeida und Soares?»

«Unterwegs. Brauchst du mehr Publikum, oder kannst du auch meiner Wenigkeit sagen, ob du an dem Rucksack was gefunden hast? Wenn du persönlich erscheinst, kann ich wohl davon ausgehen. Also?»

Der Chef der Spurensicherung grinste und ließ sich auf den Stuhl vor Pintos Schreibtisch fallen. «Ausnahmsweise bin ich bereit, auch mit niederen Diensträngen vorliebzunehmen. Wir haben einen Treffer.»

«So schnell?»

«Mein lieber Paulo, selbst dir dürfte die enorme Entwicklung im Bereich der Kriminaltechnik nicht entgangen sein. Wenn wir einen klaren Abdruck haben – und den haben wir –, dauert das mit unserem neuen Programm keine fünf Minuten. Ist ja nicht so, dass wir wie in früheren Zeiten manuell abgleichen müssen.»

«Komm zum Punkt.» Pinto stand der Sinn jetzt nicht mehr nach Späßen oder Belehrungen. Ihm ging gerade erst richtig auf, was der Kriminaltechniker da sagte.

«Ihr habt einen klaren Abdruck? Und der stammt weder von Vogel selbst noch von dem Markthändler oder den Polizisten?»

«Sehr richtig. Er stammt von einem jungen Mann, den wir in der Datenbank haben.»

«Wer?»

Lourenço de Castro e Sousa zog mit einiger Mühe einen Zettel aus der vorderen Tasche seiner Jeans. Er musste sich im Stuhl strecken, damit sein Bauch ihm nicht im Weg war.

«Marco Faria Duarte, vorbestraft wegen fahrlässiger Körperverletzung und unterlassener Hilfeleistung. War ein Unfall mit Fahrerflucht, der Fahrer war stark alkoholisiert und hatte keinen Führerschein. Zum Zeitpunkt des Unfalls knappe achtzehn Jahre alt. Ist in Alcoutim gemeldet, bei seinen Eltern.»

«Und wie alt ist er jetzt?»

«Zweiundzwanzig.»

Pinto fühlte, wie sein Herz schneller klopfte. Wo blieb Soares? Sie war losgegangen, um in der Pastelaria um die Ecke Kuchen zu besorgen. Manchmal half nur Süßes gegen Frust.

Lourenço machte Anstalten aufzustehen. «Warte noch einen Moment. Soares muss jeden Augenblick zurückkommen.»

«Hör mal, ich hab eine Menge Arbeit auf dem …»

«Mit Kuchen.»

Der Spurensicherer sank mit einem Lächeln zurück auf den Stuhl. «Ein paar Minuten kann ich wohl noch bleiben.»

Kurz darauf erschien Samanta mit einem Karton, den sie auf Pintos Tisch abstellte.

«Olá, Lourenço. Paulo, wolltest du nicht Kaffee holen?»

«Vergiss den Kaffee. Wir haben tatsächlich einen Fingerabdruck. Und einen Treffer.»

«Nicht dein Ernst!»

«Doch, Lourenço hat's mir gerade erzählt.» Er nahm den Deckel vom Karton. «Bedien dich, Lourenço. Samanta, haben wir den Namen Marco Faria Duarte auf der Liste der Jäger?»

Sie saß schon an ihrem Rechner.

«Moment.» Keine Minute später sagte sie: «Nein. Wir haben nur einen Henrique Coelho Duarte, allerdings mit Sterbevermerk.»

«Vielleicht der Vater. Wann ist der gestorben?»

«Im November vergangenen Jahres. Seine Waffen sind von der Witwe ordnungsgemäß abgegeben worden.»

Die große Hoffnung auf einen Durchbruch, die sich eben in Pinto hatte ausbreiten wollen, schrumpfte auf einen kleinen Rest.

«Egal. Wir fahren hin und greifen uns den Jungen. Der soll uns erklären, wie sein Fingerabdruck auf den Rucksack von Florian Vogel kommt.»

«Warte mal, Paulo. Hier steht nur, dass die Waffen abgegeben worden sind, aber nicht, wann. Ich muss in ein anderes Verzeichnis.»

Pinto sah angespannt zu, wie sie mit zusammengezogenen Augenbrauen tippte, während Lourenço, der bereits sein zweites Stück Kuchen aß, leise schmatzte.

Plötzlich fluchte Samanta los: «Puta da merda! Wie konnte ich das übersehen? Da hätte ich doch draufkommen müssen! Mist, Mist, Mist!» Sie starrte auf den Bildschirm.

«Samanta, was ist los, was hast du gefunden? Rede mit mir!»

«Die Frau hat die Waffen erst Anfang April abgegeben. Am 8. April, um genau zu sein. Und die Marke passt zu dem Projektil aus dem Kadaver.»

«Was? Heißt das, was ich denke, dass es heißt? Die sind nicht untersucht worden, obwohl sie zum Zeitpunkt von Thompsens Tod noch im Haus eines Jägers waren?»

«Genau das heißt es, Paulo. Verdammt, das hätte mir nicht durchrutschen dürfen.»

«Mach dich nicht selbst fertig. Diejenigen, denen das hätte auffallen müssen, sind ja wohl die Kollegen vor Ort. Denen werde ich was erzählen! Aber egal jetzt, das Kind ist im Brunnen.»

Ausgerechnet heute war der Chef nicht da. Und bisher hatte er sich aus Lissabon nicht gemeldet. Pinto überlegte kurz.

«Der Fingerabdruck allein beweist noch gar nichts. Lourenço, sieh zu, dass du die Waffen von diesem Duarte auftreibst und umgehend untersuchen lässt. Samanta, wir fahren nach Alcoutim. Lourenço, welche Adresse?»

Der Spurensicherer konsultierte seinen Zettel. «Avenida de Espanha, mehr steht hier nicht.»

Pinto griff zum Telefon, um das weitere Vorgehen mit Almeida abzustimmen. Doch der ging nicht dran.

«Lourenço, was sitzt du hier noch rum, worauf wartest du?»

«Esst ihr den Kuchen nicht mehr?»

«Nimm ihn mit, um Himmels willen. Aber beweg deinen Arsch. Wir brauchen die Waffen.»

Wieder griff Pinto zum Telefon, um zum zweiten Mal an diesem Tag den Staatsanwalt anzurufen. Pinto wollte einen Durchsuchungsbeschluss für das Haus der Duartes.

«Damit da auch wieder nichts bei rauskommt? Wie bei diesem Teixeira? Und nur wegen eines Fingerabdrucks, der sonst wie auf diesen Rucksack gekommen sein kann? Das ist kein hinreichender Tatverdacht. Melden Sie sich, wenn Sie mehr haben. Wo steckt eigentlich Almeida? Wieso kann Ihr verdammter Chef mich nicht selbst anrufen?»

«Magen-Darm», sagte Pinto. Etwas Besseres fiel ihm auf die Schnelle nicht ein. «Wir müssen los. Com licença.»

39

«Sie haben Ihr Ziel erreicht.» Die sanfte Frauenstimme des Navis verklang. Pinto parkte den Wagen vor einer Reihe von schlichten, kastenförmigen Reihenhäusern im neueren Teil von Alcoutim und löste seinen Gurt. Vor fast jedem Haus hing Wäsche zum Trocknen. Sie kannten die Hausnummer nicht. Kein Wunder, es gab überhaupt keine Hausnummern. Sie würden fragen müssen. Im Augenblick allerdings war kein Mensch auf der Straße.

Samanta neben ihm auf dem Beifahrersitz hatte endlich aufgehört, mit den Fingern auf ihrem Bein herumzutrommeln. Dreimal hatte er sie unterwegs gebeten, damit aufzuhören. Und immer hatte sie nach kurzer Pause wieder damit angefangen. Jetzt schnallte sie sich ebenfalls ab und drehte sich zu ihm um. «Was ist? Willst du nicht aussteigen?»

«Moment noch.» Zum soundsovielten Mal fragte er sich, wie er das Gespräch mit dem Mann führen sollte, der vielleicht der Mörder von April Thompsen war. Ob er nicht doch besser bis zum nächsten Tag gewartet hätte? Auf Almeida? Almeida, der noch immer nicht erreichbar war. Mit einem souveränen Chefinspektor an seiner Seite hätte er sich jedenfalls deutlich besser gefühlt als mit einer nervösen Inspektorin im Praktikum. Ach was. Es war eine ganz normale Befragung. Ein Zweiundzwanzigjähriger. Ohne jedes Motiv, eine junge Engländerin zu töten. Oder einen deutschen Solartechniker. Eigentlich waren sie doch nur hier, weil sie sich so sehnlich ein Weiterkommen in diesem Fall wünschten.

«Na, dann los», sagte er und stieg aus.

Vom anderen Ende der Straße aus Richtung der Schule, an der sie eben vorbeigefahren waren, kam eine junge Frau mit Kinderwagen auf sie zu. Sie warteten, bis sie auf ihrer Höhe war.

«Boa tarde. In welchem dieser Häuser wohnt bitte die Familie Duarte?», sprach Soares sie an.

Sie zeigte auf eines der Häuser, vor denen Wäsche hing. «Da drüben. Aber im Moment ist niemand da.»

«Wissen Sie vielleicht, wo wir Marco Duarte oder seine Mutter finden?»

«Haben die beiden Schwierigkeiten?» Sie hatte das Emblem der PJ am Auto entdeckt, und ihr rundes, eben noch offenes Gesicht verschloss sich. Wir hätten wohl besser ein Zivilfahrzeug genommen, dachte Pinto und sagte: «Aber nein, wir haben nur ein paar Fragen.»

«Marco müsste noch arbeiten.»

«Und wo?»

«Fragen Sie am besten bei der Gemeinde nach.»

«Das machen wir, danke. Wissen Sie vielleicht auch, wo wir die Mutter finden?»

«Maria wird bei den Schweinen sein und alles für morgen vorbereiten. Morgen wird geschlachtet.» Die junge Mutter drehte sich um und zeigte die Straße hinunter. «Sie müssen an der Kreuzung ein paar Meter nach links, da geht ein Weg zur Praia Fluvial runter, ist ausgeschildert. An dem Gebäude vorbei, und dann sehen Sie die Schweine schon.»

Das Kind im Wagen wachte auf und begann zu weinen.

«Obrigado», bedankte er sich.

«De nada.» Die Frau schob den Kinderwagen weiter. Soares sah auf die Uhr. «Erst zur Gemeinde? Die machen früh Feierabend.»

Pinto dachte einen Moment nach. «Nein, erst die Mutter. An jemanden von der Gemeinde kommen wir immer ran. Jetzt sind wir schon mal hier, und ich glaube nicht, dass das Gespräch lange dauert.»

«Wie du meinst.»

Sie hatten gerade das hölzerne Hinweisschild zur Praia Fluvial, dem Flussstrand, passiert, als Pintos Telefon klingelte. Almeida, dachte er, endlich. Aber nein. Ein Anruf aus der Zentrale des Präsidiums.

«Tou?»

«Boa tarde, Inspektor Pinto. Tavares hier. Ich habe eine Frau am Telefon, die nach Chefinspektor Almeida fragt. Sie hat schon dreimal angerufen, ziemlich aufgeregt. Aber ich kann den Chefinspektor nicht erreichen.» Da bist du nicht der Einzige, Kollege, dachte Pinto. Laut sagte er: «Das passt gerade ganz …» Das Wort schlecht ging in dem Satz «Ich stell sie durch» unter. Zwei Sekunden später hatte er eine schrille Frauenstimme im Ohr. «Chefinspektor Almeida, sind Sie das? Gott sei Dank! Hier ist Rita, Rita Silva, die Mutter von Anabela. Ist sie bei Ihnen? Ich muss ganz dringend mit ihr sprechen.»

«Nein, Senhora Rita Silva, hier spricht Inspektor Pinto. Chefinspektor Almeida ist derzeit in Lissabon. Aber ich kann Ihnen auch sagen, dass Anabela heute nicht für uns arbeitet.»

Er sah Samanta Soares' erstaunten Blick und zuckte mit den Schultern. Die Stimme wurde noch schriller. «Aber wo ist sie dann? Sie hat gesagt, sie muss für drei, vier Stunden weg wegen der Arbeit, aber das war heute früh, und jetzt ist schon Nachmittag, und sie geht nicht an ihr Telefon, und sonst ist sie doch immer erreichbar, und wir müssen doch zum Krankenhaus. Der Notarzt … Eduardo …»

Zu Pintos Entsetzen brach die Frau in Tränen aus. «Jetzt beruhigen Sie sich doch bitte. Sie wird sich bestimmt bald bei Ihnen melden.»

Was sollte er auch sonst sagen? Die Frau tat ihm leid, aber er hatte jetzt wirklich keine Zeit für Anabela Silvas Familienangelegenheiten.

«Es tut mir wirklich sehr leid, aber ich muss jetzt auflegen. Alles Gute.» Mit etwas schlechtem Gewissen unterbrach er die Verbindung.

«Was war denn?», fragte Soares.

«Anscheinend ist in Anabela Silvas Familie jemand krank, und sie meldet sich nicht.»

Sie bogen in den mit breiten Natursteinen gepflasterten Weg, an dem das Hinweisschild zur Praia Fluvial stand, und schauten kurz darauf auf eine Gruppe von vielleicht fünfzehn schwarzen Schweinen hinab, darunter ein paar Ferkel. Das Grundstück, auf dem die Tiere sich unter Orangenbäumen um ein paar herabgefallene Früchte stritten, lag tiefer als der Weg. Der Boden des

Geländes war kahl und dunkel, fast so schwarz wie die Haut der Schweine. Aufgehäufte Feldsteine ließen darauf schließen, dass hier jemand einen steten Kampf gegen den steinigen Grund führte. Weidedraht und Holzpaletten bildeten eine nicht besonders stabil wirkende Einzäunung. Einen Augenblick standen Pinto und Soares nur da und sahen den Tieren zu.

«Komische Vorstellung, dass eins davon morgen klein geschnitten wird», sagte Pinto. «Warst du mal bei einer Hausschlachtung dabei?»

«Nicht nur einmal. Ich komme schließlich vom Land.»

«Also, ich muss das nicht haben. Für mich dürfen die Tierchen gern schon fertig als Schnitzel auf dem Teller liegen, ohne dass ich darüber nachdenke, wie sie dahingekommen sind. Ah, da ist sie.»

Aus einem grob gemauerten Gebäude war eine Frau in einem schwarzen Kleid getreten, in jeder Hand einen Eimer. Vor dem Gebäude stand ein langer stabiler Tisch. Die Schlachtbank, vermutete Pinto. Die Frau ging daran vorbei zu zwei steinernen Trögen. Er wartete, bis sie die Eimer geleert hatte.

«Senhora Maria Duarte?»

Sie blickte auf. Die Witwe war nicht so alt, wie er zunächst gedacht hatte, vielleicht Mitte fünfzig. Gesicht und Körper wirkten aufgequollen, die Züge seltsam reglos.

«Sim?»

«Können wir Sie kurz sprechen?»

«Wenn Sie von den Zeugen Jehovas sind, ist die Antwort nein.» Trotzdem kam sie näher an die Einzäunung und sah zu ihnen hinauf.

«Wir sind von der Kriminalpolizei. Das ist Inspektorin Soares, mein Name ist Pinto. Wie kommt man von hier auf das Gelände?»

«Worum geht es denn?»

«Um die Jagdwaffen Ihres verstorbenen Mannes.»

«Die hab ich abgegeben.»

«Das wissen wir. Wir müssen dennoch mit Ihnen reden. Also, wo geht es zu Ihnen rein?»

«Den Weg weiter runter, da ist ein Tor.»

Zu Pintos Erleichterung betraten sie einen Bereich des Grundstücks, der von den freilaufenden Schweinen mit weiteren Paletten abgetrennt war. Maria Duarte zog eine der Paletten kurz zur Seite und kam zu ihnen. Die Schweine waren ihr gefolgt, drängten sich jetzt an der Absperrung und schoben schnuppernd die feuchten Schnauzen nach oben.

Soares zeigte auf die Tiere und ließ den Blick in Richtung des langen Tisches wandern. «Sie schlachten morgen, haben wir gehört.»

Ein kurzes Nicken. «Zusammen mit ein paar Nachbarn.»

«Aber Ihr Sohn führt das Messer, nehme ich an?», sagte Soares. Und, zu Pinto gewandt: «So ist das jedenfalls bei uns zu Hause im Alentejo, das ist immer die Aufgabe des ältesten Sohnes.»

Die dunklen Augen von Maria Duarte leuchteten kurz auf. «Marco ist der Beste! Er sticht nie daneben, nie. Immer direkt ins Herz, da muss kein Tier unnötig leiden. Unsere Familie stammt auch aus dem Alentejo.»

Gut gemacht, Soares, dachte Pinto. Er würde das Gespräch erst einmal ihr überlassen.

Das Leuchten in den Augen verschwand. «Was ist denn nun mit den Gewehren?»

«Dona Maria, bevor Sie sie abgegeben haben, wer hatte da Zugang zu den Waffen Ihres Mannes?», fragte Soares.

«Ich, aber ich hab die Dinger nie angerührt.»

«Und Ihr Sohn?»

«Der Schrank ist immer abgeschlossen.»

«Er weiß, wo der Schlüssel ist?»

Sie zuckte mit den Achseln.

«Ist Ihr Sohn selbst Jäger?»

Maria Duarte schien das Thema nicht zu behagen, sie schaute überallhin, nur nicht ins Gesicht der Inspektorin.

«Antworten Sie bitte.»

«Marco hat keinen Schein.» Dann, mit leichtem Trotz in der Stimme: «Sonst hätte er die Gewehre ja behalten und auf sich umschreiben lassen können.»

«Aber er jagt.»

«Früher, mit seinem Vater.»

«Und seitdem?»

«Davon weiß ich nichts.»

Ja klar, dachte Pinto. Und ich bin Vegetarier. Er konnte die Rebhühner förmlich am Haken hängen sehen, die der junge Mann nach Hause gebracht hatte. Bis er oder seine Mutter am 8. April beschlossen hatten, sich von den Gewehren zu trennen. Fragte sich nur, warum.

Er schaltete sich ein: «Warum haben Sie die Waffen erst Monate nach dem Tod Ihres Mannes abgegeben?»

«Hatte was anderes zu tun. Sie haben wohl keine Ahnung, wie das ist, wenn einer plötzlich nicht mehr da ist! Marco hat mich irgendwann dran erinnert.»

«Ihr Sohn ist noch bei der Arbeit?»

Sie nickte.

«Wissen Sie, wo genau?»

«Nein, das wechselt immer, wo er hinmuss.»

Pinto sah Soares an. Sie schüttelte leicht den Kopf.

«Vielen Dank, Dona Maria», sagte er. «Das war's dann auch schon.»

Ohne ein weiteres Wort drehte die Witwe sich um, zog die Palette wieder ein Stück zur Seite und schloss die Lücke schnell, ehe eines der Schweine sich hindurchdrängen konnte.

«Was denkst du?», fragte Pinto, als sie wieder beim Wagen waren.

«Ich denke, sie nimmt Medikamente, vermutlich Antidepressiva», antwortete Soares. «Und sie lügt, was das Jagen ihres Sohnes angeht.»

«Das war auch mein Eindruck. Und erinnerst du dich, was Letícia Pestana nach der Obduktion von Vogels Leiche gesagt hat?»

«Und ob: ein einziger Stich ins Herz. Jemand mit sehr viel Glück oder sehr viel Erfahrung.»

Über das Dach des Autos hinweg sahen sie sich an.

«Dann wollen wir uns den jungen Mann mal ansehen», sagte Pinto und schloss den Wagen auf.

40

João Almeida fühlte sich unwohl. Diese verfluchte Riesenstadt. Selbst jetzt, Ende April, schon von Touristen überfüllt. Der Stress ging los, sobald er aus dem Flughafen trat. Die Schlange am Taxistand endlos. Dasselbe vor den Ticketautomaten der Metrostation. Ewig stand er an, dachte dabei über das ihm bevorstehende Gespräch nach, fühlte sich noch unwohler und quetschte sich schließlich in einen überfüllten Zug.

An der Station Baixa Chiado stieg er aus, fand den richtigen Ausgang und fuhr über die langen überfüllten Rolltreppen aus der Unterwelt der Stadt zurück ins Licht. Als er endlich an seinem Ziel ankam, war sein Anzug zerknittert, er selbst verschwitzt und deutlich zu spät. Inzwischen bezweifelte er außerdem, dass die Wahl des Lokals, in dem er sich mit seiner Schwester treffen wollte, eine gute war. Zu bekannt, zu attraktiv für Touristen. Er konnte nur hoffen, dass es in dem Innenhof, in dem sie verabredet waren, ruhiger sein würde als in der Cervejaria Trindade selbst. Es war das älteste Brauhaus Lissabons, angeblich sogar ganz Portugals, berühmt für seine lange Geschichte und für seine Fliesenbilder, die Azulejos. Vor Hunderten von Jahren hatte hier ein Kloster gestanden.

Heute beherbergten die Gebäude ein Restaurant mit mehreren Speisesälen, einer davon im früheren Refektorium des Klosters. Almeida hatte diesen Treffpunkt aus einem einfachen Grund vorgeschlagen: Die Cervejaria war zentral gelegen und durchgehend geöffnet.

Er ging hinein und fand seine Befürchtungen bestätigt: Selbst jetzt, am Nachmittag, waren die Säle gut gefüllt, den Lärmpegel empfand er als unerträglich. Er ging durch zum Innenhof. Hier war es besser, tatsächlich waren nicht einmal alle Tische in dem von Topfpflanzen umstandenen Patio besetzt. Er sah sich um, prüfte die Gesichter der Gäste. Mehrere blonde Köpfe, zwei asiatische Paare. Eine Gruppe junger Portugiesen, die eben ihre Mahlzeit beendete. Keine Liliana. Kein Tisch, der aussah, als säße dort jemand allein und sei nur eben zur Toilette gegangen. Wo steckte sie?

Ein Kellner kam auf ihn zu. «Ein Tisch für eine Person?»

«Ich warte noch auf jemanden.»

War sie gegangen, weil er sich verspätet hatte? Aber dann hätte sie ihn doch … Verdammt. Er war so ein Idiot. Sein Telefon war noch im Flugmodus.

Sieben verpasste Anrufe. Drei allein von Pinto, vier aus dem Präsidium. Und da, tatsächlich, eine SMS von Liliana. «Muss den Termin auf 18:00 Uhr verschieben.» Keine Begründung, kein Gruß. Almeidas Laune sank endgültig in den Keller. Was, bitte schön, konnte der Dame dazwischengekommen sein? Sie war ja wohl im Urlaub, im Gegensatz zu ihm. Ihretwegen war er eigens hergeflogen. Frechheit. Er verließ die Cervejaria. Auf der Straße sah er wieder auf sein Telefon. Fünf neue Mails. Er überflog die Liste. Eine war von Anabela. Die Mails konnten warten. Er brauchte einen Espresso. Mindestens einen. Außerdem knurrte sein Magen.

Almeida ging ein Stück die Straße entlang, bog in die nächste, sah sich um, musterte die malerischen Altstadt-Fassaden und wünschte sich eine kleine normale Bar. Aussichtslos, nicht hier, nicht im Chiado. Hier war alles auf Touristen abgestellt. Schicke Geschäfte, schicke Bars. «Na gut», knurrte er, ging zurück zur Cervejaria und bestellte. Erst Kaffee, danach ein Steak vom Angusrind. Dann erst rief er Pinto an.

«Paulo, was gibt es? Du hast ein paarmal angerufen. Und die Zentrale auch. Bebt bei euch die Erde?» Während er zuhörte, brachte der Kellner den Kaffee. Almeida nahm einen Schluck und verbrannte sich die Lippen. Merda.

«Ihr habt einen Verdächtigen? Und der Mönch hat keinen Durchsuchungsbeschluss beantragt? Dieser Idiot! Wo seid ihr jetzt?»

Pinto antwortete nicht sofort, Almeida hörte andere Stimmen im Hintergrund, glaubte, die von Samanta Soares zu erkennen. Dann sprach der Kollege wieder.

«Wir sind in der Gemeindeverwaltung von Alcoutim. Die sagen gerade, dass der Mann die Beschilderung der Wanderwege überprüft. Er ist mit einem Dienstwagen unterwegs und hat gleich Feierabend.»

«Okay, seht zu, dass ihr ihn erwischt, bevor er nach Hause fährt. Wenn der Mann keine schlüssigen Antworten hat, nimm ihn vorläufig fest. Ich rede dann mit Fernandes.

Und halt mich auf dem Laufenden. Mein Telefon bleibt jetzt an.»

«Ja, wir gehen gleich zu dem Parkplatz, auf dem sein Privatwagen steht. Ach, noch was, die Mutter von Anabela hat im Präsidium angerufen, ziemlich aufgelöst. Sie kann sie nicht erreichen, und irgendwer in der Familie muss wohl ins Krankenhaus. Sie dachte, Anabela würde heute für uns arbeiten.»

«Okay, ich kümmere mich darum. Bis später.»

Langsam trank Almeida seinen Espresso aus. Anabela nicht erreichbar? Das war ungewöhnlich. In letzter Zeit hatte sie wegen ihres Vaters das Handy immer an. Er versuchte es selbst. Nichts. Dann fiel ihm die Mail ein, die er noch nicht gelesen hatte. Anabela hatte sie am frühen Morgen geschrieben.

Meu querido, bevor ich mich gleich auf den Weg mache, wollte ich dir noch schnell schreiben. Ich hab dir doch gestern von meinem neuen Teilzeitjob für den Bürgermeister erzählt. Inzwischen habe ich darüber nachgedacht, wie ich den Job angehen soll. Wie verbessert man das Image eines Wanderweges? Ich bin ja nicht gerade Profi in Sachen Öffentlichkeitsarbeit. Und vom Wandern habe ich erst recht keine Ahnung, auf der Via Algarviana war ich überhaupt noch nie. Also gehe ich heute ein bisschen wandern. Natürlich nicht die ganzen vierzehn Kilometer bis Furnazinhas, bestimmt reicht die Hälfte für einen Eindruck, und ich will mittags wieder zu Hause sein.

Mãe sage ich lieber nichts, sonst macht sie ein Drama,

du kennst sie ja. Aber ich dachte, irgendjemand sollte vielleicht wissen, wo ich stecke, falls ich mir den Fuß breche oder den Mörder treffe. LOL.
Wünsche dir einen schönen Tag, Küsschen, Anabela
PS: Hoffentlich kommt ihr mit den Ermittlungen weiter – ist ein doofes Gefühl, nicht mehr dabei zu sein.

LOL? Almeida hasste diese Abkürzungen, die anscheinend in Chats zum guten Ton gehörten genauso wie diese ganzen Smileys. Und inzwischen offenbar auch in Mails. Dann fiel es ihm ein: Laughing Out Loud. Lautes Auflachen.

Sehr witzig, Anabela Silva. Noch einmal wählte er ihre Nummer. Wieder nichts. Der Kellner stellte Steak und Beilagen auf den Tisch, Almeida nahm es kaum wahr. Sie hatte mittags zurück sein wollen. Jetzt war es kurz nach vier. Und wenn sie nun wirklich einen Unfall hatte? Hilflos allein am Weg lag? Ohne Empfang? Was konnte er tun? *Falls ich mir den Fuß breche oder den Mörder treffe.* Anabela auf dem Wanderweg. Der Verdächtige, der Schilder überprüfte. War es denkbar, dass …? Nein, völlig unwahrscheinlich. Es gab in der Gegend jede Menge Wanderwege. *Falls ich mir den Fuß breche.* Sein Steak aß er, ohne viel zu schmecken, ließ die Hälfte stehen, zahlte und versuchte erneut, sie zu erreichen. Seine Unruhe wuchs.

Als er wieder auf der Straße stand, meldete sich Pinto.

«Dieser Marco ist nicht aufgetaucht. Und eben hat sich Lourenço gemeldet. Die Ballistiker waren schnell. Das Projektil aus dem Wildschweinkadaver passt zu einem Gewehr des Vaters. Was sollen wir jetzt machen?»

«*Wie* heißt der Mann?»

«Marco, Marco Duarte.»

Almeida schloss die Augen, fühlte einen festen Händedruck, sah ein junges Gesicht. Schlechte Haut, dunkle Haare, ein kleines Feuermal. Hörte Belas Stimme: *Marco hat ein ziemliches Geltungsbedürfnis. Eigentlich tut er mir leid.*

«Habt ihr das Kennzeichen von seinem Dienstwagen? Gut. Gib eine Fahndung raus, sofort. Finde raus, wo dieser Marco heute Schilder prüfen soll, und schick Leute von der GNR hin. Ich rufe die Spusi an. Die sollen seinen Wagen und die Wohnung auseinandernehmen. Ist mir scheißegal, ob wir einen Beschluss haben. Gefahr im Verzug. Ich komme mit dem nächsten Flug zurück.»

Die Welle der Sorge um Anabela, die ihn erfasste, warf ihn fast um. Bildlich gesprochen. *Ich kann bei den Ermittlungen helfen. Ich kenne mich aus.* Ein Mörder, der sich so sicher fühlte, dass er die Nähe der Polizei suchte – *die Nähe zu Bela* – und sich in den Vordergrund drängte. Solche Fälle kannte er bisher nur aus der Fachliteratur.

Ein leeres Taxi. Almeida sprang halb auf die Straße, riss den Arm hoch. Zwanzig Minuten zum Flughafen, im Laufschritt zum Schalter. Das Flugzeug rollte bereits zu seiner Startposition, als er noch einmal Pinto anrief.

«Besorg eine Drohne, nein, besser zwei.»

«Findest du das nicht übertrieben?», fragte Pinto. Jemand berührte Almeida am Arm. «Sie müssen Ihr Telefon ausschalten, Senhor.» Er ignorierte die Stewardess. «Nein, es kann sein, dass Anabela …»

«Jetzt, Senhor!»

«Moment, Paulo.» Er klemmte das Telefon zwischen

Ohr und Schulter, zog seinen Dienstausweis aus der Tasche und hielt ihn der Frau unter die Nase. «Noch eine Minute.»

Die Flugbegleiterin hob die in perfekten Bögen gezupften Brauen.

«Da bin ich wieder, Paulo. Es kann sein, dass Anabela auf der zweiten Etappe der Via Algarviana unterwegs ist. Und dass ihr etwas passiert ist. Verstehst du? Es ist nur so ein Gefühl, aber bitte, kümmere dich drum, ja? Ich verlass mich auf dich. Ich muss auflegen.»

Irgendwann – die Maschine hatte schon ihre Reiseflughöhe erreicht – fiel ihm seine Schwester ein. Scheiß drauf.

41

Okay, dachte ich, fürs nächste Mal besorge ich mir richtige Wanderschuhe. Und solche Stöcke, wie sie echte Wanderer immer dabeihaben. Seit ein paar Minuten wusste ich auch, warum. Seitdem ich nämlich einen gemein steilen Hügel voller Geröll mehr abwärtsgeschlittert als -gelaufen war. Aber sonst? Ganz ehrlich, das hatte was, dieses Wandern. Sogar allein. Besonders allein. Wer hätte das gedacht?

Mit jedem Meter, den ich lief, wurde mein Kopf freier. So ähnlich wie beim Joggen. Aber mit einem Unterschied, und der gefiel mir sehr: Statt meines eigenen Keuchens hörte ich den Atem der Natur. Jedenfalls auf den ebenen Streckenabschnitten und wenn der Wind nicht gerade die entfernten Verkehrsgeräusche der IC27 zu mir trug. Dann war in meinen Ohren nur Bienengesumme, Vogelzwitschern und gelegentlich das Rauschen der Blätter in einem Baum – so intensiv, als wäre es im Tonstudio aufgenommen worden und würde per Dolby Surround wiedergegeben. Und was man alles so sieht und riecht, wenn man allein wandert! Keine Ahnung, wie oft ich mich schon nach einer Wildblüte gebückt, einem Schmetterling nachgeschaut oder eine besonders bizarr gewachsene Baumwurzel bestaunt hatte. Darüber würde ich auf jeden Fall schreiben.

Nur diese steilen Hügel zwischendurch, also die hätten für mich gern fehlen dürfen. Schon wieder geriet ich ins Rutschen. Und ich musste den verdammten Berg ja auch wieder rauf, wenn ich denselben Weg zurückgehen wollte. Nach dem steilen Hang führte die Strecke an einem mehrere Meter breiten Betonpfeiler vorbei. Ich sah nach oben und hatte freien Blick auf die massive Unterkonstruktion einer beeindruckenden Autobrücke. Das musste die Brücke über das Foupana-Tal sein, über die ich jedes Mal fuhr, wenn ich in Richtung Küste unterwegs war. Ich beobachtete einen Lkw – aus dieser Entfernung klein wie ein Spielzeugauto – und hörte ein donnerndes Geräusch, als der Wagen die Mitte der Brücke passierte. Ich kannte die Unebenheit auf der Strecke. Danach war das Motorengeräusch nur noch ein dumpfes Brummen. Nach der nächsten Kurve veränderte die Landschaft ihr Gesicht: Anstelle der Hügel, die mit Pinien, Steineichen und Zistrosen bewachsen waren, sah ich jetzt links den Wasserlauf der Ribeira da Foupana. Oha. Ich war sehr viel weiter und länger gelaufen, als ich vorgehabt hatte.

Irgendwo hier, das wusste ich von João, war April Thompsen gestorben. Ich bekam Gänsehaut. Bis zu diesem Moment hatte ich nicht an die beiden Mordfälle gedacht. Na gut, ganz am Anfang der Tour schon, aber dann wirklich nicht mehr. Ich schaute mich um, sah aber nur jede Menge Natur. Keine Reste von Absperrband, nicht den kleinsten Hinweis darauf, dass hier vor nicht allzu langer Zeit ein großes Polizeiaufgebot aktiv gewesen war. Auch nichts Bedrohliches. Natürlich nicht. Was auch?

Nun werd' mal nicht albern, Anabela.

Der Weg führte in einer weiteren langgestreckten Kurve an einem Wendeplatz vorbei hinunter zum Wasser. In meinem Handy hatte ich die Karte dieser Etappe der Via Algarviana gespeichert. Ich holte das Telefon aus meinem kleinen Rucksack, in den ich auch Wasser, Obst und eine Packung Kekse gepackt hatte, und schaute mir die Karte an. Von hier aus war die restliche Strecke bis nach Furnazinhas wesentlich kürzer als der Weg zurück. Nur ein Drittel so lang. Wenn mich jemand dort abholen könnte … Aber wer? Tia Paula? Oder Mário, mein Freund aus der Bibliothek? Vielleicht hatte er Zeit. Ein weiterer Blick auf das Telefon. Hier unten, am Fuß der Hügel, hatte ich null Netz. Kein Problem. Dann würde ich eben auf der nächsten Bergkuppe telefonieren.

Wieder sah ich mir die Karte an. Um nach Furnazinhas zu kommen, musste ich die Ribeira da Foupana queren. Aber an welcher Stelle? Schließlich entdeckte ich ein Holzschild mit der rot-weißen Markierung G13, der Bezeichnung für die Via Algarviana. Ein Pfeil wies nach rechts. Ich ging weiter und stand wenig später am Ufer. Ein zweites Schild besagte: Hier war der Übergang. Besser gesagt: Hier ging es durch den Bach. Ich setzte mich erst einmal hin, zog die Wasserflasche aus dem Rucksack und trank gierig in großen Schlucken.

Der Ort war ganz bezaubernd. Kristallklares Wasser floss munter über glattgeschliffene Steine, am Ufer wuchsen ein paar Lilien, kleine weißblütige Wasserpflanzen wogten an ruhigeren Stellen sacht hin und her. Und es war still. Nicht mal von der Brücke kam im Moment störender Lärm. Stattdessen raschelte meterhohes Schilfrohr sanft im Wind, der

Bach rauschte leise, Insekten summten. Ich hätte das alles genossen – hätte ich nicht ausgerechnet jetzt an den Teich denken müssen, in dem die Leiche von Florian Vogel gefunden worden war. Ein Teich, den der Bach gespeist hatte, an dem ich saß. Plötzlich erschien mir die Stille, die ich den ganzen Vormittag über genossen hatte, unheimlich. Ich war hier mutterseelenallein. Na und, Bela, bis eben hat dich das kein bisschen gestört, im Gegenteil. Aber es half nichts. Auf einmal fühlte ich mich beklommen und ungeschützt. Fast schon ängstlich.

Direkt mir gegenüber führte der Weg gut sichtbar den nächsten Hügel hinauf. Ziemlich steil. Aber wenn ich erst oben war, konnte ich bestimmt telefonieren. Dann würde ich Tia Paula anrufen. Oder Mário. Irgendwen. Würde irgendeine vertraute Stimme hören und dann über meine Ängstlichkeit lachen. Aber erst musste ich durch den Bach. Die könnten hier ruhig mal eine Brücke bauen, die Leute, die für die Strecke zuständig sind.

Ganz schön viel Strömung. Und reichlich Wasser. Neulich, nach dem großen Regen, hätte ich diese Überquerung bestimmt nicht mal zu versuchen brauchen. Ich zog meine Sportschuhe aus und krempelte die Hosenbeine hoch. Menschenskind, war das Wasser kalt. Vorsichtig setzte ich auf den glitschigen Steinen einen Fuß vor den nächsten. Gar nicht so einfach, mit den Schuhen in der Hand das Gleichgewicht zu halten. Wenigstens konnte ich im klaren Wasser die Steine gut erkennen.

Etwas knackte. Laut. Im Schilf. Irgendwo hinter mir.

Da – da war es wieder.

42

Seit Paulo Pinto mit Almeida gesprochen hatte, war eine gute Stunde vergangen. Inzwischen kontrollierten verschiedene Polizeieinheiten die Fahrzeuge an den Zufahrten zur IC27 und sämtlichen anderen Ausfallstraßen des Bezirks, außerdem die Auffahrten zur Via Infante, der Autobahn, die Portugal und Spanien verband. Im Einzugsbereich der GNR Alcoutim koordinierte Primeiro-Sargento Quintal die Suche nach Marco Duarte. Seine Leute fuhren mit Jeeps zunächst sämtliche Wanderwege ab, die die Gemeinde ausgewiesen hatte. Niemand hatte ihnen sagen können, wo genau der junge Mann an diesem Tag hatte arbeiten wollen.

Pinto saß mit Soares vor dem Haus von Maria Duarte im Auto und wartete auf das Team der Spurensicherung, das demnächst eintreffen sollte. Quintal hielt ihn auf dem Laufenden, bisher ohne positives Ergebnis. Hinter ihnen parkte ein Wagen der GNR, zwei Beamte würden sie bei der Hausdurchsuchung unterstützen.

Maria Duarte war nicht mehr bei den Schweinen. Soares hatte nachgesehen. Sie gingen davon aus, dass sie sich im Hause aufhielt. Andernfalls müssten sie noch einen Vertreter der Gemeinde dazuholen, um die Durchsuchung ausführen zu können. Pinto fragte sich, ob die Mutter ihren Sohn angerufen und ihm vom Besuch der Kripo erzählt hatte. Garantiert. Wieso sonst sollte er mit einem Dienstwagen verschwunden sein? Duartes' Privatfahrzeug war beschlagnahmt. Auch das würden sich die Kriminaltechniker ansehen. Pinto sah auf die Uhr. So langsam konnten die Kollegen wirklich ankommen. Und mit ihnen zwei Kollegen der PSP, die für den Einsatz von Drohnen ausgebildet waren. Ein Blick in den Rückspiegel. Na endlich, da waren sie. Er erkannte Carmen und Helder von der Spusi.

«Es geht los, Samanta.» Sie hatten besprochen, dass Samanta sich um den Drohneneinsatz kümmern würde, während er selbst die Hausdurchsuchung leitete. «Und denk dran: Sie sollen zuerst die drei Etappen der Via Algarviana abfliegen, die durch den Bezirk Alcoutim-Pereiro gehen.»

«Ja, weiß ich.»

Sie stiegen aus dem Wagen. Pinto gab dem Mann von der GNR ein Zeichen, ebenfalls auszusteigen, und ging mit Soares zu den Kollegen. Eine kurze Besprechung auf der Straße. Soares würde mit den beiden Piloten zur Wache fahren, dort würde ein Mann von der GNR zu ihnen stoßen, sodass sie Teams bilden und mit zwei Fahrzeugen die Strecken abfahren konnten. Soares hatte in der Gemeindeverwaltung detaillierte Karten bekommen.

Während die Drohnenpiloten ihre schwarzen Ausrüstungskoffer in den Dienstwagen der PJ luden und Soares sich ans Steuer setzte, gingen Pinto, die Beamten der GNR sowie Carmen und Helder auf Duartes Haus zu.

«Okay, Paulo, wonach sollen wir suchen?», fragte Carmen.

«Wir suchen vor allem nach Messern mit breiter Klinge und nach Arbeitshandschuhen aus Leder. Hier im Haus und danach auf dem Gelände, wo die Familie Schweine hält und schlachtet. Ich will alle Mobiltelefone, die ihr findet. Zum Schluss müsst ihr euch noch den Wagen des Verdächtigen vornehmen. Nehmt auch das Reifenprofil ab. So weit alles klar?»

Alle nickten.

«Dann mal los.»

43

Stocksteif stand ich mitten im Bach. «Ist da jemand?» Vorsichtig drehte ich meinen Oberkörper um die eigene Achse. Nichts. Niemand. Ich wartete. Lauschte. Wartete. Kein Knacken mehr.

Okay, Bela, geh weiter. Einfach weiter. Durch das Wasser. Dann nur noch den Berg rauf. Dann anrufen. Eins nach dem anderen. Immer wieder sah ich mich um und suchte mit den Augen den Schilfgürtel nach einer Bewegung ab. Schlauer wäre gewesen, auf meine Füße zu achten. Mit dem rechten rutschte ich ab, geriet in eine Spalte zwischen zwei großen Steinen, strauchelte, und dann knallte ich auch schon mit dem Steiß auf einen Stein.

Im ersten Moment war das eiskalte Wasser fast schlimmer als der Schmerz des Aufpralls. Sogar schlimmer als der scharfe Schmerz in meinem Fuß. Im zweiten Moment schrie ich laut auf. Vor Schmerz und vor Schreck. Vielleicht zwanzig Meter von mir entfernt brach ein riesiges Wildschwein aus dem Schilf, setzte über den Bach und rannte davon. Mein Herz klopfte wie verrückt.

Auf allen vieren oder vielmehr auf allen dreien krabbelte ich schließlich ans gegenüberliegende Ufer. Mein rechter Fuß war nicht mehr zu gebrauchen und schmerzte höllisch. Misstrauisch beäugte ich den Schilfgürtel. Hoffentlich hockten da nicht noch mehr solcher Viecher drin. Die haben mehr Angst als du, beruhigte ich mich selbst. Bestimmt hast du das arme Schwein mit deinem Krach bei dem Sturz aufgeschreckt, sonst wäre es gar nicht da rausgekommen. Vorsichtig betastete ich das Gelenk an meinem Knöchel. Es schwoll bereits an. Das kommt davon, Anabela Silva, wenn man lustige Mails schreibt, ohne dreimal auf Holz zu klopfen. *Falls ich mir den Fuß breche oder den Mörder treffe. LOL.* Na los, Anabela, dann lach mal.

Nie im Leben kam ich mit diesem Fuß den Berg rauf. Ich versuchte es, natürlich tat ich das. Anfangs schien es auch ganz gut zu gehen, mit zusammengebissenen Zähnen. Ich fand einen halbwegs stabilen Ast und benutzte ihn als Krücke. Solange der Hang einigermaßen sanft anstieg und das Adrenalin, das Sturz und Schreck freigesetzt hatten, noch wirkte, kam ich humpelnd voran. Aber dann brach der verdammte Ast, und ich stand wacklig und heulend in der Landschaft. Ja, ich weiß. Andere Menschen in Notsituationen schneiden sich selbst Gliedmaßen ab, um zu überleben. Wahre Helden. Aber ich bin Anabela Silva. Ich kann so was nicht. Was ich sagen will: Ich bin nicht tapfer. Kein bisschen. Auf meinem Hintern rutschte ich den kleinen Teil des Hangs, den ich bewältigt hatte, wieder hinunter und hielt meinen verletzten Fuß erneut ins kalte Wasser.

Inzwischen waren mehr als zwei Stunden seit meinem Unfall vergangen. Denk nach, Anabela. Was kannst du noch tun? Da war die Brücke. Wenn man aus Richtung

Mértola kam, konnte man von der Brücke in das Tal schauen. Das hatte ich selbst oft genug getan. Wenn ich also ein Feuer machen und dann daneben mit meiner Jacke wedeln würde, dann würde mich vielleicht von da oben ein Autofahrer sehen und die richtigen Schlüsse ziehen. Tja. Ein Himmelreich für ein Feuerzeug. Also weiter warten. Irgendwann würde mich jemand vermissen, würde João meine Mail lesen und wissen, wo ich zu finden war. Mãe musste inzwischen verrückt vor Sorge sein, weil ich mittags nicht wie versprochen nach Hause gekommen war.

Eine weitere Stunde schlich dahin, ich hatte meine Kekse gegessen und fast das ganze Obst. Einen einsamen Apfel behielt ich als eiserne Reserve. Und wenn João die Mail erst am Abend las? Oder morgen?

Also gut, Anabela. Nützt ja nichts. Den Berg rauf. Auf den Knien. Ich zog den Fuß aus dem Wasser. Das geschwollene Gelenk begann sich bläulich zu verfärben. Keine Chance, den Schuh anzuziehen. Also streifte ich nur den linken über und steckte den rechten in den Rucksack. Die Socken kamen als Schutz vor Steinen über die Hände.

Als ich mich eben auf die Knie fallen ließ, hörte ich es. Ein Auto. Nicht auf der Brücke. Nicht so weit weg. Wahrscheinlich spielten mir nur meine Ohren einen Streich. Aber das Motorgeräusch kam näher. Wirklich. Ich drehte mich mühsam wieder um, fiel zurück auf den Po. Und dann sah ich es auch: ein großes weißes Fahrzeug. Es fuhr den Hügel herunter, auf dem ich vor Stunden ins Rutschen geraten war. Jetzt nahm der Wagen die langgezogene Kurve – und verschwand aus meinem Blickfeld. Kurz darauf erstarb das Motorengeräusch.

Wahrscheinlich hielt der Wagen auf dem Wendeplatz, an dem ich vorbeigekommen war. Halten war gut. Aber wer auch immer da angehalten hatte – vielleicht ein Imker, hier in der Gegend gab es viele Bienenstöcke –, konnte mich nicht sehen. Ich musste zu diesem Wendeplatz. Zurück durchs Wasser. Ich nahm mir nicht die Zeit, den Schuh auszuziehen, zog nur die Socken von den Händen, stopfte sie in den Rucksack, band ihn mir vor den Bauch und rutschte wieder in den Bach. Während ich mich sehr langsam und möglichst ohne den verletzten Fuß zu belasten, auf dem Allerwertesten von Stein zu Stein auf die andere Seite schob, rief ich, so laut ich konnte, um Hilfe.

Niemand kam.

Ich hörte auf zu rufen. Lauschte. Bitte fahr nicht wieder weg, bitte, bitte. Wieder rief ich, wieder lauschte ich. Und dann, nach endlos scheinenden Minuten, Schritte. Wunderbare, absolut herrlich klingende Schritte. Eindeutig in meine Richtung. Ich kann das Ausmaß meiner Erleichterung gar nicht schildern. Gleich. Gleich würden mir starke Arme zu dem Auto helfen. Ich würde nach Hause kommen, dann zu einem Arzt. Alles würde wieder gut. Dort kam mein Retter.

Allerdings einer, den ich mir bei freier Wahl bestimmt nicht ausgesucht hätte.

44

«Wie lange kann das Ding oben bleiben?» Samanta Soares legte den Kopf in den Nacken und folgte mit den Augen dem quadratischen Fluggerät, das gerade mit vier rotierenden Propellern und einem lauten Brummen immer weiter in die Höhe stieg und entlang des Wanderweges weiterflog.

«Dieser *Quadrocopter*, Frau Kollegin, übrigens ein Profigerät der neuesten Generation mit Wärmebildkamera und Lautsprecher, hat eine Flugzeit von bis zu einunddreißig Minuten, eine Reichweite von sechs Kilometern und hat 34 000 Euro gekostet. Wollen Sie die Bilder sehen?»

«Unbedingt!» Für einen Moment nahm der PSP-Kollege, der sich als Agente Conde vorgestellt hatte, eine Hand von der Fernbedienung der Flugmaschine und bückte sich zu dem Koffer zu seinen Füßen, den Blick weiter gen Himmel gerichtet. Er reichte ihr ein Tablet. «Nur einschalten.» Er selbst verfolgte den Flug über einen Bildschirm, der über der Fernbedienung des Copters befestigt war.

Wenig später sah Soares in Echtzeit die gestochen scharfen Bilder, die die Kamera lieferte und die gleichzeitig an einen Computer bei der PSP in Faro gesendet wurden. In der linken unteren Ecke des Bildschirms war ein Kartenausschnitt eingeblendet.

«Wirklich schöne Gegend hier», bemerkte Agente Conde, «hätte ich gar nicht gedacht.» Er ließ die Drohne kreisen. Die Bilder zeigten den Grenzfluss mit den beiden weißen Orten an seinem Ufer aus der Vogelperspektive, dann fokussierte er die Kamera auf den Weg, der sich in westlicher Richtung durch die Hügelketten schlängelte.

«Da laufen zwei Leute!», rief Samanta.

«Ja, ich seh's.» Conde ließ den Copter tiefer fliegen. Zu erkennen waren zwei Wanderer mit schwerem Gepäck und Wanderstöcken, die die Gesichter unter ihren Hüten gen Himmel drehten. Conde bewegte den Stick an der Fernbedienung, die Drohne stieg wieder. Er wusste von Soares, dass sie nach einem weißen Fahrzeug mit offener Ladefläche und einem einzelnen Mann in Arbeitskleidung suchten, außerdem nach einer einzelnen Frau. Sie hatten sich zuerst die Etappe vorgenommen, die von Alcoutim nach Balurcos führte. Sein Kollege war derweil mit seiner Ausrüstung auf der Strecke von Furnazinhas nach Vaqueiros unterwegs. Soares hatte ihn anhand der Wanderkarten aus der Gemeindeverwaltung instruiert.

Eine Stunde und verschiedene Haltepunkte später, an denen Conde sein Fluggerät aufsteigen ließ, hatten sie bereits zweimal die Akkus der Drohne ausgewechselt und diverse Wanderer erschreckt, aber nichts erreicht. Sie trafen sich mit dem ebenso erfolglosen Team 2, bestehend aus dem anderen Piloten und einem GNR-Mann, und beschlossen, die verbleibende Etappe zwischen Balurcos und Furnazinhas gleichzeitig aus zwei Richtungen abzusuchen.

Paulo Pinto meldete sich bei Soares. «Und?», fragte er nur.

«Noch nichts. Bei euch?»

«Fahndung bisher negativ. Bei der Durchsuchung haben wir ein paar Handschuhe gefunden, die zu den Faserspuren passen könnten. Kein Messer, das als Tatwaffe in Frage kommt. Seine Mutter sagt, sein eigenes Messer hat er immer bei sich. Was denkst du, wie lange braucht ihr noch?»

«Etwa eine Stunde», schätzte Soares.

«Wo seid ihr jetzt?»

«Ich bin mit Agente Conde in Balurcos, das zweite Team ist nach Furnazinhas gefahren und startet von dort.»

«Gut, wartet in Balurcos. Ich komme zu euch. Wir finden den Mistkerl schon.»

«Dein Wort in Gottes Ohr, Paulo.»

Eine halbe Stunde später schien es, als wäre Soares' frommer Wunsch erhört worden.

«Eine Frau und ein Mann, keine Wanderer, weißes Fahrzeug, offene Ladefläche», meldete Team 2 per Funk.

«Wo?»

«An der Ribeira da Foupana, nah am Weg. Moment, ich geh tiefer und zoome ran.»

Gebannt warteten Soares, Pinto und Agente Conde auf die nächste Information.

«Da stimmt was nicht. Sieht aus, als wäre die Frau verletzt.»

45

Klein, schmierig, fliehendes Kinn – es war unverkennbar Chico Teixeira, der mir mit vertraut mürrischer Miene und in Jagdmontur gegenüberstand. «Was ham Se denn für'n Problem?» Keinerlei Erkennen stand in seinem Gesicht. Offenbar hatte ich bei ihm keinen so bleibenden Eindruck hinterlassen wie er bei mir. Manchmal bin ich auch für kleine Dinge dankbar.

Ich schluckte also das «Ausgerechnet Sie?», das mir schon auf der Zunge lag, wieder herunter, machte mir klar, dass man im Moment der Not nicht wählerisch sein darf, und bemühte mich um einen möglichst hilflosen Gesichtsausdruck. «Mein Fuß», ich zeigte auf die inzwischen dunkelblaue Schwellung, «ich bin gestürzt. Im Bach. Können Sie mich vielleicht nach Balurcos bringen?»

Es war nicht zu übersehen, dass ihm die Rolle des barmherzigen Samariters nicht behagte. Seine Miene war noch mürrischer geworden.

«Ich hab hier kein Netz», setzte ich also mit schwacher Stimme hinzu. «Bitte.»

«Muss ich ja wohl. Stützen Sie sich auf mich.»

Er sah nicht nur schmierig aus, er roch auch schlecht. Wieder rief ich mich innerlich zur Ordnung, atmete durch den Mund und humpelte an seiner Seite zum Wendeplatz. Dort stand, wie ich ganz richtig vermutet hatte, sein Wagen. Ein verbeulter Jeep, die Heckklappe war offen. Jetzt musste ich nur noch die letzten fünfzig Meter schaffen.

«Das ist wirklich nett von Ihnen», sagte ich. Zu meiner Überraschung hatte er mir sogar den Rucksack abgenommen und ihn sich über seine freie Schulter gehängt. «Was für ein Glück, dass Sie heute hierhergekommen sind.»

«Im Moment komm ich hier regelmäßig her, Wildschweine anfüttern. Sag'n Sie mal, kenn ich Sie nich?»

Ich gab vor zu stolpern, sagte «Aua» und hoffte, die Frage so zu umschiffen. Leider brauchte er gar keine Antwort.

«Klar, Sie sind doch diese Journalistin, die mir Fragen gestellt hat. Und die mit 'nem Bullen zusammen ist.»

Er blieb stehen und drehte mir den Kopf zu. Der Ausdruck in seinen Augen war nicht freundlich.

«War'n Sie das? Hab'n Sie mir die Kripo auf den Hals gehetzt? Klar war'n Sie das!»

Nicht freundlich war schamlos untertrieben. Das war blanker Zorn, der in seinen Augen stand. Im nächsten Augenblick gab er mir einen heftigen Schubs. Ich landete auf dem Boden, neuer Schmerz schoss durch meinen Fuß. Plötzlich wirkte der Mann gar nicht mehr so klein, der jetzt über mir stand und auf mich herabblickte wie auf ein Insekt, das er in der nächsten Sekunde zertreten wollte. Instinktiv hob ich die Arme schützend vor mein Gesicht und drehte mich zur Seite.

Ich sollte nie herausfinden, ob er mich wirklich getreten hätte. Teixeira wurde von einem Auto abgelenkt, das in hohem Tempo den Berg runterfuhr, dann aus der Kurve schoss und neben seinem Wagen so scharf bremste, dass der Sand nur so aufspritzte.

«Weg von der Frau», hörte ich eine Stimme brüllen, sah durch meine gespreizten Finger die Fahrertür auffliegen, einen Mann aus dem Wagen springen und auf uns zurennen.

Kaum wollte ich meinen Augen trauen. Da stürmte tatsächlich Testosteron-Marco auf uns zu. Wer hätte gedacht, dass Stalking auch seine guten Seiten haben kann? Bei dem Gedanken fing ich hysterisch an zu kichern. Ich kicherte immer noch – inzwischen allerdings von Schluchzern unterbrochen –, als Chico Teixeira samt seinem Wagen in einer Staubwolke verschwunden war und Marco mir aufhalf. War wohl alles ein bisschen viel heute.

Gestützt von meinem deutlich besser riechenden zweiten Retter des Tages, hinkte ich endlich zum Parkplatz.

Noch mal Glück gehabt, Bela.

Dann hörte ich das Brummen.

46

«Das ist doch Anabela Silva!», rief Soares erstaunt aus, als sie die Personen erkennen konnte. «Wie kommt die denn dahin?»

Agente Conde hatte mit ein paar kurzen Eingaben am Tablet dafür gesorgt, dass sie die Bilder sahen, die der Copter seines Kollegen aufnahm. Auch Pinto und der GNR-Mann, mit dem er nach Balurcos gekommen war, starrten auf den Bildschirm. Anabela Silva schien sich auf die Schulter des Mannes zu stützen und trug nur einen Schuh. Die Kamera erfasste jedes Detail, auch den dick angeschwollenen Knöchel ihres rechten Fußes. Anabela und der Mann schauten jetzt hoch zur Kamera.

«Das ist Marco Duarte, ich kenne ihn», bestätigte der GNR-Kollege Pintos Befürchtung. Entsetzt sahen sie zu, wie Duarte Anabela plötzlich brutal zum Wagen zerrte, sie hineinstieß, sich selbst hinters Steuer setzte und mit hoher Geschwindigkeit losfuhr.

«Dahinten ist noch ein Fahrzeug», sagte Pinto und zeigte auf eine Staubwolke, die sich bereits in einiger Entfernung von dem Ort wegbewegte.

«Der fährt auf die N122 zu. Da müssten Kollegen stehen.»

«Und wo kann Duarte hin? Muss der auch da lang?»

«Nicht unbedingt. Sehen Sie? Er fährt auf eine Kreuzung zu, von da kann er auch nach links in Richtung Palmeira oder geradeaus auf die M1059. Wird ihm aber alles nichts nützen, wir können jeden Punkt absperren, an dem er auf eine Straße stößt. Das schaffen wir locker, bis er da ist.»

«Dann los, worauf warten Sie?»

Während der GNR-Kollege telefonierte, holte Agente Conde seinen Copter vom Himmel und packte ihn in den Koffer. Für Aufnahmen durch seine Drohne waren sie zu weit weg vom Geschehen. Pinto und Soares klebten mit den Augen am Tablet.

«Was soll das, was macht der denn? Der soll dranbleiben!» Pinto konnte nicht fassen, was er sah – die Drohne entfernte sich und verlor den Wagen aus dem Blick, bevor der die Kreuzung erreichte. Agente Conde kam wieder zu ihnen und sah ebenfalls auf den Bildschirm. «Der Akku wird am Limit sein», sagte er lakonisch. «Der Kollege braucht ein paar Minuten für den Rückflug und den Wechsel, dann ist die Maschine wieder oben.»

«Merda!», fluchte Pinto.

Acht quälend lange Minuten vergingen, ehe sie wieder Bilder bekamen. Weitere zwei, bis die Kamera die Kreuzung zeigte, auf die Duarte zugefahren war. Doch von seinem Wagen keine Spur. Der Pilot zog die Drohne höher, jetzt konnten sie einen größeren Ausschnitt sehen.

Aber noch immer kein Fahrzeug.

47

Erst leise, dann immer lauter wurde die Luft von diesem seltsamen hohen Brummton erfüllt. Zuerst dachte ich, das Geräusch sei nur in meinen Ohren, so eine Art stressbedingter Tinnitus. Aber dann hob Marco den Kopf. Ich tat es ihm nach und brauchte einen Moment, bis ich kapierte, was da auf uns zuschwebte. Schließlich war dies die erste Drohne, die ich live zu sehen bekam. Verwundert sah ich Marco an und erschrak: Sein Gesicht lief rot an und verzerrte sich zu einer wütenden Fratze. «Verdammte Scheiße! Los, rein in den Wagen, mach schon.» Er riss mich förmlich zu seinem Auto und stieß mich auf den Beifahrersitz.

«Marco, du tust mir weh! Was soll denn das?»

«Klappe!» Er ließ den Wagen an, wendete und raste den Weg zurück, den er gekommen war. Sein Pick-up hatte so gut wie keine Federung und donnerte nur so über die steinige Piste. Ich klammerte mich mit beiden Händen an den Haltegriff oberhalb des Fensters und versuchte, mein Bein in der Luft zu halten, damit der Fuß nicht so viele Schläge abbekam. Jedes Mal, wenn er doch den Boden berührte, wurde mir vor Schmerz übel und schwindlig. Neben mir stieß Marco Flüche aus und redete unverständliches Zeug.

Wir kamen an eine Kreuzung, die ich am Morgen passiert hatte. Ich erinnerte mich daran, weil es die einzige Kreuzung war. Rechts ging es nach Hause. Marco raste geradeaus. Einen Berg runter, der Wagen knallte durch ein trockenes Bachbett. Neuer Schwindel. Wieder bergauf. Marco sah abwechselnd nach vorn und nach oben. Auf einer der nächsten Bergkuppen hatten wir plötzlich freien Blick auf eine Straße – und auf Blaulicht. Polizei. Viel Polizei. Aber wieso …?

Marco stieg hart auf die Bremse, riss das Steuer herum. Die Zweige einer mächtigen Eiche streiften Dach und Windschutzscheibe. Kurz vor dem nächsten Baum kam der Wagen zum Stehen. Marco griff über mich hinweg und stieß die Tür auf. «Raus!» Momente später war er an meiner Seite, zog mich aus dem Wagen. Ich stürzte, er riss mich hoch. Einen Augenblick lang konnte ich in seine Augen sehen – und was ich dort sah, machte mir Angst. Wie eine Gliederpuppe zerrte Marco mich jetzt zwischen Bäumen durchs Gebüsch. Vor Schmerz und Furcht heulte ich auf. Was hatte dieser Irre mit mir vor?

Reiß dich zusammen, Anabela, Heulen nützt dir gar nichts. Er kann nicht ewig weiterrennen. Wenn er stehen bleibt, muss dir was einfallen, dann musst du was tun. Guter Gedanke. Nur was? Der Rucksack mit meinem kleinen Obstmesser kam mir in den Sinn. Der Rucksack, den ich nicht mehr hatte. Vorerst konnte ich sowieso nichts anderes tun, als mit irren Schmerzen hilflos durch stacheliges Gebüsch zu stolpern, gehalten von Marcos eisernem Griff. Und dann, als ich dachte, ich würde nicht mehr lange durchhalten und ohnmächtig werden, blieb er schwer atmend stehen. In vielleicht zwanzig Metern Entfernung ragte ein Hochsitz aus dem stacheligen Dickicht.

«Weiter. Da rauf!»

Der Hochsitz war aus Holz, hatte ein Dach und Sichtluken. Meine Hände umfassten schon die Leiter, als ich das Brummen wieder hörte. Ja! Die Drohne würde mich finden, jemand würde die Bilder sehen und begreifen, was hier gerade passierte. Die Polizei war ganz in der Nähe. Noch war das Brummen leise, aber es kam näher. Oder bildete ich mir das ein?

«Schnell!»

Marcos Atem im Nacken, seine Hände an meinen Hüften. Er schob. Was blieb mir übrig? Mit den Händen zog ich mich nach oben, während er von unten drückte. Kaum lag ich mit dem Bauch auf dem Boden im Hochsitz, sprang Marco über mich, zog mich ganz hinein und kauerte sich an der rückwärtigen Wand zusammen. Mühsam drehte ich mich um. Wir lauschten auf das Brummen, ich zählte die Sekunden. Dann war die Drohne über uns. Ich starrte auf das Holzdach über mir und dachte: Zu spät.

48

«Da ist der Wagen.» Agente Conde zeigte auf einen von einem großen Baum halb verdeckten weißen Fleck. Der Mann war die Ruhe selbst und sprach jetzt in sein Funkgerät. «Geh mal näher ran.» Die Kamera zoomte. Beide Autotüren waren offen, kein Mensch in der Nähe.

«Wo sind sie hin, verdammt?» Paulo Pinto musste sich gewaltig zusammenreißen, um sich die eigene Nervosität nicht allzu sehr anmerken zu lassen.

Soares zupfte an seinem Ärmel. «Lass uns hinfahren, Paulo. Ich weiß, wo das ist.» Sie zeigte auf den Kartenausschnitt am Bildrand. Doch Pinto sah weiter auf den Bildschirm, auf dem sich die Perspektive erneut änderte. Der Copter stieg, überflog das mit Eichen und Gebüsch bewachsene Gebiet, in dem der Wagen stand.

«Da, seht ihr das?» Fast hätte Pinto mit dem Finger auf den Schirm getippt. Ein verfallenes Gebäude mit einem kleinen Rest Dach. Der Pilot brauchte keine Anweisung, kippte die Kamera, zoomte wieder. Leer. Weiter. Ein geschlossener Hochsitz. Holzwände, schmale Sichtluken.

«Ich geh auf Thermal», hörten sie die Stimme des Piloten aus dem Funkgerät. Dann wurde das Bild bunt und flimmernd.

«Ich erkenn gar nichts mehr», sagte Soares.

Agente Conde beobachtete konzentriert den Bildschirm und wies dann auf zwei Flecken, die sich heller von den anderen bunten Tönen abhoben. «Das dürften sie sein. Geh zurück auf die normale Kamera.» In der nächsten Sekunde verschwanden die Farben und wurden wieder durch das Landschaftsbild ersetzt. Genau dort, wo eben die hellen Flecken gewesen waren, stand der Hochsitz. «Na also», sagte Conde und sah Pinto an. «Jetzt sind Sie dran, Kollege.»

«In die Wagen», kommandierte Pinto. «Conde, Sie fahren mit Soares bis zur Straßensperre und lassen da Ihre Drohne hoch. Und sprechen Sie sich gefälligst mit Ihrem Kollegen ab, damit immer eine Kamera oben ist und wir nicht wieder wegen eines verkackten Akkus ohne Bild sind. Ich will wissen, wenn sich an dem Hochsitz was bewegt. Los jetzt.» Er sprang in den GNR-Jeep, den der Fahrer schon startete, und griff zum Telefon.

«Primeiro-Sargento?» Er beschrieb die Situation. «Ja, eine mögliche Geiselnahme. Vorerst kein Zugriff, er hat mit hoher Wahrscheinlichkeit ein Messer bei sich. Wir gehen von allen Seiten so nah ran wie möglich, bleiben aber außer Sicht. Sind alle Wege abgeriegelt? Gut. Was war mit dem anderen Wagen? Weg? Wie weg? Sauhaufen, verdammter!»

Sein nächster Anruf galt João Almeida. Pinto sah auf die Uhr. Er musste inzwischen gelandet sein. Der Ruf ging durch. Nach dem sechsten Klingelton hörte er die Stimme seines Chefs.

«João? Du fährst gleich los? Gut, sehr gut. Hör zu, aber reg dich nicht auf.»

49

Durch die Holzdecke des Hochsitzes drang beständig das enervierende Geräusch der Drohne. Ich hatte mich an einer der Wände in eine sitzende Stellung gezogen, fühlte mein Herz rasen und beobachtete wie hypnotisiert die blaue Ader, die an meinem Handgelenk pochte. Der Mann, den ich nie wieder einen Jungen nennen würde, saß mir gegenüber, starrte durch die Einstiegsluke nach draußen und streichelte unablässig die Messerscheide an seinem Gürtel.

«Die wissen, dass wir hier drin sind, Marco, sonst wäre das Ding längst weg», sagte ich schließlich leise. Keine Reaktion. «Marco?» Nichts.

Aber warum war die Drohne überhaupt da? Denk nach, Anabela. Denken als Konzept gegen Schmerz und Angst. Schien mir eine gute Idee. Zumal ich keine andere hatte. Also: Meinetwegen schon mal nicht. Nur weil ich ein paar Stunden überfällig war, stieg ganz sicher kein so teures Fluggerät in den Himmel. Und meinetwegen standen auch keine Polizeiwagen auf der Straße, ausgerechnet am Ende des Weges, den Marco genommen hatte. Marco war beim Anblick der Drohne durchgedreht. Warum? Ich fand nur eine Antwort: Es ging um ihn, und er wusste es.

Meine Augen klebten an seiner Hand, klebten an dem Messer. Florian Vogel war erstochen worden. Ganz in der Nähe. Marco kannte sich hier aus. João hatte irgendwann gesagt, dass die Spurenlage für einen einzigen Täter bei beiden Morden sprach ... Suchten sie ihn deshalb? Weil er Florian Vogel umgebracht hatte? Und die Engländerin auch? Kalter Schweiß brach mir aus, mein Herzschlag war jetzt das reinste Hämmern. So viel zu meinem Konzept Denken gegen Angst.

«Was war das?» Marco sprang auf, schob den Kopf ein Stück vor eine der Luken, sah kurz hinaus und kroch zur nächsten. «Hast du das gehört?»

«Was denn?» Meine Stimme kratzte, ich musste mich räuspern. «Ich hör nur die Drohne.» Allerdings leiser als vorher, wenn ich mich nicht täuschte. Das Brummen klang nur noch wie eine wütende Biene. Wie viel Zeit mochte vergangen sein, seit wir hier drin saßen? Eine Viertelstunde? Fünf Minuten? Ich hatte keinerlei Zeitgefühl. Marco ließ sich wieder auf den Boden sacken.

«Die Bullen wär'n längst hier, wenn die wüssten, wo wir sind.» Seine Hand fand erneut das Messer. Er redet, dachte ich, das ist gut. Solange er redet, tut er mir nichts. Sag was, Bela, halt ihn am Reden. Bestimmt kommt bald Hilfe.

«Warum sucht dich die Polizei, Marco, was ist passiert?»

Nichts. Nur wieder der starre Blick aus der Eingangsluke und das Streicheln der breiten Hülle, aus der ein stabiler Griff mit einer Lasche darüber ragte.

«War es ein Unfall?»

Starr nicht auf das Messer, Bela, lass dir deine Angst nicht anmerken.

«Hast du die Engländerin erschossen? Beim Jagen, aus Versehen?» Unter seinem linken Auge begann ein Muskel zu zucken. «Erzähl mir, was passiert ist, ich kann dir helfen.»

Jetzt sah er mir direkt in die Augen. «Verarschen kann ich mich alleine!»

Dumm, dumm, dumm, Bela! Unterschätz ihn nicht. Du willst hier raus, oder? Atme. Denk nach. Und hör, verdammt noch mal, auf zu zittern. Aber die Wut in seinen Augen ließ mich schaudern, ich konnte nichts dagegen tun.

«Du hältst mich wohl auch für einen Loser, was?»

Ich zwang mich, mit normaler Stimme zu fragen: «Hat *sie* das zu dir gesagt? Dass du ein Loser bist?»

«Die hat gar nichts gesagt. Nur dumm geguckt.» Ein schreckliches Lachen brach aus ihm heraus. Ich zuckte zusammen. «Das reinste Mondkalb mit ihren großen Augen. Genau wie Joana.»

«Wer ist Joana?» Im selben Moment fiel es mir ein. Einer seiner Freunde hatte nach der Jägerversammlung von einer Joana geredet. Von einer blonden Joana, die ihn abserviert hatte. «Deine Exfreundin?»

«Die blöde Fotze.» Er schwieg einen Moment. «In der Nacht, da hab ich auf 'ne Wildsau angelegt. Die hatte ich angeschossen und bin ihr hinterher. Immer der Blutspur nach. Und dann seh ich die Sau endlich und leg an, und plötzlich ist da die Frau, direkt in meinem Visier.»

«Marco …»

Er schien mich nicht zu hören. «In dem Moment, als ich abgedrückt hab …» – er hob die Hände, als zielte er mit einem Gewehr –, «da hab ich an Joana gedacht. Aber das kann mir keiner beweisen.»

Oh Gott, dachte ich, April Thompsen war gestorben, weil sie einer anderen jungen Frau ähnlich sah?

Marco ließ die Arme wieder sinken. «Als ich dann zu ihr hin bin und sie dalag mit diesen starren Augen, da wusste ich sofort, die ist tot. Und da hätte mir doch schlecht werden müssen, oder? Ich mein, ich hatte die Frau umgebracht. Aber mir war überhaupt nicht schlecht. Kein bisschen. Erstaunlich, oder? Ich hatte bloß keinen Bock, dafür in den Knast zu gehen. Nur weil die so dumm war, sich in die Büsche zu legen, wo andere Leute jagen. Nee, wirklich nicht. Also hab ich sie versteckt und alle Spuren beseitigt. Ich bin kein Loser!» Er sah mich scharf an.

«Nein, bist du nicht», brachte ich heraus. Und hätte am liebsten geheult.

«Keiner ist mir draufgekommen, keiner. Ihr hattet alle null Ahnung, die ganze Zeit nicht.»

«Das stimmt, Marco.»

«Vielleicht hab ich bei dem Typen am nächsten Tag einen Fehler gemacht», sagte er nachdenklich, «bei dem war alles viel schwieriger. Ich hätt' da gar nicht wieder hingehen sollen, wo sie lag. Aber ich musste nachgucken, ob alles in Ordnung ist, ob man sie wirklich nicht sehen kann vom Weg aus. Bei Tageslicht. Was taucht der da auch ausgerechnet in dem Moment auf, der Idiot.» Marco verfiel in Schweigen.

«Was war mit dem Mann?»

«Der stand plötzlich am Weg. Sein Pech, dass er mich kannte. Ich hatte mal 'ne Zigarette von ihm geschnorrt, an der Tanke bei Ramos, und mit ihm über einen Job auf der Solaranlage geredet. Ich konnte doch nicht zulassen, dass der sich an mich erinnert, wenn sie die Leiche irgendwann finden.»

Er sah mich um Bestätigung heischend an. Ich schaffte nicht mehr als ein Nicken.

«Ein Stich mit dem Messer hat gereicht. Hat er gar nicht so schnell mitgekriegt, was ihm passiert. Ging genauso leicht wie beim Schweineschlachten.» Er fuhr wieder über die Lederscheide. «Das Messer hier ist natürlich ein neues, das andere liegt im Stausee. Schade drum, aber das hier ist auch nicht schlecht.» Er hielt inne. «Wo ist sie?»

Was? Wer?

Dann wusste ich, was er meinte. Das Brummen fehlte. Die Drohne war weg. Würden sie jetzt kommen, die Polizisten, auf die ich wartete? Ein Scharfschütze vielleicht? Von irgendeinem Baum aus? Filmszenen durchzuckten meinen Kopf. Die sollten mich hier rausholen, verdammt. Bevor dieser Psycho durchdrehte.

«Marco, wenn du dich stellst …»

«Ich geh nicht in den Knast!»

Eine kleine Bewegung seines Daumens, ein leises Ploppen. Die Lasche an der Messerscheide sprang auf.

50

Paulo Pinto hob den Arm. Das verabredete Zeichen. Jetzt hieß es abwarten und hoffen, dass alles so lief wie geplant. Er stellte sich Samanta Soares vor, die etwa dreißig Meter von ihm entfernt in dichtem Gebüsch saß und in ihr Telefon flüsterte: «Er ist da. Drohne abziehen.» Pinto dachte auch an die vier GNR-Männer, die den Hochsitz im Visier hatten. Er selbst hatte sich gebückt und manchmal kriechend bis direkt unter das Holzgestell vorgearbeitet. Jetzt stand er auf, jedes Geräusch vermeidend. Marco Duarte und Anabela Silva befanden sich einen halben Meter über seinem Kopf. Er hörte eine männliche Stimme, verstand aber nichts. Die Drohne war noch zu nah. Duarte redete. Das war gut. Wenn er redete, war er weniger aufmerksam.

Der Plan war einfach, wenn auch nicht ohne Risiko. Almeida am Telefon war skeptisch gewesen. «Wartet besser auf mich, ich bin in einer halben Stunde bei euch.»

«Du willst Anabela nicht wirklich noch eine halbe Stunde dadrin lassen, João.» Schließlich sagte er: «Ich habe dir immer vertraut, jetzt vertrau du mir.»

Pinto war angespannt, spürte jeden seiner trainierten Muskeln. Wenn das hier danebenging … Nicht dran denken. Konzentrieren, warten, handeln. Es sind nur sechs Leiterstufen. Drei große Schritte. Dann bist du drin, schneller, als der Mann reagieren kann. Um sich an der Leiter hochzuziehen, würde er nur den linken Arm brauchen. Dank der Drohne wussten sie, dass Duarte gegenüber der Einstiegsluke saß und dass er sein Messer in einer Scheide am Gürtel trug. Wenn sich das nicht gerade geändert hatte.

Das war der Risikofaktor.

Pinto lauschte. Die Drohne war nicht mehr zu hören. Dafür hörte er nun jedes Wort, das über ihm gesprochen wurde, jede Bewegung auf dem dünnen Holzboden. Alles ruhig, bis auf die Stimme: «Ging genauso leicht wie beim Schweineschlachten. Das Messer hier ist natürlich ein neues, das andere liegt im Stausee. Schade drum, aber das hier ist auch nicht schlecht. Wo ist sie?»

Dann hörte Pinto Anabelas Stimme: «Marco, wenn du dich stellst …»

Pinto machte sich bereit, schlich geduckt an den Fuß der Leiter.

«Ich geh nicht in den Knast!»

Jetzt. Pinto nahm seine Waffe in die Rechte und schnellte nach oben.

51

Verdammte Kurven. Geh vom Gas, João Almeida, oder willst du in der nächsten Böschung landen? Wo war die Straßensperre? Zwei Kilometer konnten sich doch unmöglich so lange hinziehen. Der Wagen knallte in ein Schlagloch. Da. Endlich. Er hielt direkt vor einem querstehenden Wagen der GNR. Auf dem Dach drehte sich noch immer ein Blaulicht. Almeida riss die Tür auf und sprang aus dem Auto. Primeiro-Sargento Quintal kam auf ihn zu.

«Wo sind sie? Wie ist die Lage?»

«Alles ruhig. Wir halten Funkstille.»

«Wo muss ich hin?»

«Am besten warten Sie hier. Sie können im Moment nichts tun.»

«Wo. Muss. Ich. Hin?» Er schrie fast.

Quintal gab nach. «Den Weg da rein. Nach ungefähr zweihundert Metern können Sie den Hochsitz sehen. Aber bitte, bei allem Respekt, Chefinspektor, Sie stören möglicherweise die Operation.»

«Halten Sie mich für einen Idioten? Wo ungefähr sind die Kollegen?»

«In etwa dreißig Metern Abstand im Unterholz, auf drei und neun Uhr von der Einstiegsluke. Inspektor Pinto»

– Quintal sah auf die Uhr – «könnte inzwischen am Zielort sein.»

Almeida rannte los. Sobald die Umrisse des Hochsitzes in Sicht kamen, duckte er sich und schlug sich schwer atmend in die Büsche. Kurz darauf stieß er auf einen der GNR-Kollegen, der zwischen zwei Sträuchern hockte, den Blick auf eine Seite des Hochsitzes gerichtet. Die Kanzel war jetzt deutlich zu sehen. Es gab eine offene schmale Luke, die aber keinen Einblick gewährte. Unter dem Hochsitz stand Pinto.

Mit einem leisen Zischen machte Almeida den GNR-Mann auf sich aufmerksam. Der hob den Finger an die Lippen und zeigte nach links. Almeida schlich weiter, fand Soares wenige Meter entfernt. Ebenso wie der Kollege von der GNR hielt sie ihre Waffe in der Rechten – gesichert und nicht im Anschlag. Wieder gab Almeida das leise Zischen von sich. Soares reagierte mit einem Stirnrunzeln, hob ebenfalls den Finger an die Lippen und sah sofort wieder geradeaus. Er hockte sich neben sie. Im nächsten Moment sahen sie Pinto die Leiter des Hochsitzes hinaufhechten. Almeida schloss für einen kurzen Moment die Augen, seine Hand krallte sich in den Erdboden. Ein Poltern war zu hören, ein spitzer Aufschrei. Ihm stockte das Herz. Dann Pintos kräftige Stimme: «Marco Duarte, Sie sind wegen Mordverdachts vorläufig festgenommen.» War das das Klicken von Handschellen? Konnte man das wirklich hören?

Sekunden später erschien Pinto mit einer sehr blassen Anabela im Eingang des Hochsitzes. Almeida sprang auf, blieb an einem dornigen Ast hängen, riss sich los. Rannte zur Leiter.

Und dann hatte er sie im Arm, spürte ihr Gesicht in seiner Halsbeuge, fühlte, wie der Kragen seines Hemdes feucht wurde.

Ihm fehlten die Worte.

Er hielt sie einfach nur fest.

52

EINE WOCHE SPÄTER

João Almeida und Liliana Aveiro standen auf der römischen Brücke von Tavira und schauten über den Rio Gilão auf den Balkon der früheren Tavira Lounge. Über die gesamte Breite war ein Banner gespannt, darauf in riesigen Lettern: Vende. Die Bar stand zum Verkauf.

«Traurig oder erleichtert?», fragte Almeida.

«Ein bisschen von beidem.»

«Hast du noch Kontakt zu Inês?» Das Du ging ihm inzwischen relativ leicht über die Lippen. Sie hatten zweimal miteinander telefoniert, er hatte ihr in Kürze berichtet, was passiert war. Nun hatte sie um dieses Treffen gebeten.

Lilianas Blick schweifte über die vielen kleinen Liebesschlösser, die am Geländer der Brücke hingen, und Almeida vermutete, dass eines auch die Namen Inês und Liliana trug. Aber er fragte nicht nach.

«Nur, wenn es sich nicht vermeiden lässt.» Eine Zeitlang standen sie schweigend zusammen, jeder in eigene Gedanken vertieft. «João?» Sie sah wieder ihn an.

«Ja?»

«Das tut mir alles so furchtbar leid. Dass ich mich damals habe überreden lassen, dich auf dem Friedhof wegen des Erbes anzusprechen. Und dass sie dich in unseren ganzen Beziehungsmist reingezogen hat.»

«Na ja, letztlich hatte zumindest der zweite Punkt auch sein Gutes. Sonst stünden wir jetzt nicht hier.»

Ihr Lächeln erinnerte ihn an seinen Vater. An ihren gemeinsamen Vater. Irgendwann würde er mit ihr über ihn sprechen. Aber nicht heute. Vielleicht, wenn Liliana nach Faro gezogen war. Sie hatte es vor, sobald das Lokal verkauft war. In einer der Bars auf der Ilha de Faro gab es ab Juni einen Job für sie. «Für den Anfang», hatte sie gesagt. Ihren Vater hatte auch sie bisher mit keiner Silbe erwähnt.

«Können wir?»

«Ja, sicher.» Langsam gingen sie über die Brücke und ließen die Gebäudezeile mit der Bar hinter sich. In den schmalen Gassen auf der anderen Seite des Flusses reihten sich Bars, Restaurants, Kunsthandwerks- und Souvenirgeschäfte aneinander.

«Ein Glas Wein?», fragte er, sobald sie sich für eine Bar entschieden hatten. Es war warm genug, um draußen zu sitzen. Touristen strömten an ihnen vorbei, am Tisch neben ihnen aßen Engländer ein spätes Mittagessen. Hier sah man nur wenige Einheimische.

«Ja, bitte.»

Sobald ihr Wein und sein Espresso auf dem Tisch standen, schaute ihn seine Schwester mit ernster Miene an. «Erzähl es mir, João. Erzähl mir, wie April gestorben ist.»

In der Zeitung hatten keine Details gestanden, und bis zum Prozess gegen Marco Duarte vergingen noch Monate. Also erzählte er ihr von dem jungen Mann mit den Minderwertigkeitsgefühlen, der April Thompsen erschossen, dabei an eine andere gedacht und sich danach gut gefühlt hatte. Der einen Wanderer abgestochen hatte wie ein Schwein. Der ohne einen Funken Reue war. Er erzählte ihr von jenem schrecklichen Tag, an dem dieser Mann Anabela in seiner Gewalt gehabt hatte und schließlich von seinem Freund und Kollegen gestellt worden war.

«Das werde ich Paulo nie vergessen», sagte Almeida.

«Deine Freundin war nicht verletzt?»

«Nein, sie war total erschöpft, aber abgesehen von dem Fußgelenk, das sie sich beim Wandern gebrochen hat, ist ihr nichts passiert … Ich habe übrigens zum ersten Mal erlebt, dass sie länger als fünf Minuten den Mund gehalten hat», versuchte er schließlich mit einem schiefen Grinsen, dem Schrecklichen einen kleinen Scherz entgegenzusetzen.

Liliana wischte sich eine Träne von der Wange. «Ich freue mich, dass sie lebt.»

Er wartete einen Augenblick und fragte dann behutsam: «Wart ihr ein Paar, du und April?»

Sie schüttelte leicht den Kopf. «Nein. Vielleicht habe ich mir gewünscht, dass es irgendwann so käme.» Sie trank einen Schluck.

Almeida wartete ab.

«Als ich sie kennenlernte, bei uns in der Bar … Sie war so jung, so überschäumend. Voller Begeisterung. So ganz anders als Inês. Es war, als würde ich plötzlich von einer schwarzweißen Welt durch ein Fenster in eine kunterbunte schauen. Ich kann es nicht besser erklären, aber mir wurde auf einmal klar, dass ich mein Leben so nicht weiterleben konnte. Ich wusste natürlich, wie schwer es werden würde, Inês zu verlassen.»

«Stammt die Idee mit dem Zettel von April?»

«Ja. Wir haben lange telefoniert, nachdem ich mir ein anderes Telefon besorgt hatte. Ich wusste ja, dass Inês … April hat mich ermutigt. Wir haben überlegt, ob ich die Via Algarviana mit ihr laufe, ich hatte sogar ein Zimmer in ihrer Pension reserviert. Mein Gott, wahrscheinlich würde sie noch leben, wenn es so gekommen wäre.»

«So darfst du nicht denken, Liliana.» Er nippte an seinem längst kalten Kaffee. «Warum hast du es nicht getan?»

«Zwei Tage später hat sie mich angerufen und gesagt, sie hätte noch mal nachgedacht. Für mich sei es besser, wenn ich allein wandern würde. Um mit mir und meinem Leben ins Reine zu kommen. Sie war überzeugt von der heilenden Kraft der Natur, weißt du? Und sie hatte recht. Wäre vielleicht auch mal was für dich.»

«Ich auf dem Jakobsweg?» Almeida lachte und sah auf seine Armbanduhr. «Ich muss gleich los, Anabela abholen.»

Anabela besuchte gemeinsam mit ihrer Mutter den Vater, der nach einem Schlaganfall im Krankenhaus lag. Almeida hatte die beiden hingefahren und würde sie auch wieder nach Balurcos zurückbringen.

«Sie kann wegen des Fußes nur an Krücken laufen und nicht Auto fahren», erklärte er und setzte grinsend hinzu: «Aber bestens fluchen und schimpfen. Ihre Laune war schon mal besser.» Um Anabela zu unterstützen, hatte Almeida sofort nach Abschluss des Falles Urlaub genommen und wohnte im Moment bei ihr. In ein paar Tagen fing sein Dienst wieder an. Dann würde eine Cousine aus Deutschland kommen, um zu helfen.

«Lerne ich sie irgendwann kennen, deine Anabela?», fragte Liliana. «Scheint eine ziemlich taffe Frau zu sein.»

«Ja», sagte João Almeida, «das ist sie.»

«Liebst du sie?»

«Ich muss jetzt wirklich los.»

EPILOG

Ja, ich weiß. Ich sollte mich freuen, am Leben zu sein. Tue ich auch. Ich sollte Paulo Pinto täglich ein Dankeschön schreiben. Ihm Pralinen schicken. Oder besser ein Aftershave. Mache ich bestimmt, irgendwann. Und ich werde auch versuchen, netter zu João zu sein. Er gibt sich große Mühe, mir alles recht zu machen. Und ich raunze ihn ständig an. Er glaubt, es liege an meinem noch immer schmerzenden Fuß und der eingeschränkten Beweglichkeit. Ich werde mich bessern, versprochen.

Sobald ich wieder schlafen kann.

Sobald die Albträume aufhören, in denen Marco Duarte mir sein Messer zwischen die Rippen stößt. Oder Chico Teixeira mir einen Stiefel in die Nieren rammt.

Ich werde mich richtig bei Paulo bedanken, wenn ich an ihn denken kann, ohne gleichzeitig vor mir zu sehen, wie sein Kopf plötzlich in der Einstiegsluke erscheint und der Irre das Messer aus der Scheide reißt. Wenn sich die entsetzlichen Sekunden, in denen ich glaubte, sterben zu müssen, nicht mehr wie ein Video in Endlosschleife in meinem Kopf abspielen.

Alle sagen mir, wie cool ich war. Wie tapfer. Wie mutig. In Wirklichkeit war ich ein Bündel Angst. Als Paulo dem

Irren das Messer aus der Hand geschlagen und ihm die Handschellen angelegt hat, saß ich heulend in der Ecke und hab mir die Hose nass gemacht. Das ist die Wahrheit.

Und deshalb sage ich hier laut und deutlich: Wenn João mich das nächste Mal fragt, ob ich für die Kripo arbeiten will, dann sage ich: Nein.

Glaub ich jedenfalls.

EINE ANMERKUNG

In meinen Romanen verwebe ich Fiktion mit Fakten. Bei Lesungen werde ich dann oft gefragt: Stimmt das? Deshalb an dieser Stelle eine Anmerkung zum Thema Rechtsradikalismus in Portugal.

Dieses wunderschöne kleine Land ist stolz auf seine sprichwörtliche Toleranz. Das ist einer der vielen Gründe, warum ich es so liebe. Im Land der sanften Sitten, der *brandos costumes*, werden Einwanderer willkommen geheißen, haben viele Familien afrikanische, arabische und indische Vorfahren in ihren Stammbüchern (eine Folge der langen maurischen Besetzung und der vergangenen Kolonialzeiten). Auch deshalb gilt Portugal vielen als immun gegen Rechtspopulismus.

Doch bei meinen Recherchen für diese Geschichte las ich mit Erschrecken: Auch hier gibt es ultraradikale Strömungen, werden Stimmen lauter, die unter dem Deckmantel des Patriotismus Schwache gegeneinander ausspielen wollen.

2019 machte Europol in seinem Jahresbericht über die Lage und die Tendenzen des Terrorismus in der Europäischen Union auf das Vorgehen dreier rechtsextremer Gruppen in Portugal aufmerksam: die Gruppe Blood and

Honour, die portugiesischen Hammerskins und die neugegründete Neonazi-Bewegung Nova Ordem Social (Neue Soziale Ordnung). Alle drei sind auf nationaler und internationaler Ebene aktiv.

Nova Ordem Social organisierte im Februar 2019 einen Marsch durch die Straßen von Lissabon zum Gedenken an den Diktator António de Oliveira Salazar. Am 10. August 2019 veranstaltete dieselbe Gruppe – begleitet von Protesten – «die größte nationalistische Veranstaltung in Portugal». Anwesend waren 65 Teilnehmer aus Portugal mit Delegationen zahlreicher rechtsextremer Parteien aus ganz Europa.

Im Oktober 2019 errang die rechtsextreme Partei CHEGA mit einem Ergebnis von 1,3 Prozent zum ersten Mal einen von 210 Sitzen im portugiesischen Parlament.

Ich hoffe sehr, dass dies nicht der Beginn einer politischen Wende ist, wie wir sie in Deutschland und anderen europäischen Ländern bereits erleben.

Die Figuren in meinem Roman sind frei erfunden. Was nicht heißt, dass die eine oder andere nicht eine reale Vorlage hat. In diesem Fall muss ich sagen: Leider.

OBRIGADA

Herzlichen Dank euch allen, die ihr mir dabei helft, meine Geschichten zu schreiben. Eure Unterstützung und euer Lob sind Honig für meine Seele.

Beim Rowohlt Verlag danke ich insbesondere Ditta Friedrich, in der Literarischen Agentur Schlück Joachim Jessen. Bei Heike Brillmann-Ede bedanke ich mich für das bereichernde und warmherzige Lektorat.

In meinem persönlichen Netzwerk danke ich von Herzen Conny Boden, Andrea Gneist, Ulrike Gussmann, Annegret Heinold, Christoph Höver, Verena von Hoyningen-Huene, Meike Janzen, Dr. Peter Koj, Gunda Rachut, «Ernesto» Schreinert, Nina Utermöhlen, Birgit Wehage und Joachim Weißhaar: Ihr habt euch immer wieder Zeit genommen, wart ehrlich, auch kritisch, und habt gefühlt tausend Fehler korrigiert. Besser geht's nicht. Toll, dass es euch gibt und dass ihr sogar meine Stimmungsschwankungen im Schreibprozess aushaltet – das gilt natürlich besonders für dich, Detlef, den Mann an meiner Seite.

«Manchmal bin ich mir nicht sicher, um wen es sich bei mir eigentlich handelt.» Dieser Satz stammt aus dem Buch *Unter Tränen gelacht* von Bettina Tietjen. Ich danke der

Autorin für die Erlaubnis, diese Worte ihres an Alzheimer erkrankten Vaters in meinem Roman Anabelas Vater sagen zu lassen.

LISTE DER SPRICHWÖRTER UND REDEWENDUNGEN

A minha cama é a tua cama.
: Mein Bett ist dein Bett. In Abwandlung des aus dem Spanischen stammenden Sprichworts: Mi casa es tu casa – Mein Haus ist dein Haus.

Abril, águas mil.
: Tausendfacher Regen im April.

A montanha pariu um rato.
: Der Berg gebar eine Maus.

A verdade é como o azeite: Vem sempre ao de cima.
: Die Wahrheit ist wie Olivenöl: Sie kommt immer nach oben.

Casa que não é ralhada não é bem governada.
: Ein Haus, in dem nicht gezankt wird, ist nicht gut geführt.

Comer bem e dizer mal é a manha de Portugal.
: Gut essen und über jemanden herziehen ist die Unart der Portugiesen (wörtlich: Portugals).

Fica em águas de bacalhau.
: Etwas bleibt in den Kabeljaugewässern. Sinngemäß: Etwas läuft schlecht, eine Situation ist aussichtslos.

Quem porfia mata caça.
Wer hartnäckig ist, erlegt das Wild.

Vai pentear macacos.
Geh Affen kämen. Sinngemäß: Hau ab.

Ein Teil der Sprichwörter ist mit freundlicher Genehmigung von Dr. Peter Koj seinem Buch *Passatempo proverbial* entnommen.